译文经典

培根随笔
Essays

Francis Bacon

〔英〕弗朗西斯·培根 著

蒲隆 译

上海译文出版社

译本序

培根在《谈诤谏》一文中写道:"多读书是有好处的,尤其是读那些在公众舞台上扮演过重要角色的人写的书。"您现在拿在手里的恰好就是这么一本书。我们先谈谈培根在人生舞台上扮演过哪些重要角色,然后再说这是一本什么样的书。

弗兰西斯·培根 1561 年生于一个官宦之家。父亲尼古拉·培根是伊丽莎白女王的掌玺大臣;母亲是文艺复兴时代一个博学多才的贵族妇女,她的妹夫就是伊丽莎白的重臣伯利勋爵。有这种家庭背景和社会关系,再加上才华出众,培根自然就有出入宫廷的机会。早在孩提时代,培根就被伊丽莎白称为"朕的小掌玺大臣"。雄心勃勃的培根自然期望得到一条谋取功名利禄的捷径。他 12 岁时就上了剑桥大学,但小小年纪,对大学的教育体制和当时主宰学术研究的亚里士多德的哲学体系十分反感。两年以后,他跟随英国驻法大使到巴黎去学习统计学和外交。又过了两年，父亲突然病故，培根只好回到伦敦。因为不是长子，没有继承到多少遗产，便只好投靠权势很大的姨父，可是伯利勋爵却妒忌培根的才华，根本不想帮培根的忙。培根只好自谋出路，开始学习法律。1582年培根开业当律师，很快声名大振。他才气过人，著书立说，名气很大，23岁时就当上了议员，并极力想博得女王的青睐，但成效不显著。后来，培根与女王的年轻宠臣埃塞克斯伯爵交上了朋友。埃塞克斯伯爵曾几度向女王推荐培根担任要职，但均未成功。伯爵觉得过意不去，便将自己在特威克纳姆的价值两千英镑的田产赠予培根。后来埃塞克斯兵败爱尔兰，而且不顾女王的指令，擅自返回伦敦，于是被女王下令拘留。埃塞克斯获释后，培根并没有与他断绝交往。不久，埃塞克斯策划推翻女王，事情泄露后又遭逮捕。这时候，培根作为女王的高级法律顾问，经过调查，起草了一份报告，认定埃塞克斯犯了叛国罪，最后埃塞克斯被处死。培根作为埃塞克斯的朋友，看起来完全与埃塞克斯划清了界线，可算是一名"识时务"的"俊杰"。不过培根的这种做法颇遭人们的非议，后来他振振有词地替自己辩解了一番。培根在这一案件中没有受到株连，但也没有立功受奖，受到女王的提拔。

伊丽莎白于1603年驾崩，由苏格兰王詹姆斯继位。这对于培根可以说是时来运转了。1613年他被任命为首席检察官；1617年当上了掌玺大臣；1618年又成为大法官，而且多次接受贵族封号。1603年他受封为爵士，1618年受封为维鲁兰男爵，1620—1621年受封为圣阿尔班子爵。正当培根春风得意、青云直上之时，1621年他因卷入一起受贿案遭到了议会的弹劾。培根无法否认自己的罪状，随后受到如下判决：交纳四万英镑罚金，监禁在伦敦塔以候王命，削去一切官职，等等。不过最后还是被从宽发落，仅仅被监禁了四天，罚金基本上免除，只是削官为民了事。

仕途无望以后，培根只好回家继续他的学术研究。1626年初，他想实验一下冷冻防腐的可能性，便杀了一只鸡，把雪填进鸡肚子，结果不幸自己受了风寒，不久离开了人世。

培根尽管热衷于做官为宦，但他的志向远远不只在这一个方面。他想给不幸的爱尔兰带来和平安定；他想简化英国法律；他想改革教会；他想研究自然；他要建立一种新的哲学。要达到这些目的，他除了利用做官的地位和权势外，还一直用著书立说来推行他的各种主张。由于他亲自经历了宦海的浮沉，阅历丰富，眼界开阔，思想敏锐，因而他写出的东西能够力透纸背，具有振聋发聩的作用。

1597年，培根的《随笔集》出版了，其中虽只有10篇短文，但影响很大，以后他反复修改增订，于1612年和1625年先后出了两个增订本，最后一个版本收入随笔58篇。

欧美的随笔作为一种文学样式，是由法国散文家蒙田首创的。蒙田于1580年出版了一本题名为Essais(《随笔》)的集子，文笔轻松自然，亲切随便。培根是第一位英文随笔作家，他的随笔论述的题目有跟蒙田相近的，但写法迥然不同。在随后的数百年里，按蒙田的路子写随笔的大有人在，但很少有人能用培根的手法写随笔。那么，培根的随笔到底有些什么特点呢?

翻开培根的《随笔集》，给人的第一个印象就是文章短小。58篇随笔中，很多都不超过千字，个别最长的也只有五千多字。培根的同时代人莎士比亚在《哈姆雷特》一剧中借波乐纽斯之口说："简洁是智慧的灵魂，冗长是乏味的枝叶、肤浅的花饰。"培根自己也在《谈快捷》一文中说："冗长而玄妙的讲话不利于快捷，就像长袍拖裙不利于赛跑一样。"所以培根力求以最短的篇幅摆足事实，讲清道理，摈弃那种空洞、肤浅、絮聒的毛病，注重文字的深刻老练、沉重有力，几乎篇篇警句格言层见叠出。下面是一些信手拈来的例子：

德行犹如宝石，镶嵌在素净处最佳。（《谈美》）

成人惧怕死亡恰如儿童怕进黑暗。（《谈死亡》）

初生的幼崽总是其貌不扬，革新也莫不如此，因为它们都是时间的幼儿。（《谈革新》）

美德如同名贵的香料，焚烧碾碎时最显芬芳；因为幸运最能揭露恶行，而厄运则最能发现美德。（《谈厄运》）

夫妻之爱创造了人类，朋友之爱完善了人类，而淫乱之爱败坏、作践了人类。（《谈爱情》）

妻子是青年人的情人、中年人的伴侣、老年人的保姆。（《谈结婚与独身》）

像这样的至理名言俯拾即是，而且大多不在开头，就在结尾。上面的前三个例句是文章开头的句子，后三个例句则放在结尾处。这种语句放在开头，具有雄奇有力、引人入胜的作用，放在结尾，则有概括全文、余味无穷的效应。

培根的随笔没有西方很多散文随笔作家的那种散漫和随

意，而具有诗的凝练圆满、小说的布局谨严。如同他的《谈园林》、《谈建房》里描绘的园林和建筑一样，给人提供了一幅井然有序、层次分明的图画。五十八篇随笔，篇篇结构严密，行文紧凑，我们不妨以他最长的一篇《谈国家的真正强大》为例，看看它的篇章结构：

一、政治家：

1. 很多是无能之辈；

2. 有的只能维持现状；

3. 少数能使小邦变成大国。

二、一个国家的真正强大：

1. 不在于城郭、武库等方面；

2. 不在于军队的人数；

3. 而在于人的才能和气质（例如：阿尔贝拉战役、提格拉尼斯、梭伦）。

三、怎样才能变得强大：

1. 避免苛捐杂税；

2. 鼓励平民和"自由仆役"（即：武装扈从）；

3. 允许异族入籍归化，以斯巴达为戒，学习罗马人的做法；

4. 让外国人去从事室内技艺；

5. 全民崇尚武功；

6. 严密注视可以兴兵的正当理由；

7. 掌握制海权；

8. 奖励战士。

四、通过战争国君显得更加伟大，国家可以更加富强。

无论从前面摘引的语句，还是从这篇文章的提纲看，我们初步会有这么一种印象：培根的随笔不是文人的闲适小品和游戏笔墨，他是以政治家改造社会、富国利民为目的进行说教的，所以从内容到形式都讲求实用。而讲求实用也是盎格鲁—撒克逊整个民族的特色。五十八篇随笔涉及国家、人生的各个方面，但每篇的核心都离不开人或国家的利害关系。也就是涉及什么有益，什么有害，人应当如何做，不应当如何做，如何处理一些具体实际的问题。如在《谈诤谏》一文中他竟然连接见来访者时桌子怎么摆都讲到了："摆一张长桌和一张方桌，还是墙附近摆一些座位，似乎只是形式问题，其实是实质问题。因为摆一张长桌，几个坐在上手的人实际上就可以左右全局。然而如果采用其他形式，坐在下手的进谏者的诤谏就更有用处了。"

培根用客观冷静的笔调写这些短小精悍的说教文章。他不追求抒情效果，不卖弄幽默风趣，不谈自己。所以读培根的随笔你听不到作者灵魂的絮语,也不像一位朋友在娓娓谈心,倒好像是在听一位高人赐教、一位法官判案。

培根的这种独特的文体得力于他作为哲学家和科学家的思想的深刻性、条理化,得益于他从事法律工作文字的准确性,而且还受到拉丁文的影响。培根的许多著作都是用拉丁文写的,所以他以拉丁化的句法写英文,精短隽永,组织严密,又知道什么时候应当用合适的比喻把思想表现得格外鲜明,有时还给他的思想披上一层想象的光彩与魅力。难怪大诗人雪莱在他的著名论文《诗辩》中说:"培根勋爵是一位诗人。他的语言有一种甜美而庄严的节奏,这满足我们的感官,正如他的哲理中近乎超人的智慧满足我们的智力那样;他的文章的调子,波澜壮阔,冲击你心灵的局限,带着你的心一起倾泻,涌向它永远与之共鸣的宇宙万象。"正因为如此,一本由五十八篇短文组成的《随笔集》让培根在世界文学史上奠定了伟大散文家的地位。

然而,培根在哲学上的贡献更加伟大,马克思称他为"英国唯物主义和整个现代实验科学的真正始祖"。培根在这一方面雄心勃勃,计划写一部名为《伟大的复兴》的巨著。全书计划分六大部分,第一部分是对人类一切知识的分类总结,1605 年出版的《学术的进展》是第一部分的概论。

《学术的进展》批判了贬损知识的蒙昧主义,并从宗教的信仰、国家的文治武功、社会的发展、个人的道德品行等各个方面论证了知识的巨大作用和价值,为培根后来提出的"知识就是力量"的著名口号打下了基础。

1620年出版的培根的《新工具论》是未完成的《伟大的复兴》的第二部分。《新工具论》是针对亚里士多德的《工具论》而发的。所谓"新工具",就是使用理性和实验,而不是亚里士多德的旧逻辑,因为对于科学的发现来说,旧逻辑无所作为,它使来自粗浅的概念的错误确定下来,变得根深蒂固,而无助于追求真理。因此培根认为为了发现真理,人必须做两件事情,其一就是排除一切偏见或假象。培根把这些假象分为四类:一、"部落假象",即各个种族通行的思想方法造成的偏见;二、"洞穴假象",即个人的癖好和偏见;三、"市场假象",语言错误所造成的;四、"剧场假象",也就是人们不可靠的传统。其二就是摈除这些假象以后,我们必须审查自然,必须通过无数的实验收集事实,把它们整理得井然有序,再找出它们存在的规律。

1626年出版的《新大西岛》类似于一本科幻小说,描写的是海外的一个理想国。这部未完成的作品跟托马斯·穆尔著名的《乌托邦》类似,但二者仍有重要区别:乌托邦的居民之所以快乐，全是因为他们能运用理智；新大西岛的居民之所以快乐，却是因为他们能做研究与实验。后者的中心是一个名叫"所罗门宫"的研究院，他们每年派遣许多船只到世界各地，收取关于新发明和新发现的报告。培根的新大西岛比穆尔的乌托邦更合乎实际，但也只是培根的梦想。

培根的著作远远不止这几种，但由于本书未收，这里不再一一介绍。黑格尔在他的《哲学史讲演录》中对培根是这样评价的："他拥有高度的阅历，'丰富的想象，有力的机智，透彻的智慧，他把这种智慧用在一切对象中最有趣的那个对象，即通常所谓的人世上。在我们看来，这是培根的特色。他对人的研究要比对物的研究多得多；他研究哲学家的错误要比研究哲学的错误多得多。事实上，他并不喜爱抽象的推理，'抽象推理这种属于哲学思考的东西，我们在他那里很少见到。'他的著作虽然充满着最美妙、最聪明的言论，但是要理解其中的智慧，通常只需要付出很少的理性努力。'因此他的话常常被人拿来当做格言。"[①]

子曰："有德者必有言，有言者不必有德。"(《论语·宪问》)公元前5世纪的中国哲人的话完全适用于公元十六

[①] 这一段话引自贺麟、王太庆的译文。译者注说，单引号中的话出自《评论季刊》第十六卷，1817年4月号，第53页。

七世纪的英国哲学家。培根可以说是个有言无德的人。他在文章中宣扬节俭,但他的生活却极为阔绰。他当大法官时,光伦敦私宅里的仆人就数以百计,而且个个自以为是,连培根的母亲也对此口出怨言。他主张廉洁,但结果自己受贿丢官,弄得身败名裂。他的治国处世的观点,大有中国法家的气息,注重"法"、"术"、"势",提倡利己主义。这也许是文艺复兴时期很多人的共同思想观点吧。

以上是译者1998年初为本书译稿撰写的"译序"的主要部分。1997年,南方的一家出版社一位素昧平生的编辑给我又是打电话又是写信,说她在编一套"世界散文丛书",但培根的译者久觅不得,后来经一位热心人的推荐,她就找到我头上了。当然,盛情难却,但我知道培根时代的英文跟当代英文有一定差异,再加上其中杂有拉丁文,如果没有一个可靠的注释本,仅拉丁文这一点就没有办法解决。再说,水天同先生译的《培根论说文集》风行全国已达半个世纪,当时还出现了两个新的译本,对于培根我还能做些什么呢?后来方忠国先生把他从剑桥大学购得的由亨利·刘易斯(Henry Lewis)注释的《培根随笔》(*Bacon's Essays*)借给我,并鼓励我权当一次学习的机会,这样我才硬着头皮接受了这一任务。在翻译的过程中，水公虽已作古，但他惠赠的《培根论说文集》依然是我的良师。

译稿交出后，起初反应还挺好，可过了几个月，编辑打电话告诉我，他们发现我的译文有不少地方跟现有的译本"不一样"，而且觉得译文"不够古雅"，因为培根是四百年前的古人，译文应当典雅一些。我说"不一样"的地方不要轻易改动，因为我有所遵循。我又问他们认为现有的译文谁的是"古雅"的典范，回答是"高健"。高健先生是否把培根的随笔全部译完，我不很清楚，只见到他编译的《英美散文六十家》上的六七篇，完全是文言文，原来我和某编辑的要求差距如此之大！又过了些日子，稿子被退回来，还附了一封措词严厉的信，教训我"要为出版社负责，也要为自己负责"。于是责令我修改。有机会我是愿意一再修改自己译文的，但他们的硬性要求，我无意满足，于是就扔到床下不去管它。2004年，宋兆霖先生在编一套规模宏大的丛书，计划中有培根随笔，想要一个新译本，有意要我这部稿子，我便将它拿出来重新对着原文修订了一遍。这次是我主动修订的，并且参考了1997年我翻译时未见到的曹明伦先生的译本。时隔八年，我仍记得那位编辑的指责。为了"负责"起见，我先交代一下"不一样"的问题，我理解他们说的"不一样"不是个用词问题，而是意思"不一样"，甚至相反。我要说的是我依据的是 Henry Lewis 的注释本，这本书不仅注了一般注释本注的相关的人事、典故，更重要的是注了许多跟现代意思有出入的词。我的译文的"不一样"就是根据他的注译出来的，而且前面的写作、修订年代，正文的段落划分、拉丁文的意思，大部分注释依据的都是这个版本。

这里先摘引几个例子，首先是大家最熟悉的"Of Studies"中的，'Studies.' He means not the act of studying, but the results that follow systematic and long practised habits of study, viz., education and culture.

In the opening sentence of the essay he mentions the three great advantages which an educated man enjoys — that he has always at command enjoyments which the ignorant man is deprived of ('delight') — that his mental culture makes him valued in companionship and society ('ornament') — and that, being an educated man, he is really more able to do the work of life effectively and successfully ('ability'). 该文中的 crafty men 被注为 men naturally clever；还如《谈野心》里的 state，他注为 estate, nobles, great men。《谈虚荣》里的 "cross lies" — contradictory lies, "glorious" —

boastful,"bravery" — boasting；最后一篇中的"philology" — history，等等。

不仅对许多令人按今天的词义理解会造成偏差的词作了注释，而且每篇后面有 Analysis，这对全文的结构和整体意思的把握很有帮助。现将我觉得几个译本中歧义较大的"Of Suitors"的 Analysis 摘录如下：

ANALYSIS OF ESSAY XLIX.

I. Improper suits are those which are —

　1. Bad in themselves, because injurious to the public good.

　2. Promoted by bad men.

II. Improper promoters of suits are those who undertake them —

　1. Without ever intending really to promote them.

　2. Merely to serve their own purposes.

III. Rules for the receivers of petitions:

　1. Try to discover the justice in every petition, both those —

　　(a.) Of controversy.

(b.) Of desert.
2. If inclination goes against your sense of justice, make at least some concessions to justice.
3. In suits which you do not understand consult those who do understand them.
4. Do not mislead the petitioner by —
    (a.) Only pretending to promote his suit.
    (b.) Unduly raising his hopes of success.
    (c.) Expecting too much thankfulness for your service.
5. Advocate suits not on priority of presentation, but according to their merits, and do not take unfair advantage of them.

IV. Rules for petitionesr ('suitors'):
1. Do not blaze abroad either your suits or their progress, but 'time' them.
2. Choose your advocate rather for his fitness than his greatness.
3. Do not be discouraged by denial at first; you may receive equivalent favour afterwards.

4. Be sure to ask more than you want, so as to be sure of getting enough.
5. Do not injure your cause by getting merely a letter from some great person.
6. Never use 'general contrivers of suits.'

我觉得 Lewis 的 Analysis 对读者很有帮助，因此将它们全部译了出来，附在正文后面。

1999 年上海文艺出版社出版了一本黄梅女士编选的《培根哲理散文》，择选了她认为优秀的译文，她在《序》里对几位译者的译文做了"各有千秋"的褒扬后，对水天同的译文特别给予眷顾。她说："水译对原作的领悟相当深入可靠，他的译文的意思若是与后人有实质性的出入，对照原文琢磨，还时常会觉得仍是水先生有理的分大。"我想，水先生之所以"有理的分大"，除了他的学识为后辈难及之外，他在"译例"中开宗明义就讲，他所依据的是 Selby 的注释本。看来这个注释本对他的"有理"也作了相当大的贡献。不知道为什么，其他译文均未提及自己的原本。水先生晚年致力于莎士比亚研究，他曾向我提及朱生豪的译文有很多地方用现代的词义翻译莎士比亚时代的词义。我认为这不是因为朱先生水平低、悟性差，而是当时条件有限，他手头没有多少注释详细的原本。可见好的注释本对译者理解原文帮助有多大！

我这次修订，对培根文体的"古雅"问题又考虑了很多，先说"古"，如果四百年前的英文"古"得就应当用文言文、或半文半白的文字翻译，那么，古希腊、古罗马，就应当用《诗经》、先秦诸子的文字来翻译对应了。但据我所知，解放后出版的外国经典著作基本上都是用白话文翻译的。哪怕先前有好的文言文的译本，也被白话文的新译本所取代（如柏拉图），独有培根的随笔在20世纪60年代和80年代有过几篇文言文译文，于是有人认为培根的作品只有译成文言文才对头。不过我认为，现在用文言文译出的东西，无论译得多漂亮，就像吕叔湘先生说的，"正如古式家具可供赏玩，却不很实用。"再说"雅"，我注意过不少介绍培根随笔的文字，似乎都未见到与这个中文词相对应的英文形容词，修改稿子前我又查阅了王佐良先生的《英国文学史》，现将其中论述培根的一段文字抄录如下：

> 培根是大哲学家，英国唯物主义的始祖，自称"以天下全部学问为己任"；他又是大官僚，登上了大理院

长的高位，却又以受贿罪而被弹劾去职，从此绝望仕途。后世诗人蒲伯称他为"最聪明、最出色、最卑鄙的人"。他的主要著作是用拉丁文写的，《随笔》只是一些摘记式的短文，所以才用英文来写，却不料他的文学声誉就建立在这本薄薄的小书上。从文学史来看，他是第一个把法国蒙田创立的随笔这一文学形式移植到英国来的人，后来它变成英国散文中最令人爱读的品种之一，培根之功不可没。而他自己所作，也确实出色，篇幅很短，而充满深刻的见解，表达方式则力求扼要而又周到。读者可以看出他的智慧像医生手里锐利的手术刀，在一层一层地解剖着人生和社会里的各种问题：真理、死亡、宗教、爱、逆遇、高位、友谊、父母与子女、读书、利己的聪明，等等，同时，他也谈美，谈旅行、娱乐、庭园、营造，笔下出现诗情，以至雪莱称他为一个"诗人"。

王先生又说："同培根的简约明晰的《随笔》相对照的，是一类繁复、华美，甚至带点神秘色彩的文章，代表作如汤玛斯·勃朗的《医生的宗教》（1642）和《瓮葬》（1658）。"王先生引用了自己的译文来展示培根的风格：

读书足以怡情，足以傅彩，足以长才。其怡情也，最见于独处幽居之时；其傅彩也，最见于高谈阔论之中；其长才也，最见于处世判事之际。

他引用杨周翰先生的译文来表现勃朗的特色：

学者和爱和平的人，他们不携带武器，但他们的舌头却比阿克提乌斯的剃刀还锋利；他们的笔更厉害，比雷声还响；我宁肯忍受大炮的震撼，也不愿忍受一支无情的笔的怒袭。

这两段译文给人的印象似乎难以印证前面的概述。王先生还摘译了勃朗的《忧郁的解剖》第6版的前言："我有啥说啥。我尊重内容而不是词语。……我不注意妙句，只尽全力使读者理解，而不是取悦他的耳朵。"同时又摘引周珏良译的一段《尤弗伊斯》：

曰：否，此大不然也，盖唯心所指则变物之性。日照粪壤，不损其明；钻石入火，不损其坚；水有蟾蜍，不染其毒；鸒鹉栖鳄吻，不为所吞；贤者不涉遐想，不动绮思。冬青耸出掬林；薜荔罩笼磐石，柔菌能当利刃；此非物之常乎？

在引文之后，王先生引用培根等人的观点加以点评：

> 这类美文自有爱好者，当时的贵族夫人小姐还竞相仿效，却为一些真要用散文把事情说清楚的务实之士所忌。他们不仅反对"尤弗伊斯体"，就连一般的修辞术也不以为然。有一位写蒙田式即培根式随笔的康华利斯把西塞罗式的修辞术比做"翻文字跟斗……明明一个字能说清楚的事却硬要用三个字！"而培根本人更是认为整个 16 世纪的主导风格是"追求词语过于内容"，是讲究修辞手段而不问内容是否重要，必须加以改革。

引文的这三位译者都是 20 世纪中国英语界的名家，他们翻译的也是 16 世纪的几位散文大家，译文都有突出的特色，但是否个个都贴近原文的风格，因为 16 世纪的英语属于"现代英语"，差异仅在个人文体方面，是否就像译文表现出的古文和白话文那么大，这还有待于探讨，后学者不敢盲从。文体的微妙区别，分辨就十分困难，恰如其分地翻译更是难上加难。乔伊斯自称（见 1920 年 3 月 20 日致弗兰克·巴津的信）在《尤利西斯·太阳神的牛》中用了从塔西佗到美国纽约市井俚语的二十多种文体。对此翻译家萧乾也无奈地说："这些在中译文中实难表达。译者仅在前半部使用了半文半白的文体，逐渐恢复到白话。"我不知道如果不是作者挑明，有多少读者能把这么多人的不同风格分辨出来，就是挑明了，又有多少读者能品尝出原作的不同风味；又有多少译者敢说他就能在译文中把它们充分展示出来。

我本来是想从这部《英国文学史》的有关论述中寻找启发和依据，修改我的译文，但看了上述几段引文后便更是无所适从了。但培根的做法给了我启示，他用拉丁文写大著作，用英文写小随笔，可见他的随笔是让普通读者看的。这一点在我国也并不少见，鲁迅用文言写他的学术著作《中国小说史略》和《汉文学史纲要》，但用白话写小说、写杂文。钱钟书用文言写《管锥编》、写《谈艺录》，但用白话写《围城》。更值得一提的是，他的《宋诗选注》一反许多注家用半文半白的文字做注的旧例，用了十分口语化的文字，如陈师道的《别三子》一诗的"夫妇死同穴"，在林庚、冯沅君主编的《中国历代诗歌选》是这样释义的："陈诗用《诗经》语意思却是：他与妻被迫生离，只有等死后，方能埋在一起。"钱钟书的释义意思完全一样，但语言大不相同："陈师道的意思说，自己一对夫妇活生生地拆开，只有等死后埋在一起了。"如果一个普通人写了后面这样一条注，是不是有人会嫌它"不雅"呢？

然而百人百性，萝卜芹菜各有所爱。这个译本无非是一名普通译者用普通语言译给普通读者看的书，有待大家批评指正。

我译的《随笔集》先后在北京和南京两地印行过三个版本。这本"文选"除了包含修订过的《随笔集》外，还增加了上文提及的《新工具论》的节选《论假象》和《新大西岛》中的一章《所罗门宫》，以展示培根作为随笔家、理论家和小说家的多方面成就。后面两篇均译自 *Norton Anthology of English Literature*。

译　者

2008 年 11 月于兰州

目 录

译本序 ………………………………… 001

随笔集 ………………………………… 001
- 一　谈真理 ………………………… 003
- 二　谈死亡 ………………………… 008
- 三　谈宗教统一 …………………… 012
- 四　谈报复 ………………………… 020
- 五　谈厄运 ………………………… 023
- 六　谈作假与掩饰 ………………… 026
- 七　谈父母与子女 ………………… 031
- 八　谈结婚与独身 ………………… 034
- 九　谈嫉妒 ………………………… 038
- 十　谈爱情 ………………………… 046
- 十一　谈高位 ……………………… 050
- 十二　谈胆大 ……………………… 056
- 十三　谈善与性善 ………………… 060
- 十四　谈贵族 ……………………… 065

十五	谈叛乱与骚动	069
十六	谈无神论	080
十七	谈迷信	086
十八	谈旅游	089
十九	谈君权	093
二十	谈诤谏	102
二十一	谈拖延	110
二十二	谈狡猾	113
二十三	谈利己之道	120
二十四	谈革新	123
二十五	谈快捷	126
二十六	谈假聪明	129
二十七	谈友谊	132
二十八	谈花销	144
二十九	谈国家的真正强大	147
三十	谈养生之道	160
三十一	谈猜疑	163
三十二	谈话语	166
三十三	谈殖民地	170
三十四	谈财富	176
三十五	谈预言	183
三十六	谈野心	191
三十七	谈假面剧与演武会	196
三十八	谈人的天性	199
三十九	谈习惯与教育	203

四十	谈幸运	207
四十一	谈放债	211
四十二	谈青年与老年	218
四十三	谈美	223
四十四	谈残疾	226
四十五	谈建房	229
四十六	谈园林	237
四十七	谈协商	247
四十八	谈随从与朋友	252
四十九	谈求情办事者	256
五十	谈学养	261
五十一	谈党派	266
五十二	谈礼貌	270
五十三	谈赞扬	274
五十四	谈虚荣	278
五十五	谈荣誉和名声	283
五十六	谈司法	288
五十七	谈愤怒	297
五十八	谈事变	301

新工具论（节译） ········· 313
　〔论假象〕 ············· 315

新大西岛（节译） ········· 327
　〔所罗门宫〕 ············ 329

随笔集

一　谈真理

（1625年作）

"真理为何物？"彼拉多①戏言相问，但并不指望回答。

诚然，总有人喜欢朝三暮四，认定固守信仰无异于枷锁加身，所以无论行为思想均追求随心所欲。虽然此类哲人俱已往矣，但仍有巧舌如簧之士跟他们一脉相承，然而气血之刚烈已远逊于古人矣。

但人们依然偏爱虚假，究其原因不仅由于寻求真理得不辞艰辛，也不仅由于发现真理后反而使人的思想作茧自缚，而且还来源于人们的一种劣根性：嗜假成癖。晚期的希腊哲学流派中有一派人考察过这个问题，②对人们为何喜欢虚假百思不得其解：如果说诗人弄虚以寻欢，商人作假为牟利，那一般人就只有为虚假而爱虚假了。个中缘由我也难以相告,也许真理恰如磊落的天光,所有假象、盛典在烛光下显得典雅堂皇,但经它一照,则难免穷形尽相。真理也许等价于一颗珍珠,只有在日光映照下才尽显璀璨,但却赶不上钻石、红玉,它们在光怪陆离中大放异彩。掺假总能增添乐趣。倘若从人的头脑里除去愚蠢的见解、媚悦的憧憬、错误的估价、自欺欺人的幻想之类的东西,那么所剩的只是一些卑微贫乏的意念,充斥着忧郁、恶意,甚至自己也感到厌恶,对此恐怕无可置疑吧?有位先哲尖刻地将诗歌称为"魔鬼之酒③",因为它填充人的想象,用的只不过是虚假的影子而已。然而有害的并不是掠过心田一晃而去的虚假,而是上文所说的沉积心底、安如磐石的虚假。

尽管这些东西浸透了人们堕落的思想感情,然而作为自身唯一仲裁者的真理却教导说:追求真理,是向它求爱求婚;认识真理,是与它相亲相依;相信真理,是用它尽兴尽欢,所以真理才是人性的至福至善。上帝创造天地万物的数

---

① 参见《圣经·新约·约翰福音》第18章第38节。彼拉多(?—36以后)在罗马皇帝提比略在位期间任犹太巡抚(26—36),主持对耶稣的审判,此话是他审判耶稣时所问,不过并非一句戏言,而是以迷惘的口吻说的。第一句原来并不是正文的组成部分,仅仅是作为一句引言。
② 也许指的是怀疑论,公元前300年左右由希腊哲学家皮郎(约前360—前272)创立。
③ 圣哲罗姆和圣奥古斯丁分别有"诗乃魔鬼之食"和"诗乃谬误之酒"的说法。

日内，他最初的造物为感性之光，最后的造物是理性之光；尔后，他安息日的工作便是以其灵昭示众生。[①]起初，他将光明吐向万物混沌的表面，继而又将光明吹入世人的面庞，如今他依然将光明向其选民的脸上喷射。有一位诗人[②]给他那一派人增光不少，从而让该派不比别派逊色，他的话非常精辟："伫立于岸边遥望舰船颠簸海面可谓乐事，据守在城堡凭窗俯视两军将士鏖战脚下亦属乐事；然任何快乐与登临真理之巅（一座雄视万象的高山，空气永远清新、宁静）俯瞰下面谷中的谬误、彷徨、迷雾和风雨相比，皆会黯然失色。"但观望此景须怀悲天悯人之心，切勿现顾盼自雄之态。当然，如若人心能动于仁爱，安于天意，围绕真理之轴旋转，那人间就无异于天堂了。

从神学和哲学真理转向为人处世的真诚，即便那些并不按真理办事的人也会承认，做事光明正大乃人性之荣光，弄虚作假犹如金币和银币中的合金，它可以扩大金银的流通，但却贬损了它们的价值。这些迂曲拐弯的行径犹如蛇行，蛇不用脚走，而靠肚爬，行状甚为卑劣。人若被发现有阳奉阴

---

① 参见《圣经·旧约·创世记》第1章第1～3节："起初，上帝创造天地。地是空虚混沌。渊面黑暗。上帝的灵运行在水面上。上帝说，要有光，就有了光。"第2章第7节："上帝用地上的尘土造人，将生气吹在他鼻孔里，他就成了有灵的活人，名叫亚当。"
② 指古罗马诗人卢克莱修（约前93—约前50）。

违、背信弃义之嫌,那可是无以复加的奇耻大辱;蒙田[①]在探讨谎言为何可耻可恶时说得真好:"仔细想来,说人撒谎就等于说他蔑视上帝,惧怕凡人。因为谎言是直面上帝而逃避凡人的。"有人预言:基督再来时,他在世上将难遇诚信。[②]因此谎言是吁请上帝审判人类的最后钟声。此言对于虚伪和背信的劣迹真可谓描述得再高明不过了。

解　析

一、有人并不喜欢真理:

　　1. 古代的哲人;

　　2. 当今的"巧舌如簧之士"。

二、其原因为:

　　1. 寻求真理得不辞艰辛;

　　2. 真理使人的品行作茧自缚;

　　3. 人们天生嗜假成癖,因为

　　　　(a) 真理会暴露过多的虚假。

　　　　(b) 虚假能愉悦人的想象。

[①] 蒙田(1533—1592),法国散文家,此语出自他的《随笔集》第2卷第18章《论否认说谎》。
[②] 参见《圣经·新约·路加福音》第18章第8节:"然而人子来的时候,遇得见世上有信德吗。"

三、然真理乃"人性的至福至善",是

    1. 上帝永恒的造物及恩赐;

    2. 人类唯一的安身立命之处,如卢克莱修所言。

四、"为人处世的真诚"(即道德上的真诚):

    1. 举世公认光荣高尚;

    2. 而说谎则是奇耻大辱(蒙田语);

    3. 因此将是吁请上帝审判人类的最后钟声。

二　谈死亡

（1612 年作　1625 年增订）

成人惧怕死亡恰如儿童怕进黑暗；儿童天生的恐惧随着故事同步增长，成人情况亦然。静观死亡，将它视为罪恶的报应[①]，看作去另一世界的必由之路，当属神圣虔诚之见。然而，惧怕死亡，将其视为应向自然交纳的贡品，则是愚陋之谈。而在宗教沉思录中，时而混杂着虚幻迷信色彩。在一些修士的《修行记》中，你会读到此类文字：人当自忖，若指尖遭受挤压折磨尚有钻心之痛，进而推想死亡之际，全身腐朽化解，其痛又当如何。其实，死亡时经历的苦痛比一肢受刑要轻松百倍，因为最致命的部位未必最敏感。一位言者以哲人与凡人的双重身份说出如下妙语：“死亡的声势比死亡本身更为恐怖。”[②] 呻吟，惊厥，面无血色，亲朋哭泣，黑衣黑幔，丧葬仪式，诸如此类使死亡显得怵目惊心。

值得注意的是,人心中的情感尽管脆弱,但并非不能抗御对死亡的恐惧。既然人身旁簇拥着那么多能战胜死亡的帮手,死亡就未必那么可怕。复仇战胜死亡,爱情蔑视死亡,荣誉渴望死亡,悲哀奔赴死亡,恐惧抢占死亡。此外,我们还从史书中读到:奥托皇帝自杀之后,哀怜之心(一种最温柔的情感)煽诱众人纷纷效死,纯粹为了表示对皇上的哀怜之情和身为追随者的耿耿忠心。此外,塞内加认为"苛求"和"腻烦"也会使人舍生求死:"想一想你将同样的事情做了多少遍,不仅勇敢和痛苦之辈想一死了之,连苛求之人也想一了百了。"③一个人尽管既不勇敢也不痛苦,但反反复复做同一件事的腻烦也足以令他萌生死念。

同样值得注意的是,死亡的临近对英雄豪杰影响甚微,因为这种人到了最后一刻仍不改本色。奥古斯都·恺撒④临死还说这样的赞语:"永别了,利维娅!终生勿忘我们夫妻一场。"⑤

---

① 参见《圣经·新约·罗马书》第6章第23节:"因为罪的工价乃是死。"
② 原文为拉丁文,为古罗马哲学家、政治家、剧作家塞内加(约前4—公元65)原话的大意。
③ 原文为拉丁文。
④ 奥古斯都·恺撒(前63—公元14),罗马帝国第一任皇帝,前27—公元14年在位,恺撒的继承人。在位时扩充版图,改革政治,奖励文化艺术。原名屋大维,元老院奉以奥古斯都(意为"神圣"、"伟大")称号。
⑤ 原文为拉丁文。

提比略①临死还在作假,正如塔西佗②所言:"提比略体力衰竭,但虚伪依旧。"韦斯巴芗③死到临头,还坐在凳子上调笑:"我想,我就要成神了。"加尔巴④死时还引颈陈词:"砍吧,倘若这样做有益于罗马人民的话。"塞普蒂默斯·塞维鲁⑤临死前还在处理政务,他说:"要是还要我办什么事,那就快点。"诸如此类,不胜枚举。

斯多葛派对死亡未免过于推重,他们大力筹办,使死亡显得愈加恐怖。有种说法更有道理:"他把生命的终结看作自然的一种恩赐。"⑥死与生同样自然;也许对婴孩而言,生与死同样痛苦。

人若死于孜孜追求之中或伤于热血沸腾之际,当时是不大感到疼痛的;因此一颗专一向善的心灵就能避免死亡的苦

---

① 提比略(前42—公元37),古罗马皇帝,14—37年在位。长期从事征战,军功显赫。56岁继养父奥古斯都皇位,因渐趋暴虐,引起普遍不满,在卡普里岛被近卫军杀死。
② 塔西佗(约55—约120),古罗马历史学家,此语出自他的《编年史》第6卷。
③ 韦斯巴芗(9—79),古罗马皇帝,69—79年在位。在位时整顿财政,改组军队,加强武力统治,营建罗马广场、凯旋门和大竞技场。
④ 加尔巴(前3—公元69),古罗马皇帝。68年举兵反对尼禄,尼禄自杀后被元老院确认为罗马皇帝,后在罗马广场被禁卫军杀死。
⑤ 塞普蒂默斯·塞维鲁(146—211),古罗马皇帝,193—211年在位。在位时扩建新军团,压制元老院,加强中央集权,吞并美索不达米亚,后在征服不列颠的地区时病死于埃波拉孔。
⑥ 原文为拉丁文,引自古罗马诗人尤维纳利斯(约60—约140)《讽刺诗》第10首第358行。

痛；尤其应当相信：一个人实现伟大目标和抱负时，最甜美的歌莫过于"如今请让你的仆人离去"。死亡还有一点，就是它能打开美誉之门，熄灭嫉妒之火："生前遭人妒忌者死后受人爱戴。"

解　析

一、对于死亡有一种愚陋的恐惧——

1. 甚至与宗教相混杂；
2. 为死亡的伴随物所增强。

二、抗御恐惧死亡的帮手：

1. 情感——复仇、悲哀、恐惧，等等；
2. 崇高的人生，死亡的临近不能改其本色；
3. 斯多葛派的筹办不起作用，反而使死亡显得愈加恐怖；
4. 孜孜追求伟大的目标；
5. 憧憬声名。

三　谈宗教统一

（1612年作　1625年重写）

宗教是人类社会的主要维系，若其自身能维持真正的统一，实为幸事一桩。围绕宗教产生的争执和分歧是异教徒闻所未闻的劣迹。这是因为异教徒的宗教并无任何恒定的信仰，只表现为各种典礼和仪式。他们的教士、神甫由诗人充当，由此可以想见，他们的信仰是一种怎样的宗教。然而，真正的上帝具有这样一种特性：他是一位"忌邪的神"[1]，所以他的崇拜与宗教既掺不得半点杂质，也不容他神分享。因此我们就宗教统一要讲几句，谈谈统一的结果、界限和手段。

统一的结果（除了取悦上帝，因为这是至关重要的）有二：一是针对教外人士的，二是针对教内人士的。就前者而言，异端邪说、拉帮结派无疑是坏中之坏，更甚于伤风败俗。肉体上伤身断肢比一种体液的败坏②更加危险，精神上情况亦然。所以要使教外人士望而却步，要将教内人士逐出教门，行之有效者莫过于破坏统一。每当遭遇此类情形：有人说："看哪，他在旷野里，"又有人说："看哪，他在内屋中，"③（即每当一些人在异端秘密集会里寻找耶稣，而另一些人在教堂门面上寻找耶稣之时），这种告诫的声音应一直在人们耳际回响："不要出去。"外邦人的教师④（他工作的性质使他对教外人士特别担心）说："如果一个异教徒进来，听见你们操着多种方言说话，岂不说你们癫狂了吗？"⑤诚然，无神论者和世俗之徒一旦听说教内见解如此冲突，印象必不会好，他们对教会也就避而远之，不免去"坐亵慢人的座位"⑥。一位嘲讽大师⑦竟以"异教徒的莫里斯舞"⑧为他虚构的丛书中的一本书命名，此事虽小，然而作为如此严肃

---

① 参见《圣经·旧约·出埃及记》第20章第5节。
② 西方中世纪生理学说认为人体中有四种体液，若它们配合不均，就会导致疾病。
③ 参见《圣经·新约·马太福音》第24章第26节。
④ 指圣保罗。
⑤ 参见《圣经·新约·哥林多前书》第14章第23节。"操着多种方言说话"比喻教义不统一。
⑥ 参见《圣经·旧约·诗篇》第1篇第1节。
⑦ 这里指法国作家拉伯雷（约1483—1553）。
⑧ 莫里斯舞是英国一种传统民间舞蹈，在五朔节表演，舞者通常为男子，身上系铃，扮作民间传说中的人物，模样怪异。之所以称为莫里斯舞，莫里斯这个词显然来自"莫里斯科"（morisco），意为"摩尔人的"。

的问题的一个佐证，正将这一弊端鞭挞得入木三分：异教徒丑态百出，卑躬屈膝；恰为那些爱诋毁神圣事物的世俗狂徒和腐朽政客徒增笑资。

宗教统一带给信徒的则是和平。和平包含着无尽的福祉。它树立信仰，点燃爱心，并使外在的宗教和平净化为内在的平和心境：不必苦心孤诣钻研撰写论战檄文，转而致力于读写修行、祈祷的伟论。

至于统一的界限，进行正确定位至关重要。似乎存在着两个极端。在某些狂热分子听来，一切主张和解的言辞都不堪入耳。"平安不平安，耶户说，平安不平安与你何干？你转在我后头吧。"①平安不平安倒无关紧要，要紧的是沆瀣一气，结党营私。另一个极端则是某些老底嘉派②和态度温暾之辈，他们以为可以用折中、骑墙和巧妙的调停来调解宗教问题，仿佛他们要在上帝和凡人之间做出公断似的。这两种极端都应避免，但要做到这一点，我们必须将救世主亲自起草的《基督徒盟约》中的两条相反相成的条文解释得中肯明白："跟我们不相合的就是反对我们，不反对我们的就跟我们相合。"也就是说，应将宗教中的根本实质性的问题同

---

① 见《圣经·旧约·列王纪下》第9章第18节。耶户系以色列第十代王。
② 参见《圣经·新约·启示录》第3章第14～16节。

不纯属信仰，而仅是见解、派别或良好意图的问题真正分别开来。许多人认为此乃区区小事，而且已经解决，但倘若处理得更少偏颇，则会更受普遍欢迎。

关于这一点，我仅提供一点建议。人们应当注意且勿以两种争论分裂上帝的教会；其中一类争论只不过是由辩驳引发的，争论的问题纯属鸡毛蒜皮，犯不着为它大动肝火，势不两立。有一位先哲发现："基督的黑衣确实没有缝儿，但教会的外衣五颜六色。"①因此他说："衣服可以形形色色，但不可让它开裂。"②可见统一与划一是两码事。另一种是争论的问题至关紧要，但因着眼点过于琐屑晦涩，以至使争论最后钻了牛角尖，脱离实际，明理善断之士有时会听见一些无知之徒争短论长，但他心里明白，这些殊异之谈指的是同一码事，然而他们自己却永远不会达成共识。倘若人与人之间由于判断的差异而出现上述情况，那我们还能认为洞悉人心的上帝就不能发现脆弱的人类尽管言辞对立、用意却完全一致，从而能接受双方的意见吗？这类争论的性质，圣保罗在他关于同一问题的告诫中已淋漓尽致地予以表达。"躲

---

① 参见《圣经·新约·约翰福音》第19章第23节。
② 原文为拉丁文，"先哲"指圣伯尔纳。圣伯尔纳(1090—1153)，法兰西人，天主教西多会修士，明谷隐修院创立者。在政治、文学、宗教等方面对西方文化有重大影响。

避世俗的虚谈和那敌视真道、似是而非的学问。"①人们向壁虚造种种矛盾冲突,并赋予它们新的名号,这些名号已约定俗成,以致本来该受实义支配的名号,反而支配了实义。

和平或统一也有假的,表现有二:一种建立在蒙昧无知的基础之上,因为黑暗中百色相同;另一种是在坦率承认根本问题矛盾的基础之上拼凑起来的,因为在那些事情上的真与假,就像尼布甲尼撒王梦见的大象脚趾上的铁和泥,可以粘在一起,却不能融为一体。②

至于谋求统一的手段,人们必须当心,在谋求或巩固宗教统一时,切不可废弛博爱义方和人类社会的法度。基督徒有两口剑,宗教之剑和世俗之剑,在维护宗教时二者都有相应的职能和地位;然而我们不可拿起第三口剑,即穆罕默德之剑,或者类似的剑;也就是说,不可借助干戈传教或以腥风血雨的迫害来胁迫人的良心,除非有明火执仗辱没宗教、亵渎神明、或者叛国谋反的情况出现;更不可放任滋生事端,认可阴谋叛乱,授民众以刀剑以及诸如此类意在颠覆神授予的政权③的行

---

① 见《圣经·新约·提摩太前书》第6章第20节。
② 参见《圣经·旧约·但以理书》第2章。
③ 这里似乎指《圣经·新约·罗马书》第13章第1~2节:"凡掌权的都是上帝所命的。"

为①,因为这样做无异于用第一块石板撞击第二块石板,把两块统统撞碎②;而且一心要视世人皆为基督徒,从而忘记了他们是人。诗人卢克莱修看到阿伽门农竟然忍心把自己的女儿当祭品,便惊呼:

"宗教作恶如此之甚。" ③

倘若他知道法国的大屠杀或英国的火药阴谋,他又当何言以对?④他会七倍地沉溺于逸乐,更加不信神灵。因为那口世俗之剑为了宗教而拔出鞘时,需要慎之又慎,所以将它放到百姓手中便是荒谬绝伦之举。这种事还是留给再洗礼派⑤教徒和其他亡命之徒吧。魔鬼说"我要升到高云之上,

---

① 培根影射教皇开除伊丽莎白女王教籍的行为。
② 据《圣经·旧约·出埃及记》所载,摩西带领希伯来人出埃及过红海,抵西奈山,在那里传授上帝刻在两块石板上的十诫,令希伯来人遵守。第一块板上是人对上帝的责任,第二块板上是人对人的责任。
③ 原文为拉丁文。阿伽门农,特洛亚战争中希腊军队的最高统帅,由于得罪了狩猎女神,女神使奥利斯港平静无风,船队不能进发,预言家指出,必须将爱女伊菲革涅亚献祭给阿耳忒斯,女神之怒方能平息。阿伽门农迫于无奈,只好同意将爱女杀死献给女神。但在最后一刻,女神赦免了伊菲革涅亚,将她摄走,用一只牝鹿代之,随后风起,希腊联军开始进发。
④ 指1572年的圣巴多罗缪节对胡格诺派教徒的大屠杀和1606年11月5日英国天主教徒企图炸毁议会、炸死詹姆斯一世的阴谋事件。
⑤ 欧洲中世纪基督教的一个教派。不承认为婴儿所施的洗礼,主张成年后须再次受洗,故称。主要成员为农民和城市平民,他们对封建制度及其支柱天主教会极度仇恨,一部分人参加了德国的农民起义,后受到残酷镇压。

培根随笔 | 017

我要与至上者同等"①，那是极大的亵渎。可是如果让上帝扮演成某种角色，让他说"我要降到地下，当个黑暗之王"，那就是更大的亵渎了。倘若宗教的目标堕落到谋杀君主②、残害百姓、颠覆国家和政府这一类丧尽天良的行径，那跟亵渎行为相比又好在哪里？毫无疑问，这是把圣灵鸽子般的形象贬为兀鹰和乌鸦，这是在基督教会的船上挂起海盗和杀手的旗号。因此，教会必须靠教义、教令，君主必须靠武力、文治。无论是基督教的还是伦理的，好像借助墨丘利的神杖③一样，都要把支持上述罪行的行为和看法统统打入地狱，并使它们万劫不复，如同大多已经做过的那样。毫无疑问，关于宗教讨论，那位使徒的话应当放在前面："人的怒气并不成就上帝的正义。"④值得注意的是，一位睿智的前辈同样坦诚地表白：凡对良心施压的人一般都有自己的打算。

解 析

一、宗教中的异见自然限于那些崇拜一位**忌邪的神**的人。

---

① 见《圣经·旧约·以赛亚书》第14章第14节。
② 这里指法王亨利三世于1589年被一名多明我会修士暗杀之事。
③ 古罗马神话里墨丘利手持神杖招引亡魂前往阴间。
④ 见《圣经·新约·雅各书》第1章第20节。使徒指雅各。

二、统一的结果：

1. 避免坏事祸因(教外)；

2. 保证和平(教内)。

三、统一界限的确定：

1. 不是由着狂热(耶户)这一个极端；

2. 也不是由着宽松(老底嘉派)的另一个极端；

3. 而是借助仔细公正地区分实质性问题和一般性问题，因为：

    (a) 不必要的讨论也许会出现在鸡毛蒜皮的问题上；

    (b) 或者会出现在以琐屑的方式处理的重大问题上。

四、在下列情况下统一是假的：

1. 建立在蒙昧无知的基础之上时；

2. 建立在对真正分歧无知的基础之上时。

五、统一的手段：

1. 宗教权威，
   世俗权威，} **合法**。

2. 迫害，**非法**。

四　谈报复

（1625年作）

　　报复是一种野道，人性越是趋之若鹜，法律就越应将其铲除。因为头一个犯罪仅仅是触犯法律，而对该罪施加报复则是取代法律。毫无疑问，一个人如果采取报复行为，就等于跟他的仇人扯平拉齐；然而要是放他一马，他则高出仇人一筹，因为宽恕乃王者风范。所以所罗门有言："宽恕人的过失，便是自己的荣耀。"[①]过去的已经过去，不可挽回，明达之士则着眼于现在与未来；所以对往事耿耿于怀只是跟自己过不去而已。况且为作恶而作恶的人是绝对没有的，人作恶无非是要沽名、渔利、寻欢、作乐。因此我何苦要为一个人爱己胜过爱我而愤愤不平？如果一个人完全是出于生性凶恶而作恶，那又如何？充其量仅像荆棘刺玫，除了扎划钩擦，别无能耐。

有些冤情无法可纠，如果进行报复，还情有可原；然而人们还得当心，他的报复也必须无法律惩处，否则他的仇人仍占上风，因为他和仇人受惩处的次数为二比一。有人进行报复时喜欢让对方明白报复的来由，这还比较豁达大度：因为其中的快乐似乎不在于伤人，而在于让对方悔罪；然而卑鄙狡猾的懦夫却像飞来的暗箭。

佛罗伦萨大公科斯莫[②]严词抨击对朋友的背信弃义，仿佛这些罪行不可宽恕似的："你会读到基督要我们宽恕我们的敌人的教导，却永远不会读到要我们宽恕我们的朋友的训诫。"然而约伯的精神格调更高一筹，他说："难道我们从上帝手里得福，不也受祸吗？"[③]推及朋友，情况亦然。

的确，一个人念念不忘报复，就等于让自己的伤口经常开裂，否则，它就会愈合的。

报公仇大多大运亨通，例如为恺撒的死报仇、为佩提那克斯[④]的死报仇、为法王亨利三世的死复仇。然而报私仇却运道不佳，不仅如此，报仇心强的人，过的是巫婆的日子：

---

① 见《圣经·旧约·箴言》第19章第11节。
② 科斯莫(1519—1574)，佛罗伦萨大公，统治佛罗伦萨达34年。
③ 见《圣经·旧约·约伯记》第2章第10节。
④ 佩提那克斯(126—193)，古罗马皇帝，在位86天，被一帮哗变的禁卫军所杀。后来他的继位人米乌斯·塞维努斯(193—211年在位)把那帮禁卫军处死。

由于他们存心害人，所以就不得好死。

解　析

一、报复不可容忍，因为它——

　　1. 破坏法律；

　　2. 不光彩；

　　3. 无法纠正过去的冤情；

　　4. 看不见人类的软弱和自私。

二、然而在下列情况下倒情有可原：

　　1. 法律缺失时；

　　2. 正大光明地进行时。

三、朋友之间，宽恕应当排除报复。

四、报公仇一般成功，报私仇大多失败。

五　谈厄运

（1625年作）

塞内加有一句仿斯多葛派①的高论："幸运的好处令人向往，厄运的好处叫人惊奇。"毫无疑问，如果奇迹就是统摄自然，那么它们大多在厄运中出现。他还有一句宏论比这还要高明(此言出自一个异教徒之口，实在高明绝伦)："集人的脆弱与神的旷达于一身，才是真正的伟大。"如果将此话写成诗，那就更加妙不可言，因为在诗里，豪言壮语更受赞许。的确，诗人一直潜心于此道，因为它其实就是古代诗人的奇谈中表现的那种东西，这种奇谈似乎并不乏玄秘，而且似乎与基督徒的境况相当接近，"赫拉克勒斯②去解放普罗米修斯③（他代表人性）时，他坐在一个瓦盆或瓦罐里渡过了大海"，基督徒驾着血肉的小舟穿越尘世的惊涛骇浪，这种决心，被它描绘得活灵活现。

用平实的语言讲，幸运产生的美德是节制，厄运造就的美德是坚忍。从道德上讲，后者更富有英雄气概。

幸运是《旧约》的恩泽，厄运则是《新约》的福祉，因为《新约》蕴涵着更大的祝福以及对神恩更加明确的昭示。然而，即便在《旧约》里，如果你聆听大卫的琴声，你就会听见像欢歌一样多的哀乐；圣灵的笔在描绘约伯的苦难之际比描绘所罗门的幸福之时更加用心良苦。

幸运并非没有诸多恐惧和灾殃，厄运也不是没有安慰与希望。在编织和刺绣中，阴暗的底子上明快的图案比明快的底子上阴沉的图案更加喜人。因此，从悦目来推断赏心吧。

无疑，美德如同名贵的香料，焚烧碾碎时最显芬芳：因为幸运最能揭露恶行，而厄运则最能发现美德。

解 析

一、异教徒对厄运有崇高的评价：

1. 塞内加；

2. 普罗米修斯的寓言。

二、厄运的恩泽：

---

① 在古希腊和罗马时期兴盛起来的一派思想。
② 即罗马神话中的赫丘利。希腊罗马传说中最著名的英雄。
③ 希腊宗教中的提坦之一，是善用诈术的神和火神。他的名字意为"先知"。

1. 造就坚忍；
2. 尤其是《新约》中的福祉所在，尽管在《旧约》里并非没有提及；
3. 因此它的安慰更显明亮；
4. 培育美德。

六　谈作假与掩饰

（1625年作）

掩饰是一种荏弱的策略或智谋，因为要知道什么时候该讲真话，什么时候该办实事，都需要强健的心智，因此孱弱的政治家都是掩饰大家。

塔西佗说："莉维娅①融会贯通了其夫的谋略与其子的掩饰。"这话的意思是奥古斯都有谋略，提比略善掩饰，而当穆西亚努斯②鼓动韦斯巴芗举兵反抗维特利乌斯③时，他说，"我们起兵反抗的既非奥古斯都的明察秋毫，亦非提比略的谨慎或诡秘。"计谋或韬略，掩饰或诡秘的此类性质的确是不同的习惯与才能，应当加以区分。如果一个人真有洞察秋毫的本领，能看出什么事应当公开，什么事应当保密，什么事应当显露得若明若暗，而且能因人而异，因时而化（这才是塔西佗真正的治国立身的要术），那么对他而言，掩饰的习惯是一种障碍,一种贫弱的表现;然而一个人如果达不到那种明察秋毫的水平,他就只有事事保密,处处掩饰了。因为每当一个人在具体事情上无法选择、难以变通时,笼统地采取这种万无一失的举措实为上策,就好像眼神不好的人行路时蹑手蹑脚一样。毫无疑问,自古以来干练之才办事开诚布公,享有诚实可靠的美名。然而他们就像调教得当的马匹,因为他们明白何时该止步,何时当转弯;而且在他们认为情况确实需要掩饰时,假如他们果真掩饰了,那他们诚信、清廉的美名早已远扬,所以几乎不会受到怀疑。

自我掩饰可分三等:第一等是守口如瓶,秘而不宣。他是何种人,叫人看不出破绽,抓不住把柄;第二等,消极掩饰。就是故意放出空气,说他并不是他就是的那种人;第三等,积极作假。就是处心积虑装成他不是的那种人。

关于第一等,秘而不宣。这的确是告解神甫的德行,守口如瓶的人无疑能听到很多告白。因为谁愿意向一个贪嘴长舌之人敞开心扉呢?如果一个人被认为能严守秘密,就会招人向他吐露隐私,就像密闭的空气能吸取开放的空气一样。

---

① 奥古斯都的第三位皇妃。
② 穆西亚努斯,古罗马的一位将领。
③ 维特利乌斯(15—69),古罗马皇帝,69年在位,尼禄死后三位短命继承人中的最后一位。

忏悔时的袒露不是为了什么实际用处，而是为了减轻心里的负担，于是，严守秘密的人就用这种手段知道了很多事情。而人们与其说是交心，毋宁说是散心。简言之，秘密应为保密的习惯占有。况且（实话实说），裸露，无论肉体的还是精神的，都是不雅观的，如果人们的举止行为不完全公开，就会增添不少尊严。至于碎嘴饶舌之辈，他们通常既愚蠢，又轻信。爱说知道的事情的人，也爱谈不知道的事情；因此可以断定：保密的习惯对治国修身都有裨益。就此而言，一个人的面孔最好让他的舌头讲话。因为一个人的自我由他的面部特征暴露出来是个大弱点、大泄露，这要比由人的语言暴露出来不知引人注目、让人可信多少倍。

关于第二等，掩饰。掩饰必然与保密形影不离，因此谁要保密，谁就要在某种程度上进行掩饰。因为人们太精明，不可能让一个人持骑墙态度，不可能既要保密又要不偏不倚。人们一定会用各种问题困扰他，引诱他，探他的口风，这样一来，除非他荒唐得拒不开口，否则一定会说出他的倾向来。即使他不说出来，人们从他的沉默中也会猜出一个大概，跟他说出来没有两样。如果含糊其辞、故弄玄虚，那也无法坚持长久。所以谁也无法保密，除非他留给自己一点掩饰的余地，掩饰可以说是保密的裙裾。

至于第三等，作伪和假冒。我认为这种做法犯罪的成分多，谋略的成分少，除非它表现在重大而罕见的事情上。因此，作假的习惯（就是这最后一等）是一种恶行，起因不是生性虚伪，就是天生胆小，要不就是因为有重大的心理缺陷。因为这些弱点必须掩盖，就使一个人在别的事情上作假，以免生疏其技。

作假与掩饰有三大好处：其一，使对手高枕无忧，然后搞突然袭击。因为人的意图一公开，那就等于发出了唤醒反对者的警报；其二，给自己留有一条安全的退路。如果一个人发表了宣言，为了言而有信，他就必须一干到底，要么只有接受失败的下场；其三，更好地识破他人的居心。因为对于一个开诚布公的人，别人很难表示反对，就索性让他继续说下去，他们只好闭上嘴巴，心里做事。因此西班牙有句妙语："谎后见真情"，仿佛除了作假再没有办法发现真情似的。作假与掩饰也有三大弊端，结果拉成了平局。一、作假与掩饰总是面带惧色，这在做事时有碍于一箭中的；二、它使许多人感到莫明其妙，难以跟他合作，他只好单枪匹马去实现目标；三、这也是最大的弊端，它剥夺了一个人立身行事的最重要的工具——信任。而最佳组合则是享有坦诚的美名，养成保密的习惯，适当使用掩饰，无可奈何时有能力作假。

解 析

一、掩饰是荏弱的标志。

二、秘而不宣：

    1. 要求坦白；

    2. 雅观、体面（**像衣服**）；

    3. 遏制虚荣；

    4. 阻止暴露。

三、掩饰往往是保密的必然结果。

四、作假：

    1. 有更多的犯罪成分；

    2. 一旦成为习惯，就是一种真正的恶行。

五、作假与掩饰的好处：

    1. 使对手高枕无忧；

    2. 给人留下一条安全的退路；

    3. 帮助人发现别人的居心。

六、它们的弊端：

    1. 在任何事务上有碍于快捷；

    2. 使一个人没有合作的伙伴；

    3. 使一个人不可能被他人信任。

七　谈父母与子女

（1612年作　1625年增订）

父母的欢乐藏而不露，他们的悲哀与恐惧也是这样。欢乐他们无法说，悲哀与恐惧则不肯说。子女使他们的辛苦变甜，也使他们的不幸更苦；子女增添了生的忧虑，却减轻了死的记怀。传宗接代是动物的通例，而名声、德行和功业则为人类独有。人们一定看到，丰功伟业总出自无儿无女的老绝户之手，因为这种人力图在他们肉体的形象后继无人的情况下表现他们精神的形象，所以没有后代的人反而最关心后代。创立家业的人对子女最纵容，因为他们把子女不仅看做家族的传承，而且还看做事业的延续，所以他们既是子女，又是造物。

父母疼爱子女时往往厚此薄彼，有时候心眼偏得没有道理，尤其是母亲。正如所罗门所言："智慧之子使父亲欢乐，愚昧之子叫母亲担忧。"①人们一定看到，有的家里儿女满堂，老大、老二深受器重，老小备受娇惯，居中的几个好像被父母遗忘，然而事实往往证明他们最有出息。

父母对孩子的零用钱抠得太紧是个错误，必生祸患，这样做使他们变得卑贱，学会投机取巧，结交一些狐朋狗友，日后手头宽裕时，更会放浪形骸。因此当父母的权威用在严管子女、而不是严管钱包时，才有最好的结果。

人们有一种愚蠢的作风（父母、老师、仆人都是这样），就是挑动年幼的弟兄争强斗胜，结果成年后往往兄弟失和，家庭不安。意大利人不大区分子女侄甥或近亲，只要同居一族，纵然不是亲生子女，也无所谓。说实话，在性质上，这大体上是同一回事。由于血缘使然，我们有时会看见某个侄子或外甥更像叔伯、舅舅或别的亲人，却不像他的生父。

父母打算让子女从事何种职业，走什么道路，应趁早选定，因为小时候他们的可塑性最强。父母不必太拘泥儿女的爱好，别以为子女最爱做的就一定能做得最好。当然，如果子女的爱好和天赋非常突出，那就最好不要横加干预。不过一般来说，这句格言讲得很好："选择最好的，习惯会使他变得轻松愉快。"

---

① 见《圣经·旧约·箴言》第10章第1节。

小弟通常很幸运,但很少、甚至从来没有因为兄长被剥夺了继承权而走运得福。

解 析

一、父母不幸:

  1. 子女加强了悲哀与忧虑;

  2. 却减少了建功立业的机会。

二、父母对待子女的差错:

  1. 疼爱时厚此薄彼;

  2. 吝啬;

  3. 鼓励争强斗胜;

  4. 不明智地选择未来的职业。

三、"小弟通常很幸运"。

八　谈结婚与独身

（1612年作　1625年略作增订）

男人有了妻子儿女等于给命运之神交了人质，因为他们给丰功伟业造成了障碍，不管那些功业是福还是祸。所以为公众建立的最大的功业总出自单身汉或老绝户之手，因为这种人在感情上等于娶公众为妻，把钱财交给公众做了彩礼。然而有了子女的人最操心的还是未来，因为他们知道他们必须把最珍贵的抵押品交给它，这好像也是顺理成章的。有些人虽然过着独身生活，但他们考虑的还是自身的问题，认为未来与己无关。更有甚者，有的人把妻子儿女看做几项开销。还有一些愚蠢贪婪的富人以没有子女为荣，因为这样一来，别人就会以为他们更加富有。因为，他们或许听人说"某某是个大富翁"，而另一个人则不敢苟同："是啊，可是儿女拖累太大。"仿佛这样减少了他的财富似的。有人喜欢过独身生活，最常见的原因是为了自由，尤其是一些自得其乐、性情乖僻的人，他们受不了任何约束，几乎认为腰带、袜带都是锁链。单身汉可以是最好的朋友、最好的主人、最好的仆人，但不一定是最好的臣民，因为他们容易远走高飞，几乎所有的逃亡者都是单身汉。独身生活适合做僧侣，因为慈爱如果先须注满一己的池塘，就难以再浇灌周围的土地。当法官和地方官则无所谓，因为如果他们缺乏主见，贪赃枉法，仆人进谗言的作用则远胜枕边风。至于军人，我发现将军训话时，总要叫士兵想到妻小。我认为土耳其人轻视婚姻，这就使普通士兵变得更加卑劣。

毫无疑问，妻子儿女是对人道的一种修炼。单身汉虽然乐善好施，因为经济比较宽裕，但另一方面，他们却更加心狠手辣（做审判官倒好），因为很难唤起他们的温情。

性情严肃的人，由于受风俗熏陶，为人忠贞不渝，因而一般能做恩爱的丈夫，正如尤利西斯所言："他爱老妻胜于爱长生。"

贞节女人往往骄矜倔强，仿佛居功自傲似的。如果妻子认为丈夫聪明，那是她贞洁贤惠的最好的保证之一，但如果妻子发现丈夫嫉妒成性，她就决不认为他聪明了。

妻子是青年时的情人、中年时的伴侣、老年时的保姆，所以一个人只要愿意，总是有结婚理由的。然而问及一个人应当什么时候结婚时，有人回答说："年轻时时候未到，老年时全无必要。"此人被誉为智者之一[①]。

赖汉娶贤妻的现象屡见不鲜。不知道是丈夫的好处偶尔显露时更显珍贵，还是妻子对自己的耐心感到自豪。不过这种对自己耐心的自豪永远不可消减，如果赖汉是妻子不顾亲友的意见自己选中的话，因为一旦有所消减，她们难免要证实自己干了蠢事。

解　析

一、反对婚姻的理由：

　　1. 由于增加了风险，婚姻于"丰功伟业"有碍；

　　2. 有人"把妻子儿女看做几项开销"；

　　3. 单身生活保证了自由；

　　4. 朋友、主人、仆人、牧师未结婚的最好；然而士兵却不能这样。

二、赞成婚姻的理由，即，这是**"对人道的一种修炼"**。

三、婚姻可能出现的问题（推测：婚姻总有借口）：

[①] 这里指的是古希腊"七贤"之一的哲学家、数学家、天文学家泰勒斯（约前624—约前564）。据记载，他母亲催他跟一个他不情愿娶的女人结婚，他先说太早，后来他母亲又催他，他又说太晚。

1. 严肃男人能做恩爱的丈夫；
2. 贞节女人往往能做骄傲的妻子；
3. 嫉妒的丈夫丧失妻子的尊重；
4. 赖汉常有贤妻。

九 谈嫉妒

（1625年作）

除了爱与妒，还没有看到有什么感情能使人着迷入魔的。这两种感情都有强烈的欲望，都容易制造出种种想象和联想，都容易进入眼睛，尤其在目击那些本身就具有导致入魔的特点的对象的时候，假如有入魔那种东西的话。《圣经》中把嫉妒叫"毒眼[①]"，占星家把不祥的星力叫"凶视"，所以好像总有人承认：嫉妒行为中有一种眼光的闪射。更有甚者，有些人喜欢探赜索隐，竟然注意到嫉妒的眼睛伤人最凶之际正是遭嫉妒的人荣耀风光之时，因为这种风光无异于给嫉妒火上浇油。况且在那种时候，遭嫉妒的人精神外露，最容易遭受打击。

不过我们先撇开这些隐微之处不谈（尽管在适当的场合不是不值得探讨的），只说说什么人容易嫉妒人，什么人容易遭嫉妒，公妒与私妒有何区别。

一无所长的人总要嫉妒别人的长处，因为人的心灵不是靠自身的善滋养，就是以别人的恶为食。一个人缺此，必然要吞彼；一个人无望达到他人的长处，必然要压制别人的幸运来打个平手。

无事忙和包打听往往嫉妒心重。因为了解别人的事情绝不是因为这些麻烦与自己的利益息息相关，因此他肯定在窥探别人的祸福中得到了一种看戏的乐趣。一个只顾自己事务的人是找不到多少嫉妒的理由的，因为嫉妒是一种好动的情绪，喜欢逛大街，不肯在家待："好事之徒没有不心怀叵测的。"[2]

人们注意到出身高贵的人对崛起的新人心存嫉妒，因为双方的距离有了变化。这就像视觉上的错觉一样，别人前进时，他们总以为自己在后退。

残疾人与阉人、老头子和私生子都嫉妒心重，因为自身的缺陷无法补救，就只有竭尽全力损害他人的长处，除非这些缺陷落在英雄豪杰身上，因为这种人要把自己的先天不足打造成一份荣誉，为了让人说，"那样子的宦官，那样子的

---

[1] 《圣经·新约·马可福音》第7章第22节英文本中的 "evil eye（毒眼）" 汉语本译为"嫉妒"。
[2] 原文为拉丁文，出自古罗马喜剧作家、诗人普劳图斯（约前254—约前187）。

培根随笔 | 039

瘸子，竟然创下了这等丰功伟业"，俨然是一种奇迹般的荣耀。宦官纳尔塞斯①和瘸子阿格西劳斯②、帖木儿③就是这样。

大灾大难后东山再起的人情况也是这样，因为他们跟愤世嫉俗的人一样，把别人受的损害看作自己苦难的抵偿。

由于见异思迁，爱慕虚荣而想事事出人头地的人总是嫉妒心强，因为他们不可能没有事干，而在许多事情上，总有一件有很多人可能胜过他们。这正是哈德良皇帝④的特点，他对诗人、画家、能工巧匠嫉妒得要命，因为在这些领域里，他也有争长取胜的天资。

最后，近亲、同事、从小一起长大的伙伴，看到与自己不相上下的人高升时更容易嫉妒。因为侪辈的高升等于指着他们的鼻子指责他们时运不佳，而且这种情况他们难免要屡屡想起，同样更容易引起旁人的注意，而言谈与名声总是进一步增强了嫉妒。该隐对他兄弟亚伯的嫉妒更为卑鄙、更为

---

① 纳尔塞斯（约480—574），拜占庭将军，皇帝查士丁尼一世的宦官，曾征服意大利的东哥特王国。
② 阿格西劳斯（约前444—前360），古希腊斯巴达国王（前399—前360年在位），崇尚武功，精于谋略，被视为斯巴达尚武精神的化身。
③ 帖木儿（1336—1405），帖木儿帝国开国君主（1370—1405年在位），曾征服中亚、土耳其、波斯、印度等广大地区，人称跛子帖木儿。
④ 哈德良（76—138），古罗马皇帝，117—138年在位，在位时编纂法典，奖励文艺，并修建了许多巨大的建筑工程。据说建筑师阿波罗多鲁斯对他的一个修建庙宇的方案颇有微词，他便将其驱逐，最后将他处死。

恶毒，因为亚伯的贡物被看中时，并没有人旁观。①关于容易嫉妒的人就谈到这里。

以下谈一谈或多或少遭人嫉妒的人。首先是优点突出的人，他们地位越高，遭到的嫉妒就越少，因为他们的好运似乎是理所当然的。没有人嫉妒债务的支付，却有人嫉妒奖赏和慷慨的馈赠。何况，嫉妒总是离不开人的相互攀比，没有攀比就没有嫉妒，因此嫉妒国王的只有国王。然而，值得注意的是，无名鼠辈初次露脸的时候最招人嫉妒，尔后就逐渐有所好转。相反，功名显赫的人福运长盛不衰，最受嫉妒，因为时间一长，虽然他们的德行依旧，但光彩已不那么耀眼，因为新人辈出已使它黯然失色。

王公贵族在高升时少有人嫉妒，因为按照他们的出身，这似乎是天经地义的事，况且他们的幸运似乎已经无以复加了。嫉妒如同阳光，照在堤岸上、或拔地而起的陡壁上比照在平地上热，同样的道理，循序渐进之辈比平步青云之徒少遭人嫉妒。

那些经历过大苦大难、千忧万险才获得荣耀的人是不大受人嫉妒的，因为人们认为他们的荣耀来之不易，有时候还

---

① 参见《圣经·旧约·创世记》第4章。

会怜悯他们，而怜悯总能治愈妒病。因此你一定会注意到那些城府很深、头脑清楚的政治家，功成名就时总是自嗟自叹他们的生活何等艰苦，一个劲地倾诉他们的苦情何等深重。这并不是因为他们有这种感受，而仅仅是为了挫伤嫉妒的锐气。不过，这可以理解为任务加身，身不由己，而不是无事找事，好大喜功。因为助长妒火的莫过于对事务毫无必要、野心勃勃地大包大揽。而对大人物来说，最能消除嫉妒的莫过于给下属保留充分的权利和突出的地位。因为这样做，他和嫉妒之间就树起了层层屏障。

而最招人嫉妒的还是那些大红大紫而又盛气凌人者，因为这种人不大肆炫耀自己的伟大就心里难受，他们要么公开张扬，要么争强好胜。而聪明人却宁肯自己受点苦向嫉妒作出一点牺牲，有时候在关系不大的事情上故意受点委屈，甘拜下风。然而，如果一个人身居高位，态度举止平易坦荡（千万不要傲慢虚荣）要比使用狡诈手段少受人嫉妒。因为用后面一种办法，一个人只不过在极力否认这样一个事实：幸运之神一直在眷顾他，但他不配领受，好像意识到自己没有价值，从而叫别人来嫉妒自己。

最后，再说几句，将这一部分结束。我们一开始就说，嫉妒行为多少有点巫术的成分，所以根治嫉妒别无他法，只能用根治巫术的手段，也就是人们所谓的"驱除邪气"，嫁祸于人。为了达到这一目的，有一些明智的大人物往往另找一个人出台露面，把本来会降到自己身上的嫉妒转嫁到他人身上，嫁祸的对象有时是侍从、仆人，有时是同事、同僚，诸如此类，不一而足。而总有一些莽撞好事之徒代人受过，这些人只要能获得权势，付出什么代价也在所不惜。

现在谈谈公妒。公妒还有些许好处，而私妒却一无是处。因为公妒是一种陶片放逐制度①，使一些人权势太大时有所收敛。因此公妒也是对大人物的一种节制，使他们不敢胡作非为。

这种嫉妒，拉丁文叫 invidia，用现代的话说叫"不满情绪"，这一点我们谈到"叛乱"时再说。这是国家的一种疾病，就像传染病一样。如同传染病蔓延到健全的身体上将它败坏一样，嫉妒一旦侵入一个国家，哪怕是最好的国家行为也会遭到诋毁，把它们搞得臭不可闻。因此哪怕再兼施一些笼络民心的措施也于事无补，因为这正好说明软弱无能、害怕嫉妒。而怕字当头为害更甚，就像传染病期间常见的那样，你害怕它们就等于你在招引它们。

---

① 古希腊的一种政治措施。公民将自己认为危及国家安定者的名字写在陶片或贝壳上，进行现代意义上的投票，逾半数者被放逐 5 年或 10 年。

这些公妒似乎专攻大官重臣,而不涉及君王贵族。然而这是一条铁定的规律:如果对重臣的嫉妒严重,而他身上招致嫉妒的根由轻微,或者对一国的全体重臣产生了全面的嫉妒,那么这种嫉妒(虽然是隐蔽的)实际上是针对国家本身的。公妒或公愤以及它和私妒的区别就谈这些,而私妒已经在前面谈及。

关于嫉妒的感情,我们不妨再概括几句:在所有的感情中,嫉妒是最缠磨、最持久的,因为别的感情是分场合的,偶尔出现的,因此古语说:"嫉妒从不休假。"因为它不是在这人就是在那人心上兴风作浪。人们还注意到爱情和嫉妒都使人憔悴,而别的感情则没有这种能耐,因为它们不是那样缠绵不绝。嫉妒也是最恶劣、最堕落的感情,所以它是魔鬼的固有属性。魔鬼被称做"夜里在麦田里撒稗子的嫉妒者"[①],因为嫉妒总是手段狡猾,暗中行事,损害麦子之类的好东西。

解 析

一、 嫉妒:

1. 一种令人着迷入魔的感情,像爱一样;
2. 在人风光荣耀之时害处最大。

---

① 参见《圣经·新约·马太福音》第13章第25节。

二、容易嫉妒的人：

1. 一无所长的人；

2. 无事忙和包打听；

3. 出身高贵的人对崛起的新人；

4. 无法补救的弱势群体(**残疾人、阉人、私生子**)；

5. 大灾大难后东山再起的人；

6. 在很多事情上想出人头地的人；

7. 近亲、同事。

三、容易遭人嫉妒的人：

1. 优点突出的人在上进的时候

2. 王公贵族在升迁的时候

3. 循序渐进的人

4. 已经功成名就的人

} **较少**。

5. 大红大紫而又盛气凌人的人**更多**。

评语：根治嫉妒就是**"驱除邪气"**。

四、公妒：

1. 里面有些许好处，就像陶片放逐制度；

2. 试图掺和一些似是而非的动作来避免它是愚蠢的；

3. 它专攻大官重臣，而不涉及君王贵族。

评语：嫉妒缠绵不绝，耗人而狡猾。

十　谈爱情

（1612年作　1625年重写）

　　舞台比人生更多地受惠于爱情。因为对舞台来说，爱情永远是喜剧，有时候还是悲剧；然而在人生中，它为祸甚烈，有时像个海上魔女，有时又像个复仇女神。你可以注意到，所有的伟人（无论是古人今人，只要是英名长在的），被爱情搞得疯疯癫癫的绝对没有，这就说明崇高的目标和伟大的事业是能够抑制这种柔弱的激情的。不过，你必须把坐过罗马帝国半壁江山的马可·安东尼①和十大执政官之一兼立法者亚壁·克劳狄②除外：前者确实是一个好色之徒，骄奢淫逸，后者却是个严肃明智的人物。因此，好像（虽然很少见）爱情不但可以进入一片敞开的心田，而且可以闯入一座森严壁垒的灵府，如果防范不严的话。

　　伊壁鸠鲁③有一句迂论："在别人眼里，我们个个都是一出大戏。"仿佛天生为了关照天国和高贵事物的人应当无所事事，只是跪倒在一尊小小的偶像前面，虽然不为口福（如同禽兽）作奴，却甘心为眼福为仆。而眼睛生来就是为了高贵的目的的。

除了在爱情中，永远言过其实在哪里都不合适；而且还不仅仅是"言"过其实的问题，因为常言说得好："和所有小马屁精声应气求的大马屁精拍的其实就是他自己。"当然情人就不止于此了。因为一个人无论多么高傲，也决不像情人看重他所爱恋的人那样荒唐地看重自己。因此常言讲得好："恋爱、明智实难两全。"由此可见，爱这种激情如此过火，而且它又是怎样糟蹋事物的性质和价值，真叫人不可思议。情人的这种弱点并非只是旁观者清，被爱者迷，而是被爱者看得最为分明，除非双方都是情挚爱笃。因为爱总要

---

① 马可·安东尼（约前82—前30），古罗马卓越的军事和政治领袖，恺撒部将。恺撒被杀后与屋大维、李必达结成"后三头同盟"。公元前40年，安东尼获得罗马东部行省统治权后与屋大维形成对峙之势。公元前37年与埃及女王克里奥帕特拉七世结婚，宣称将罗马东部一些领土赠给女王和她的儿子，引起罗马元老院的不满，给屋大维以反对安东尼的良机。公元前32年，元老院宣布安东尼为"祖国三敌"，向其宣战，公元前31年安东尼与女王在海战中败于屋大维，逃回埃及，次年绝望自杀。
② 亚壁·克劳狄，前471—前451年任罗马十执之一，由于他看中百夫长维琪涅斯的女儿维琪妮娅的美貌，用计夺之，遂酿成平民叛乱。后被迫退位，死于狱中。史书中并无他如何明智的记载。
③ 伊壁鸠鲁（前341—前270），古希腊哲学家。注重单纯快乐、友谊和隐居的伦理哲学创始人。

得到回报，不是获得对方的情爱就是遭受暗藏在对方心里的轻蔑，这是一条颠扑不破的定律。由此可见，对于这种感情，人们应当慎之又慎，因为它不仅会丧失别的东西，而且会丧失自己。

至于其他损失，诗人有绝妙的描述："谁喜爱海伦，谁就会舍弃米诺和帕拉斯的礼物①。"因为谁主张爱情至上，谁就会放弃财富和智慧。

这种情欲恰逢人们软弱之时泛滥，也就是人们走红运或触霉头的时候，不过后一种情况人们不甚注意。但两种情况都会点燃爱火，并且煽得更旺，以显示爱情就是愚蠢的产儿。

如果一个人不得不接纳爱，却又让它安守本位，能把它与人生的重大事务活动截然分开，此人就算处理爱情的高手。因为如果爱干扰了人的事业，它就会危害人的幸福，使人无法持之以恒实现自己的目标。

我感到莫明其妙的是，军人容易坠入情网，我想这就像他们容易染上酒瘾一样，因为危险一般要用欢乐作为回报。

---

① 这里指的是希腊神话中著名的"帕里斯的裁判"。为了得到"赏给最美丽的人"的金苹果，帕拉斯·雅典娜愿意给帕里斯"智慧"，朱诺愿意给他"权力"，可是帕里斯选择了维纳斯的"爱"的礼物。随后就抛弃了妻子与海伦私奔，导致了特洛亚战争。

人的天性中就有一种爱人的暗流,这种爱若不倾注在一个或几个人身上,就自然会普及众人,使人变得仁慈,这种情况有时在僧侣身上可以看到。

夫妻之爱创造了人类,朋友之爱完善了人类,而淫乱之爱败坏、作践了人类。

解 析

一、爱情的愚蠢:

1. "伟人"一直不受它的控制;

2. 它是一尊可鄙的偶像;

3. 它严重地扭曲、夸大了真情;

4. 它剥夺了一个人手中的朱诺和帕拉斯的礼物(财富和智慧)。

二、关于爱情的点评:

1. 在人软弱的时候(即走红运和触霉头时)最有力;

2. 在不可抗拒时,应当被控制在适当的范围内。

3. 军人的爱情是在欢乐中寻得的对危险的补偿;

4. 个人的爱应当扩展为普遍的爱;

5. 爱有朋友之爱,夫妻之爱,淫乱之爱。

十一　谈高位

（1612年作　1625年略作增订）

人居高位三重仆——君王或国家之仆，声名之仆，事业之仆，所以他们在人身上、行动上、时间上都没有自由。追求权力，丧失自由。或者说追求的是治人权，丧失的是自治权，这真是一种离奇的欲望。

跻居高位历尽艰难，惨淡经营了一切，落得个心劳日拙的下场。这有时无异于蝇营狗苟，用卑贱赢得尊严。这样的地位容易打滑，倒退一步，不是一败涂地，至少也会暗淡无光，这就十分可悲了。"雄风已不再，何故欲贪生①。"此言差矣，人欲退不能，应退又不肯，即便年老多病要隐退，仍不甘寂寞，好比城里的老人，总是在家门口枯坐，只能摆出一副老相，惹人笑话而已。

当然，名公要员须借用他人的看法方能想到自己的快乐，如果按他们自己的感受判断，则无快乐可言。然而，据认为倘若他们想到他们在别人心目中的形象，想到别人都亟于以他们为榜样，他们就会心花怒放——其实他们内心的感受恰恰相反，因为他们虽然最后看到自己的过错，却最先尝到自己的悲哀。无疑，显达之士对自己也感到陌生，他们事务缠身，无暇顾及自己的身心健康。"一个人举世皆知，至死对自己却一无所知，对他而言，死亡的压力过于沉重。"②

身居高位，既能自由行善，又可随便作恶，而后者却招人诅咒。就作恶而言，最好的情况是不愿，其次才是不能。然而行善的权力则是奋发向上的真正、合法的目的，因为善意虽为上帝嘉许，但若不付诸实行，对于凡人，不过是一场美梦而已。而要真正行善，非得要有权力地位这种有利的制高点不可。立德建功是人类行动的目的，感到功德有成方能心安理得。如果人能参与上帝的功业，他同样也能分享上帝的安息。"上帝看着一切所造的都甚好③"，接下来就是安息日了。

---

① 原文为拉丁文。引自古罗马作家西塞罗（前106—前43）《致友好书信集》第7卷第3篇。
② 原文为拉丁文。引自古罗马剧作家塞内加的悲剧《提埃斯忒斯》第2幕第401行。
③ 原文为拉丁文。见《圣经·旧约·创世记》第1章第31节。

你走马上任之初，先要为自己树立一些光辉榜样，因为仿效中蕴藏着规诫。过些时候，再可以身作则，严格自查，看看是否开头没有上佳表现。同僚的败迹也不可忽视，不是为了贬低他人抬高自己，而是要引以为戒。

因此，履行改革不可大吹大擂，不可诽谤先代前辈，而应当沿袭旧制，再创良好先例。

凡事应追本穷源，考察它们衰退的情况，但仍须查古问今——古代什么最好，今朝什么最宜。

努力使你的进程有章可循，以便人们先有思想准备，但不可过严过死。自己若有越轨行为，必须说明原委。

身在其位，就要维护自己的职权，但权限问题不可提。与其大声疾呼提要求、发挑战，还不如不声不响地掌握实权。同样要维护下级的职权，通盘领导，而不是事事插手，显然更加体面。

行使职权时，进言献策一律欢迎，切不可把提供信息的人看做好事之徒拒之门外，而应热情接待。

当权有四大弊端：拖拉、腐败、粗暴、耳朵软。若要避免拖拉，必须改变门难进、脸难看的状况；要信守约定时间；处理手头的事情要干脆利落，不可眉毛胡子一把抓。若要防止腐败，不仅要约束自己或仆人的手不收，而且还要约束求请者的手不送。因为奉行廉洁是约束一方，而宣扬廉洁、公开厌弃贿赂则是约束另一方，所以不仅要防过，而且要避嫌；谁要是被人发现变化无常，有明显的变化，却无明显的原因，这就会招致腐败之嫌。所以，你的看法和行动如有更改，务必公开声明，并把改变的理由公之于众，切勿偷偷摸摸地做事；仆人或者亲信，如果与你关系甚密，而又没有别的值得器重的明显理由，一般被人认为他是通向秘密贿赂的旁门左道。至于粗暴，由它引起不满大可不必。严厉酿成畏惧，而粗暴招致怨恨。即使作为上级，申诉时也应当严肃认真，不可冷嘲热讽。至于耳朵软，它比贿赂更加糟糕，因为贿赂只是偶尔为之，可是如果一个人能被无理要求或愚蠢动机牵着鼻子走，那他就永远无法脱身，正如所罗门所言："看人的情面，乃为不好；人因一块饼枉法，也为不好。"[①]

古话讲得极是："地位显露人格。"它把有些人显示得更好，把有些人暴露得更坏："倘若他未做皇帝，大家一致认为他是一位称职的皇帝。"塔西佗是这样讲加尔巴的，而谈及韦斯巴芗时，他却说："所有的皇帝中，独有韦斯巴芗变好了。"不过一个指的是能力，一个指的是品性。一个人

---

① 见《圣经·旧约·箴言》第 28 章第 21 节。

跻身高位，修养亦有提高，足见其品格的高洁，因为高位是、或者应当是德行之位，如同天地万物以排山倒海之势奔向自己的位置，一旦就位，则沉稳安静。德行亦然。野心勃勃时张狂，大权在手时安静。跻身高位就是爬螺旋式楼梯；如有帮派，攀爬时不妨加入一派，一旦到位，则要不偏不倚。对于前任的名声要公平对待，多加尊重，否则这就成了一笔债，等你离职后必须偿还。如有同事，应该尊重，宁可出人意料地移樽就教，切不可别人求见时拒之门外。在日常谈话和私下答复请求者时不可念念不忘自己的地位，宁可让人说："与他坐堂议政时判若两人。"

解　析

一、高位悲哀：

1. 三重仆；

2. 跻居高位历尽艰辛，站立不稳，容易打滑——然后就倒退或跌落；

3. 它的奴役是永久的：人们难以脱身；

4. 它的快乐只在别人的看法里；

5. 它提供更多的机会：不仅可以行善，而且可以作恶。

二、对身居高位者的规诫：

1. 学习榜样，既有好的，也有坏的；

2. 推行温和的改革；

3. 考虑已经用滥了的事情的历史；

4. 行为要始终一贯；

5. 维护自己的职权(**不声不响地**)和下属的职权；

6. 接纳、寻求别人的进言献策。

三、当权的弊端及其根治的办法：

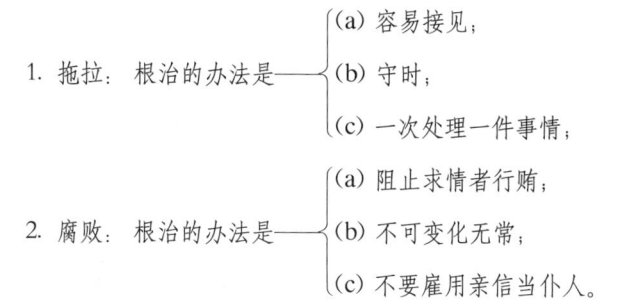

1. 拖拉：根治的办法是——(a) 容易接见；(b) 守时；(c) 一次处理一件事情；

2. 腐败：根治的办法是——(a) 阻止求情者行贿；(b) 不可变化无常；(c) 不要雇用亲信当仆人。

3. 粗暴：一种不必要的得罪人的做法。

4. 耳朵软——一种永久性的弊端。

四、结论：

1. 高位显露人的美德或恶性；

2. 人在攀爬时应加入一派；

3. 人应当避免把自己的官架子摆到私人交往中来。

十二 谈胆大

（1625年作）

有人问狄摩西尼[①]，雄辩家主要的才具是什么？他答道，动作声情；其次呢？——动作声情；再其次呢？——动作声情。这是小学课本上的一段烂熟的故事，但值得智者深思。说这话的人对这个问题最有真知灼见，但在他所称道的事情上却是个先天不足的人。雄辩家的这种才具仅仅是表面文章，不过是戏子的特长，竟然被抬到创造、技巧等崇高才艺之上，而且几乎成了独一无二的因素、一切中的一切，岂不是咄咄怪事。然而，其中的道理极其明了：一般来说，人性中的愚蠢多于智慧，因此能够驱散人心头的愚暗的才干最有效力。

民众事务中的胆量极像这种情况。首要的是什么？——胆大；其次、再次是什么？——胆大。然而胆大却是愚昧与下贱的产儿，与别的才能相比则天差地远，可是见识浅薄、胆气虚弱之辈，却能让它迷住心窍，捆住手脚，这种人占绝大多数。更有甚者，它还能把意志薄弱时的智者镇住。因而我们看见它在民主国家创造了奇迹，在元老院和君主专政的国家则缺乏那种神通。胆大的人物初露锋芒时咄咄逼人，随后声势就逐渐减杀。因为胆大不守信。有在人体上行骗的江湖郎中，也有在政体上行骗的江湖郎中。这些人堂而皇之，也许在两三次实验中侥幸成功，但由于缺乏科学根据，难以持久，而且你一定会看见一个胆大的人多次创造穆罕默德式的奇迹。穆罕默德让人们相信他能把一座山召唤到身旁，然后他在山顶上为他的信徒祈祷。人们聚集起来了，穆罕默德一次又一次地叫山过来，可是山却岿然不动，他却觍颜说道："如果山不肯到穆罕默德这儿来，穆罕默德就到山那儿去。"同样，那些人已经夸下了海口，却又惨遭失败（要是他们胆大包天的话），于是一笔轻轻带过，然后扭头就走，置之脑后。

---

① 狄摩西尼（前384—前322），古代希腊政治家，伟大的雄辩家。他7岁时父亲去世，留下的巨额财产被监护人侵吞。成年以后，他决心向法庭提出控诉。他虽然身体虚弱，但意志十分顽强，克服口吃、咬字不清等先天缺陷，掌握了雄辩术，终于以流畅有力的言辞得到胜利。以后他长期代人撰写状纸，并发表演说，在他不懈的努力下，终于成为伟大的雄辩家。

毫无疑问，对于有真知灼见的人而言，胆大妄为之徒不过是一种供人观赏的小丑。就是对于凡夫俗子来说，胆大也未免有点滑稽可笑，因为荒唐如果是一种笑料，你就不用怀疑：胆大是难得没有荒唐之处的。尤其一个胆大妄为之徒当众出丑时那才有好戏看呢，因为他的脸必然会缩成一团，呆若木鸡。因为陷入窘境时一般人的思想还有回旋的余地。然而大胆的人遇到这种情况，他们就愣在那里，活像一盘棋陷入了僵局，虽然没有将死，但无子可动了。然而最后这一点更适合写一篇讽刺文章，而不适合写一篇严肃评论。

还要认真考虑的一点是，胆大总是盲目的，因为它看不见危险和不便。所以它拙于计议，长于实干。因此要把胆大的人使用得当，就决不能让他当主帅，只能让他当副手，听从别人的指挥。因为议计时必须看到危险，实干时却大可不必，除非危险太大。

解　析

一、演说术中，动作声情是一切；同理，在民众事务中，胆大是一切。

二、为什么胆大有力量(**因为是愚昧与下贱的产儿**):

1. 能使浅薄、软弱之辈着迷,这种人数目最大;
2. 往往取得暂时的成功(**如江湖郎中**);
3. 觍颜助长了它,然而觍颜之辈陷入窘境时就显得滑稽可笑。

三、胆大的真正用处:

拙于计议,长于实干。

十三 谈善与性善

（1612年作 1625年增订）

我认为"善"的意思就是造福于人的意向。希腊人称之为Philanthropia（慈善），时下通用的"人道"（humanity）一词表达"善"意思略嫌不足。"善"我称之为习性，而"性善"则是倾向。在一切精神的高风亮节中这是最伟大的。因为它是神的品格。没有它，人就会成为一种碌碌无为、为非作歹的坏东西，并不比害虫强。善符合神学上的"仁爱"精神，它决不会走过头，但可能进入误区。过度的权力欲导致了天使的堕落，过度的求知欲造成了人类的堕落；然而仁爱却无过度之虞。无论天使还是人类都不会因它而涉险。

行善的倾向印在人性的深处，它就是不向人类而发，也要施与其他生物。这可以在土耳其人身上看得出来。土耳其人本是一个狠毒的民族，但是他们对禽兽却很仁慈，对狗和马进行施舍,按照巴斯贝克①的记述,君士坦丁堡的一个基督徒小孩由于堵塞一只长嘴鸟的嘴玩儿,险些叫人用石头砸死②。

的确,在善或仁爱这种美德中,可能会犯错误。意大利有一句俗话,"善人不善办善事。"意大利的一位大师尼古拉·马基雅弗利③断然用近乎直白的语句写道:"基督教的信仰把善良人当鱼肉奉献给暴虐无道之人,任其割宰。"他之所以说这种话,是因为从来没有一种法律、教派或学说像基督教那样推崇行善。

因而,为了避免上述诋毁与危险,最好了解一下这样一种良好习惯错在何处。努力向别人行善,但不可照别人的脸色行事,因为那样做只是柔顺随和而已,而这种表现恰恰捆住了老实人的手脚。你不要把宝石给伊索的公鸡,因为它如果能得到一颗麦粒反而会更高兴。上帝的榜样给我们真切的教训:"上帝让日头照好人,也照歹人;降雨给义人,也给不义的人。"④然而,他不能像下雨一样给人人平等的财富,也不能

---

① 巴斯贝克(1523—1592),著名外交官。他被斐南迪一世皇帝派往苏莱曼苏丹处做大使,在君士坦丁堡居住7年之久,著有关于奥斯曼帝国的著作。
② 培根记述有误,据英文注解称,逗弄飞鸟的是一名威尼斯金匠,不是小孩。
③ 马基雅弗利(1469—1527),意大利政治家、作家和政治理论家,在历史上是一个有争议的人物。
④ 见《圣经·新约·马太福音》第5章第45节。

像日照一样,给个个同样的荣耀和德行。一般的好处人人有份,但特殊的好处却有所选择。而且千万当心,不要只图画像却把原物砸了。因为上帝把已爱造成了原物,爱人只不过是肖像。"变卖你所有的,分给穷人,并且跟我走。"①然而,除非你跟我,千万不要变卖你所有的。也就是说,除非你有本事能用小钱跟用大钱一样行善,否则你就在用竭源去济流。

不仅有一种受正理指引的行善的习惯,而且有些人甚至在天性中就有一种行善的倾向。如同另一方面,有一种作恶的天性一样,因为在他们的天性中有不喜欢与人为善的倾向。轻微的恶性只不过表现为爱作梗、死心眼、好顶牛、难对付之类。不过严重一些的就表现为嫉贤妒能和诽谤中伤。那种人好像总是幸灾乐祸,又常常对人落井下石,连舔拉撒路的疮的那些狗都不如,②只像那些总在烂东西上嗡嗡叫的苍蝇。恨世者的惯技就是叫人上吊,但却从来没有像泰门那样在花园里种一棵树供人上吊用。③这种性情是违背人性

---

① 参见《圣经·新约·马可福音》第10章第21节。
② 参见《圣经·新约·路加福音》,第16章第19~31节。
③ 泰门生活在伯罗奔尼撒战争(前431—前404)时期,失望和朋友的背信弃义使他变得愤世嫉俗。普鲁塔克记述了有关的一则故事(莎士比亚在《雅典的泰门》第5幕第2场中借用了这个故事):有一次泰门在雅典人的集会上讲话说:"各位雅典人,我的前屋有一块小花园,园子里有一棵无花果树,很多市民在这一棵树上自缢身亡。现在我要在这块地上盖房子,我想通知各位,如果有人想死,趁树还未砍倒,可以及时上吊。"

的，但却是造就大政客的最合适的材料，就像弯曲的木头，适合于做备受颠簸的船只，却不宜造稳固挺拔的房屋。

善的方式多种各样。如果一个人对异乡人彬彬有礼，那就表明他是个世界公民，他的心不是与别的陆地隔离的孤岛，而是一个与它们连成一片的大陆。如果他对别人的苦难怀有恻隐之心，那就表明他的心是一棵没药树，为了提供香膏，必须伤害自己。如果他轻易地宽恕罪过，那就说明他的心灵凌驾于伤害之上，所以是伤害不了的。如果他对涓滴恩惠感激涕零，那就表明他重视人们的心意，而不是他们的财物。然而，至为重要的是，如果他有圣保罗的至善，他为了拯救自己的兄弟而受基督的诅咒，那就表明他具有不少神性，与基督本人有一种契合。①

解　析

一、什么是善：善与性善、人道、慈善、仁爱的关系。

二、善的性质：

　　1. 可能进入误区，但不会走过头；

　　2. 是人的内在品质，如果不向人类而发，也会施与

---

① 参见《圣经·新约·罗马书》第9章第3节："为我兄弟，我骨肉之亲，就是自己被诅咒，与基督分离，我也愿意。"

动物。

三、注意这种天赋的适当运用：

1. 努力向别人真正行善——不可满足别人或你自己的奇思异想；
2. 让你的善事采取适合你想施惠的人所需要的形式；
3. 不要忽视优先于善事的义务。

四、善的对立面是恶：

1. 轻微的（顽固，易怒等）；
2. 严重的（嫉贤妒能，恶意中伤），例如恨世者泰门之流。

五、善的构成和标志：

1. 礼貌显示博大的心怀；
2. 同情显示高尚的心怀；
3. 宽恕显示伤害不了的性情；
4. 感激显示真正赏识人的价值；
5. 自我牺牲显示一种神性。

十四 谈贵族

（1625 年作　1625 年重写）

我们先把贵族作为一个国家的阶层来谈，然后再当做某些人的一种身份来讲。

一个根本没有贵族的君主国家就是一种纯粹绝对的专制，土耳其人的君主国就是如此。因为贵族能节制君权，把百姓的视线从皇室稍稍引开一点。然而民主国家则不需要贵族。而且这些国家比有贵族的国家更加太平，更少叛乱，因为人们的眼睛盯的是事，而不是人。即便盯的是人，也是为了事，因为他们最适合办那种事，而不是为了徽号和血统。我们看到瑞士人的国家长治久安，尽管他们的宗教五花八门，行政区也很不一致。因为维系他们的纽带是共同的利益，而不是对个人的尊崇。低地国家的联省政府极其出色，因为哪里有平等，哪里的政府的决议也就更加公正，百姓缴税纳贡也比较乐意。一个强大的贵族阶层能增加君主的威严，也能削减他的权力；给百姓注入了活力，却又压制了他们的运气。两全其美的办法则是，贵族不要大到威胁君权、侵犯国法，而要维持在一定高度上，这样下民的嚣张气焰，尚未干犯到君王的尊严，一碰贵族就遭到减杀。贵族人数太多，则造成国家的贫困与麻烦，因为开销太大。何况时移物易，许多贵族必然家道中落，造成一种有名无实的局面。

至于某些人的贵族身份，看见一座尚未破败的古堡或古屋，或者看见一株郁郁葱葱的古木，那是一派让人肃然起敬的景象，而看见一个古老的贵族之家饱经风雨沧桑仍旧岿然长存，则更是令人慕而仰止！因为新贵族只不过是权力所为，而老贵族则是时光造就。最初晋升为贵族的人较之于他们的后代往往能耐有余，率真不足。因为不用善恶兼施的手腕是很难爬上高位的。然而留给他们后代的则是对先人优点的记忆，他们的缺陷则与生俱灭，这倒在情理之中。生就的贵族一般好逸恶劳，而好逸恶劳之徒则嫉妒吃苦耐劳之人。何况，生就的贵族再也不能升多高了：一个止步不前的人看见别人蒸蒸日上难免产生嫉妒之心。另一方面，贵族要消除别人对他们的嫉妒，因为他们享有荣耀。当然，拥有贵族能人的君王定会在使用这些人才中找到清闲自在，行使权力也更会一帆风顺,因为百姓会自然而然地服从他们,以为他们天生就有权发号施令。

解 析

一、贵族作为一个国家的组成部分:

    1. 它的影响的好处是:

        (a) 节制君权;

        (b) 使政府太平、有威信;

        民主国家的太平和满足是由下述因素造成的:

            (1) 自我利益(瑞士);

            (2) 公正(荷兰)。

    2. 它的影响的害处是:

        (a) 有变得过于强大使国法失控的危险;

        (b) 造成贫困。

二、作为个人的贵族:

    1. 古老的贵族令人慕而仰止;

    2. 形成后代身上的美德,尽管最早贵族身份的获得也许是通过犯罪;

    3. 提供了嫉妒的理由,因为:

        (a) 好逸恶劳;

（b）地位低下的人的上进。

4. 要使贵族成员不大容易遭人嫉妒；

5. 平民百姓自然而然地服从出身高贵的人。

十五　谈叛乱与骚动

（1625 年作）

为民牧者应当预测国家未来的暴风骤雨。这种风雨一般在诸事不分高下、势均力敌之时最猛；自然风暴在春分、秋分之际最猛，风暴来临时总是空谷起阵风，海底涌暗潮，同样，国家也有类似现象。

> 太阳也常常警告我们：动荡近在眼前，
> 阴谋和暗算随时会出现。①

对国家明目张胆大肆攻击，谣言四起，人们信以为真，这就是乱世的征兆。维吉尔在叙述谣言女神的家世时说她是巨人的妹妹：

地母因为恼恨天神,

最后让她出生,

就是巨人科乌斯和凯恩拉都斯的妹妹。②

谣言好像是过去叛乱的遗物,其实它倒是未来叛乱的前奏。然而维吉尔所言极是,叛乱的骚动和叛乱的谣言区别甚微,就像兄妹之间,男女之间的差异一样。尤其当国家最值得称道、最应深得民心的英明举措遭到恶意中伤时,更显得二者的区别不大,因为这就表明嫉妒极大,正如塔西佗所言:"一旦煽起公愤,他的举措无论好坏都要受到攻击。"③但这并不是说,因为谣言是动乱的征兆,所以制止动乱的灵丹妙方就是应当对谣言严封死堵。其实,对谣言置若罔闻往往能最有效地制止。千方百计封杀追查只有使人们心头的疑云长聚不散。

还有,对塔西佗所说的那种服从也要当心:"他们领饷当兵,但对长官的命令仍然乐于议论,懒于服从。"④对命令和指示争论不休,推三阻四,吹毛求疵,就是一种不服管

---

① 原文为拉丁文。引自维吉尔(前70—前19,古罗马最伟大的诗人)《农事诗》第2卷第39章。
② 原文为拉丁文。引自维吉尔《埃涅阿斯纪》第4卷第119~181行。
③ 原文为拉丁文。摘引自塔西佗《历史》第1卷第7章中语句的大意。
④ 原文为拉丁文。引自塔西佗《历史》第2卷第39章。

束的行为和拒绝服从的尝试。如果在争论中赞成指示的人说话小心谨慎，反对指示的人出言大胆放肆，情况尤其如此。

再说，马基雅弗利的看法很有道理，君王本应是全民的父母，如果他们自成一党，偏向一方，那就像一条一侧过重而翻了的船。这种现象在法王亨利三世时代看得非常清楚。他先加入神圣同盟要消灭新教徒，过了不久，这个同盟却反过来把矛头对向他自己。因为当王权被用做达到一个目的的帮手，而且出现比王权的纲维结扎得更加紧密的纲维时，君王就开始大权旁落了。

还有，明争暗斗、结帮拉派明目张胆地进行时，那就是政府威信扫地的征兆。因为一个政府里要员的运动应当像"初始动力"①作用下的行星的运动。按照老派说法，每一个行星在最高动力的支配下迅速运转，而又在轻轻地进行着自转。因此，当大人物自转过猛，如塔西佗所说，"放肆得目无主公"②的情况下，那就是众星越轨的表示。尊崇是上帝授予君王的，所以他威胁着要予以解除，说："我也要放

---

① 按照古希腊天文学家托勒密的天文体系说，地球处于宇宙的中心不动，其他天体环绕地球周日旋转。最远的星体之外还有第十重天，被称为"初始动力"，据认为是驱动所有星球运动的真正力量。每个星球还有自己的运动，但比"初始动力"传送给它们的强大快速的运动轻微徐缓。
② 原文为拉丁文。引自塔西佗《编年史》第3卷第4章，但略有出入。

松列王的腰带。"①

因此,如果政府的四大支柱(宗教、司法、议会、财政)中的任何一个彻底动摇或严重削弱,人们就只好祈求天公作美了。不过我们暂且搁下关于预兆的这一部分(随后可能还有说明),先说叛乱的因素,再谈叛乱的动机,最后讲根治叛乱的要方。

谈及叛乱的因素,这是一个要仔细考虑的问题。因为防止叛乱的最妥善的办法(如果时势允许的话)就是釜底抽薪。如果柴薪现成,那就很难说什么时候会冒出一粒火星燃起一场大火。叛乱的要素有二:一是贫困盛行,二是怨气冲天。有多少人破产,就有多少人支持动乱,这一点是确定无疑的。卢坎对内战前的罗马有过精辟的论述:

从此产生了狼吞虎咽的高利贷和驴打滚般的利润,
从此产生了信誉的动摇和对许多人有利的战争。②

这种"对许多人有利的战争"是一个准确无误的信号,表明

---

① 见《圣经·旧约·以赛亚书》第45章第1节。
② 原文为拉丁文。引自古罗马诗人卢坎(39—65)的叙事诗《法尔萨里亚》第1章第18行。

一个国家将出现叛乱和骚动。如果殷实人家的这种穷困和破落与普通民众的啼饥号寒合为一体，那就要大祸临头了，因为肚子作乱是最难平息的。至于怨气，它在政体里就像人体里的体液，是容易蓄烧发火的。君王千万不可以这些怨气的正当与否来衡量它们的危险程度，因为这样就把民众想象得太理智了，其实他们往往把自己的利益一脚踢开；也不可用他们叛乱引起的痛苦大小来衡量，因为在恐惧大于感情时的怨气是最危险的。"痛苦有限，恐惧无边。"①况且遇到高压，激发耐心的东西同样也能抵消勇气。然而，遇到恐惧，情况则不然。任何君王、任何国家也不可因怨气已司空见惯、日久天长，但未造成危险而掉以轻心。固然并非每一股雾气都能酿成暴风雨，可是尽管暴风雨大多一阵子就风流云散，但终究会倾盆而下的。西班牙谚语说得好："绳子临了一拉就断"。

叛乱的原因和动机如下：宗教改革、苛捐杂税、法律更改、习俗移易、特权破除、压迫普遍、小人得势、异族入侵、饥荒频仍、散兵行害、派系斗争到了你死我活的境地，还有其他形形色色激怒民众、使他们齐心协力、共同奋斗的

---

① 原文为拉丁文。引自古罗马作家小普林尼(61/62—约112)的《书信集》第8卷第17封。

现象。

至于根治的方法，有一些一般性的预防措施我们倒愿意谈谈。对症下药是根本的一条，所以只能就事论事，不可一概而论。

第一个根治或防止的办法就是千方百计排除我们前面说过的叛乱的根由，即国内的贫困。为此就必须维护贸易的开放与平衡，重视工业；消除游手好闲，推行节约法令，抑制铺张浪费，改良耕地，调整物价，减轻税负，等等。总而言之，要有先见之明：一个国家的人口（尤其在没有战争杀戮的情况下）不能超过该国供养人口的出产，而且人口不应当仅按数目来计算，因为人数虽少，但如果花销多、收入少，则要比人数多但生活水平低、收入多的人更容易把国家挖空。所以贵族显达的人数剧增，超过平民百姓的增长比例，就会加速国家的贫困。僧侣人数膨胀也会造成同样的恶果，因为他们都不增加出产。如果读书人多而职位少，也会出现类似局面。

同样应当记住的是，由于任何国家增加财富必须依赖外国人（因为任何东西有得必有失），那么一个国家只有三样东西可向他国出售：天然产物、工业制品、运输。所以，如果这三个轮子都能转动，财富就像一江春水滚滚而来。还往往出现这样一种情况:"劳动比产品更宝贵",即工作和运输比原材料更宝贵,更能使一个国家致富,荷兰人就是明显的例子,因为他们有着世界上最好的地上矿藏[①]。

最为重要的是要推行良好的政策,以保证国家的钱财不要聚敛在少数人手里。否则,即便国家财力雄厚,国民仍然会食不果腹。金钱犹如粪肥,撒不开就没有功效。要做到这一点,主要靠查禁或者至少严管狼吞虎咽式的暴利贸易和垄断经营的大牧场之类。

至于消除不满情绪,或者至少消除不满情绪中的危险成分,我们知道,每个国家都有两种臣民:贵族与平民。若其中之一表示不满,危险倒不是很大。因为平民百姓若没有上层贵族的挑唆,便迟迟无所行动;而广大群众没有自觉、自愿蓄势待发的行动,上层贵族则势单力薄;而上层贵族等到下层民众兴风作浪,他们随即表态响应,那才是真正的危险。诗人们编造说,众神本来要把朱庇特绑起来,可是朱庇特听见了风声,他听了帕拉斯的建议召唤百手巨人布里阿柔斯前来保驾。这无疑是一则寓言,说明国君要确保民意支持才能长治久安。

给民众适当的自由,让他们发泄悲愤不满(只要这种发

---

① 指工业和贸易。

泄不要太肆无忌惮就行），这不失为一种万全之策。因为将苦水憋回肚里，把脓血堵进体内，就有生恶性溃疡和毒性脓疮的危险。

遇到不满的时候，厄庇墨透斯的作用倒很适合普罗米修斯，因为再没有预防不满的更好的办法了。当痛苦和灾祸飞出来时，厄庇墨透斯终于合上了匣盖，把"希望"留在匣子底上。①毫无疑问，精心培育希望，将人们从希望引向希望是解不满之毒的灵丹妙药。当一个政府无力以有求必应的举措赢得民心时，如果尚能用希望将其笼络，而且处理事务时不至于显出邪恶当道、不可收拾的态势，而是还有解决的希望，那么这个政府仍不失为一个英明的政府。这一点不难办到，因为无论个人或党派都喜欢自我奉承，或者至少喜欢口是心非，巧言令色。

还有，防患于未然，切忌出现使不满之徒可能趋之若鹜、并能聚众领军的合适的头目，这一点尽管人所共知，但仍不失为一种高明的警戒之策。按我的理解，合适的头目即

---

① 按照希腊神话，宙斯为了报复普罗米修斯（意为"先觉者"）从天上偷火种给人类的行为，便命令火神赫维斯托斯用泥土造一个女人，用她的美丽和魅力给人类带来灾祸。于是众神给她各种天赋，把她取名为潘多拉，意为"有着一切天赋的人"。于是一位神祇领她去见普罗米修斯的兄弟厄庇墨透斯（意为"后觉者"），并让她拿着一个装着一切害人的东西的匣子。厄庇墨透斯娶她为妻，打开匣子，飞出一大批灾害，但他及时关上匣子，把匣子底上的希望留住了。

为一种大名鼎鼎的人物，为不满之徒众望所归，众目所仰，而且据认在自身利益上也心怀不满。这种人要么将其招安，归顺国家，而且手段要真诚可靠；要么让他跟同党中的反对派分庭抗礼，平起平坐。一般来说，分化瓦解各个不利于国家的党派组织，使他们彼此疏远，或者至少相互猜忌，也不算一种下策。因为要是拥护国策者分崩离析，而反对者却团结一心，那就成了一种令人绝望的局面。

我注意到：某些君王出言尖刻，结果点燃了叛乱之火。恺撒说："苏拉①不通文采，所以不懂独裁。"②此话等于引火烧身，祸害无穷，因为人们原本对他抱有希望：说不定什么时候他会放弃独裁，这番话使大家彻底绝望。加尔巴说："他的习惯是征兵，而不是买兵。"这句话招来了杀身之祸，因为他使士兵断绝了获得犒赏的希望。普罗布斯③也因出言不慎而丧命，他说："只要我活着，罗马帝国就不再需要士兵。"因为此话使士兵极其绝望。诸如此类，不一而足。所以君王遇到棘手的问题和危急的时刻，必须出言谨慎，尤其是一些简言短语，词锋犀利，像投枪匕首一样飞出去，被认

---

① 苏拉（前138—前78），罗马将军和独裁官。
② 原文为拉丁文：Sylla nescivit litteras, non potuit dictare. 拉丁文dictare跟英文dictate同义，一语双关，一是"口授文章"，二是"独裁专政"。
③ 普罗布斯（约232—282），罗马皇帝，276—282年在位，被叛军所杀。

为出自肺腑；至于长篇大论，则显得枯燥无味，倒不甚引人注意。

最后，君王为了预防不测，身旁不能没有一名或多名猛将，以便将叛乱平息在萌芽时期。因为没有这种人，动乱一起，满朝惊惶，国家就陷入塔西佗所说的危险境地："人们的心态则是：此种伤天害理之恶行，敢为者寡，想为者众，容忍者悉数也。"[1]然而此类将军必须忠实可靠，德高望重，决不可是结帮拉派、哗众取宠之辈，而且能跟国内其他要员步调一致；如其不然，药则猛于病。

解 析

一、叛乱的征兆（如同暴风雨天气的征兆）:

1. 谣言和攻击——常常最好是嗤之以鼻；
2. 对命令先议论再服从的倾向；
3. 君王结党；
4. 公开的不和与争吵：总之，一切动摇政府四大支柱——宗教、司法、议会、财政的现象。

二、叛乱的因素：

1. 贫困——它创造了对战争的渴望；

---

[1] 原文为拉丁文。引自《历史》第1卷第28章。

2. 不满——由此君王或国家没有安全。

三、叛乱的原因和动机(对上面第 4 项举例说明)：宗教改革，苛捐杂税，压迫普遍，偏袒成风，饥荒频仍，等等。

四、根治叛乱的方法：

　　A. 根治贫困的方法：

　　　　1. 法律规定开放贸易，重视工业，抑制铺张浪费；

　　　　2. 阻止贵族的剧增；

　　　　3. 注意不要伤害对外贸易；

　　　　4. 防止国家的财富聚敛在少数人手里。

　　B. 根治不满的方法：

　　　　1. 安抚平民；

　　　　2. 给以适度发泄不满的自由；

　　　　3. 提供对未来的希望，而不是给与眼前的满足；

　　　　4. 设法使派系群龙无首，闹不团结；

　　　　5. 避免草率尖刻的言词；

　　　　6. 军事领导人的出面和帮助。

十六　谈无神论

（1612年作　1625年略作增订）

我宁肯相信《金传》①、《塔木德经》②和《古兰经》里的所有寓言，也不愿相信天地万物没有精神。上帝从不创造奇迹来揭露无神论，因为他的一般工作已经将它揭露推翻。诚然，粗浅的哲学常识使人心倾向无神论，深入的哲学研究却使人心皈依宗教。因为人的思想注意零七碎八的次因时，有时还会依赖它们，止步不前，但思想关注一系列互相关联的次因时，它就必须飞向天与神了。不仅如此，就连那个最被人诟病为无神论的学派，即留基伯、德谟克利特和伊壁鸠鲁的学派③，却最能证实宗教。因为下面两种学说都认为这种秩序和美是在没有神的安排下创造的，但第一种比第二种可信千倍。前一种认为它是由四种多变的元素和第五种不变的本质经过适当、永久的安排创造的，与神无关；后一种认为它是由一群无数的未经安排的微小粒子创造的。《圣经》上说,"愚顽人心里没有神④",但这并不是说"愚顽人心里想"。所以,这是愚顽人信口开河,自言自语,并不是他完全相信这种说法,或者对它口服心服了。因为谁也不否认神的存在,除非是那些认为没有神于己有利的人。无神论者总喜欢刺刺不休地谈论自己的看法,仿佛他们感到心虚,有了别人的赞同才感到踏实一点似的。由此看来,无神论只不过是挂在人嘴上,并没有深入到人心里。不仅如此,你一定会看到无神论者在努力招收门徒,跟其他派别没有区别;更有甚者,你还会看到他们宁肯为无神论受苦受难,也不肯放弃自己的信念。而且,如果真心认为没有神之类的东西,那他们何苦要自寻烦恼呢?伊壁鸠鲁声称神还是有的,不过他们只顾自己寻欢作乐,不管人间事务,于是受到了指责,说他只不过是为了自己的信誉而掩人耳目罢了。他们还说,他完全是敷衍塞责,心里仍然不相信有神。不过他无疑是在遭人诽谤,因为他的话是高尚神圣的:"否认俗人的神的存在

---

① 13世纪由热那亚大主教雅各·沃兰编撰的一本圣徒故事集。
② 一部关于犹太人生活、宗教、道德的口传律法集。
③ 即由古希腊哲学家留基伯(约前500—前440)和德谟克利特(约前460—约前370)提出,由伊壁鸠鲁等继承和发展的原子论。
④ 参见《圣经·旧约·诗篇》第14章第1节。

并非渎神；而将俗人的观念归之于神才是渎神。"①对此柏拉图也不能赞一词了。再者，伊壁鸠鲁虽有胆量否认神的职能，却没有能力否认神的性质。西印度人给他们的神灵都起了名字，不过没有上帝的名字，就好像异教徒有"朱庇特"、"阿波罗"、"马尔斯"等名字，却没有"神"这个字一样。这就表明即便是那些野蛮人也有这种概念，尽管他们的概念不是那么博大精深。所以在反对无神论方面，野蛮人是站在最深奥的哲学家一边的。深思熟虑的无神论者是极其罕见的，也许有一个狄亚哥拉斯②，有一个彼翁③，有一个卢奇安④，还有另外几个人，不过他们似乎也名过其实，因为凡是抨击一种公认的宗教或迷信的人都被对方扣上无神论者的帽子。不过大牌无神论者确实都是些伪君子，因为他们对待神圣事物总是没有感情，所以到头来必然会变得麻木不仁。

无神论起因多多，宗教分裂难辞其咎，因为一次大分裂会给双方增加热情，而多次分裂则会导致无神论。另一个起

---

① 原文为拉丁文。古希腊犬儒派哲学家第欧根尼·拉尔修(？—约前320，犬儒学派的原型人物)说这话出自伊壁鸠鲁之口。
② 古希腊哲学家，外号"无神论者"。由于他对通行的宗教嗤之以鼻，被控渎神，被驱逐，公元前450年左右客死柯林斯。
③ 古希腊讽刺诗人，约死于公元前240年，还有一个跟他同名的同时代诗人。
④ 卢奇安(约120—约180)，古希腊讽刺散文作家，无神论者。

因是僧侣丑闻，正如圣伯尔纳所言："现在我们不能说'有其民必有其僧'，因为民没有僧坏。"[1]第三个起因是亵渎嘲弄圣事圣物的风习，它潜移默化，损坏了宗教的尊严。最后一个起因是学术昌盛的时代，尤其恰逢太平盛世，因为动荡与艰难更能使人心倾向宗教。

谁否认神，谁便毁灭了人的尊贵。因为人的肉体无疑跟兽相近，如果他的精神不与神相近，那他就是个低贱的动物。它同样也摧毁了崇高和人性的升华。就拿狗作为例子，它发现自己被人豢养的时候，显出何等的大方和勇敢，因为人对它来说就是一个神，或者是一种"高级天性"。而这样一种动物若没有对比自己的天性更高的一种天性的信任，显然是不会有那种勇气的。人也一样，当他依赖神的保佑和恩惠时，就会聚集一种人性本身无法企及的力量和信念。因此，由于无神论在各个方面都非常可恨，在这一方面也不例外，它剥夺了人性超越人类弱点的手段。对个人如此，对国家亦然。从来没有一个国家像罗马那样伟大。关于这个国家且听西塞罗是怎样说的："诸位议事官，我们可以顾盼自雄，但我们论人数不敌西班牙人，论力量不敌高卢人，论狡黠不敌迦太基人，论艺术不敌希腊人，甚至论对这片土地和

---

[1] 原文为拉丁文。

这个国家的热恋之情，我们不如土生土长的意大利人和拉丁人。然而论虔诚和宗教信仰，而且就在这唯一的智慧上——因为我们认识到万事万物都是由不朽的神的意志所主宰的，——我们胜过了所有的国家和民族。"

解　析

一、揭露无神论荒谬的是：

1. 上帝的普通工作；

2. 深沉的哲学，尽管粗浅的哲学似乎证明它有道理；

3. 《圣经》，它把无神论看做仅仅是一种表白；

4. 无神论者自己在改变信仰和受苦受难上并不真诚；

5. 异教神话和野蛮人的崇拜；

6. 缺乏"深思熟虑的无神论者"。

二、无神论的起因：

1. 宗教分裂频繁；

2. 僧侣丑闻不断；

3. 亵渎嘲弄圣事圣物的风习；

4. 学术昌盛的时代，又逢太平盛世。

三、无神论可恨的特点：

1. 它毁灭了人的尊严；

2. 它同样摧毁了"崇高和人性的升华":

   (a) 个人身上的;

   (b) 民族身上的。

十七　谈迷信

（1612年作　1625年略作增订）

对于神，不置可否胜于说三道四，因为前者是不信，后者是糟践。毫无疑问，迷信就是对神的亵渎。关于这一点，普鲁塔克①可谓一语中的："我宁愿众人说压根儿就没有普鲁塔克这个人，也不肯让他们说，倒是有一个普鲁塔克，他的孩子一生下来，他就要把他们吃掉。"就像诗人们说萨图恩②那样。对神的亵渎越大，对人的危险就越大。

无神论让人依赖感知，依赖哲学，依赖天伦亲情，依赖法律，依赖名声。凡此种种，尽管没有宗教，也可以把人引向一种外在的美德。然而迷信却取而代之，在人的心里树立起一种绝对的君主专制。因此无神论从来不曾扰乱国家，因为它让人小心自重，不可鹰视狼顾。所以我们看到倾向于无神论的时代（如奥古斯都·恺撒时代）都是太平盛世。然而迷信却在许多国家兴风作浪，带来了一种新的"初始动力[3]"，造成了政府的所有"天体"的离乱。

迷信的主导是民众，在一切迷信中，智者是追随愚人的，理论反而倒过来服从实践。在经院派理论占优势的特伦托公会议[4]上，一些高级教士意味深长地说，经院派哲学就像天文学家，为了自圆其说，天文学家杜撰了偏心轮、本轮和诸如此类的星球运行方式，而他们明明知道这纯属子虚乌有。同样，经院派哲学家编造了许多奥妙复杂的原理和定理来解释教会的做法。

引起迷信的原因如下：注重悦耳娱目的仪式；专注于徒有其表、华而不实的神圣；过度尊崇传统，结果只能加重教会负担；高级僧侣为个人野心和钱财而耍阴谋、施诡计；过于器重良好动机，结果为想入非非、标新立异开了方便之门；以人事来瞄准神事，只能滋生非分之想；最后一点是野蛮时期频频出现，尤其是多灾多难的野蛮时期。

---

① 普鲁塔克（约46—119后），16—19世纪初对欧洲影响最大的古希腊作家之一。
② 按照古罗马神话，萨图恩（即希腊神话中的克洛诺斯）被认为是宇宙本原之一。有预言说他将被自己的儿子推翻，于是子女一出生他就将其吞噬。其妻用一块石头代替刚出生的宙斯（朱庇特），宙斯得救，后来果然夺其位。
③ 见本书《谈叛乱与骚动》篇中的注释①。
④ 特伦托公会议是天主教会的第19次公会议。1545年在奥地利特伦托召开，时断时续，至1563年始告结束，历时18年。会议中心主旨在于反对宗教改革运动，并提出要在天主教会内部进行改革。

迷信一旦揭去面纱，便是一个丑八怪；猿猴太像人反而叫人觉得刁钻古怪，同样，迷信类似宗教反而更显得不伦不类。鲜肉腐烂了就会生蛆，同样，良好的礼仪规章也会堕落成一些繁文缛节。如果人们认为离原来的迷信越远越好，就反而出现了一种躲避迷信的迷信。因此切不可良莠不分，统统除掉（像猛药险方造成的情况那样）。民众当了改革家，这样的事就层出不穷。

解　析

一、迷信的恶劣性质：

　　1. 比无神论更渎神，因为糟践神比忽视神更恶劣；

　　2. 比无神论更有罪，因为它毁灭道德和政府；

　　3. 它源自愚人，尔后又受到智者想出的论点的支持（**就像天文学和经院派哲学**）。

二、它的来源——仪式、形式、传统、追逐私利，等等。

三、结论：

　　1. 迷信类似宗教，所以更加讨厌；

　　2. 躲避迷信本身也许会造成另一种形式的迷信。

十八　谈旅游

（1625年作）

旅游，对于年轻人是一部分教育，对于年长者是一部分经验。不懂一国的语言就到该国去，那是去上学，不是去旅游。我倒赞成年轻人在家庭教师或严肃仆人的带领下去旅游，只要他懂该国的语言，并且到过那个国家就行。这样，他就可以告诉年轻人他们所到的国家什么东西值得一看，什么人士应当结识，什么活动或训练当地可以提供。如其不然，年轻人就如同鹰戴眼罩，所见甚少。

在海上旅行，只见海天一色，别无可看，人们应当写写日记。然而在陆上旅游，值得观察的景物应接不暇，人们大都疏于记录，仿佛闯入眼帘的比悉心观察的更值得一记似的，这岂非咄咄怪事。因此，日记应当常记不懈。

应当参观的事物有君王上朝，尤其是接见使臣；有法庭审案；有宗教法庭；有教堂和寺院，及其遗存的历史文物；有城墙和城堡；有海港和商埠、古物与遗迹、图书馆、学院、答辩、演讲（如果有的话）；有航运与舰队；有大城市附近的雄伟建筑与游乐花园；有军械库、兵工厂、火药库、市场、交易所、货栈、马术训练、剑术、军训，等等；有上流人士喜欢光顾的剧院；有珍藏的珠宝衣物；有精品陈列与稀世珍藏。总而言之，是所到之处的任何值得纪念的事物。凡此种种，家庭教师和家仆都应多加打听。至于盛典、假面剧、宴会、婚礼、葬仪、处决人犯之类的场面，人们不必心驰神往，但也不可忽略不顾。

如果你要让一个年轻人做一次小范围的旅行，时间短还要见识广，你就必须这样去做：首先，如上所述，在他动身之前，必须学一点该国的语言；其次，上面同样说过，他得有一个了解该国情况的仆人或家庭教师。他还得带一些描述他要去旅游的国家的地图和书籍，这对他了解该国情况帮助甚大；他还应当记日记；不要让他在一个城市长时间逗留，时间长短按该地的价值而定，但不可太长。不仅如此，他在一个城市里逗留之际，让他经常变化居住地点，在该城的各个地区都住一住，这样对结交人大有好处。让他不要尽跟本国人厮混在一起，而应到他访问的国家的上层人士聚会的地方进餐。变换旅游地点时，应当求人引荐去结识他要去的地方的名人，以便让他在想参观了解的事情上得到帮助。这样他既可以缩短旅游时间，又可以增长不少见识。至于在旅游期间结识什么人，最好是结交各国大使的秘书和随员。这样他在一国旅游，则可以获得在多国的历练。他也得拜访名扬海外的各界名流，以便了解名实是否相称。至于争斗，必须小心避免为好，争斗一般都是迷恋情人、宴会祝酒、争夺座次、挑剔言辞而引发的。一个人应当当心，不与脾气暴躁、动辄争吵的人交往，因为这种人是会把他卷进他们的争吵中去的。

旅游回国以后，不可把旅游过的国家完全置之脑后，而应当与最有价值的朋友保持书信往来。让他的旅游表现在他的言谈中，而不是他的衣着举止上。在言谈中，也只能小心谨慎，回答人家的问题，而不是贸然宣扬自己的经历。而且要表现出他不是想用外邦的习俗来改变本国的习俗，而是要把从国外学得的精华植入本国的习俗中去。

解　析

要想使到国外旅游的好处得到保证，必须——

1. 早就懂该国的语言，而且旅行时有懂该国语言的家

庭教师或仆人陪同;

2. 记日记;
3. 看真正值得一看的一切;
4. 带一本地图或书——到各地走走——避开本国人,结识有益的新交;
5. 避免争执;
6. 回国以后要:

    (a) 与外国朋友保持书信往来;
    (b) 注意不可在别人面前以衣着、谈话贸然吹嘘他对外国人的认知。

十九　谈君权

（1612年作　1625年增订）

渴望的东西少，恐惧的东西多，这实在是一种可悲的心态。而帝王的情况一般都是这样。因为他们至高无上，无所希求，所以搞得他们精神更加萎靡；成天价疑神疑鬼总觉得险象环生，又使得他们心理更加阴暗。这也就是造成《圣经》上说的"君王之心也测不透"①的一个原因。猜忌多端，却缺乏一种主要的渴求来引导、调整其余的渴求，这就使一个人的心难以测度。于是君王往往为自己设计一些欲望，把心思寄托在一些小技上。有时迷恋于建筑，有时热衷于设立爵位，有时一心想提拔一个人，有时又打算精通一门技艺。如尼禄爱弹琴，图密善善射箭，康茂德好击剑，卡拉卡拉②能驾车，如此等等，不一而足，这似乎令人难以置信。如果有人不明这样一种道理：那就是在小事上无往不利比在大业上止步不前更令人欢喜雀跃、心情爽快。我们还看到有些帝王早年都吉星高照，南征北战，马到成功（因为不可能永远一往无前，总有流年不利、受阻碰壁的时候），到了晚年就变得迷信、忧郁，如亚历山大大帝③、戴克里先④，还有我们记忆中的查理五世⑤，等等。因为一贯一往无前的人，一旦停下脚步，就会自暴自弃，判若两人。

现在谈谈君权的真正结构，这是一种很难维持的东西。因为结构和解构都包含着矛盾对立，不过把矛盾对立融为一体是一回事，使它们交替轮换则是另一回事。阿波罗尼奥斯⑥回答韦斯巴芗的话教育意义极为深刻。韦斯巴芗问他："尼禄为何而覆灭？"他答道："尼禄善于拨弦弄琴；然而在当政时他忽而把弦绷得太紧，忽而又放得太松。"忽而施行高压、忽而放任自流，这种均衡失当、时宜不合的权力变换对权威的破坏真是达到无以复加的地步。

---

① 见《圣经·旧约·箴言》第25章第3节。
② 尼禄(37—68，54—68年在位)、图密善(51—96，81—96年在位)、康茂德(161—192，177—192年在位)、卡拉卡拉(188—217，211—217年在位)皆为罗马皇帝，都以暴虐著称。
③ 亚历山大大帝(前356—前323)，马其顿国王，世界征服者中的突出人物。
④ 戴克里先(约243—约316)，罗马皇帝，284—305年在位。
⑤ 查理五世(1500—1558)，神圣罗马帝国皇帝，1519—1556年在位，也即西班牙国王查理一世。
⑥ 阿波罗尼奥斯(活动时期公元1世纪)新毕达哥拉斯学派的哲学家，罗马帝国时期成为神话式英雄，自称有创造奇迹的本领。

其实，近代君王的统治之道却是在危难临近时侥幸躲避、设法转移，而不是采用稳固踏实的渠道防患于未然，所以这就等于在碰运气。因此人们要千万当心，不可忽视、容忍积蓄动乱的柴薪。因为谁也禁止不了火星，也说不上它会来自何方。君王事业中的困难又多又大，然而最大的困难往往还在他们自己的心里。因为正如塔西佗所言，君王总爱干一些自相矛盾的事情："君王的欲望一般都很强烈，而且相互矛盾。"想达到目的，而又不忍采取手段，这就是权力的荒谬。

君王必须应付邻邦、后妃、子嗣、高级教士或僧侣、贵族、二等贵族或绅士、商人、平民和军人，如果稍有不慎，他们都会造成危险。

先说邻邦，由于形势变化无常，所以提不出一个总则，但有一条是颠扑不破的，那就是君王必须警戒不懈，提防邻国（或通过领土扩张，或通过贸易诱惑，或通过深沟高垒、层层设防、步步逼近等办法）增强国力，对自己造成前所未有的威胁。这一般是预见阻止这种事态的常务顾问的工作。在英王亨利八世[①]、法王弗兰西斯一世[②]和查理五世大帝三

[①] 亨利八世(1491—1547)英国都铎王朝的第二代国王，1509—1547 年在位。
[②] 弗兰西斯一世(1494—1547)，法国国王，1515—1547 年在位。

雄鼎立的时期，他们都在虎视眈眈，哪一方也不可侵占巴掌大的一块土地，如有一方胆敢越雷池一步，其余两方就会立即采取措施，或结成联盟，如有必要则诉诸武力，而且绝不苟且偷安，养虎遗患。而由那不勒斯国王斐迪南[①]、佛罗伦萨的统治者洛伦佐·美第奇[②]和米兰大公卢多维科·斯福尔扎[③]结成的同盟（圭恰尔迪尼[④]称之为意大利安全保障）也有同样的作用。一些经院派哲学家认为，人不犯我，我若犯人，便师出无名，这种观点是不能接受的。虽然尚未遭受打击，但大敌当前，危在旦夕，出于恐惧，先发制人，也算师出有名，这是没有问题的。

至于后妃，其中不乏惨无人道的事例。莉维亚[⑤]因毒死丈夫而臭名昭著；苏莱曼一世[⑥]的王后罗克珊拉娜不仅杀死了著名的王子穆斯塔法苏丹，而且还给王室和继位制造了麻

---

① 斐迪南(1423—1494)，意大利那不勒斯国王，1458年在位。
② 洛伦佐·美第奇(1449—1492)，佛罗伦萨政治家、统治者和文学艺术保护人。
③ 卢多维科·斯福尔扎(1452—1508)，文艺复兴时期最杰出的王公之一。
④ 圭恰尔迪尼(1483—1540)，意大利著名历史学家。
⑤ 莉维亚是奥古斯都的第三位皇妃，据说为了让儿子提比略继承帝位而毒死了丈夫。
⑥ 苏莱曼一世(1495—1566)，奥斯曼帝国最伟大的苏丹，1520—1566年在位。他的一个妃子罗克珊拉娜系奴隶出身，由于嫉妒太子穆斯塔法，设计让人把太子勒死在苏莱曼面前。苏莱曼的家庭生活由于他的两个儿子谢里姆和巴亚赛特的争斗而非常痛苦，最后巴亚赛特被打败，跟儿子一起在波斯被处死。据说谢里姆不是苏莱曼所生，在婴儿时就开始冒充王子。因此培根在后面说他是私生子。

烦；英王爱德华二世①的王后则是废黜和谋害丈夫的主谋。

后妃在策划立自己的儿子为王或者有奸情的时候,这种危险尤为可怕。

至于子嗣,他们引发危机酿成的悲剧也层出不穷。一般来说,父王对子嗣产生怀疑总会招致不幸。我们前面提到的穆斯塔法的死对苏莱曼王室产生了致命的恶果,因为从苏莱曼起直至今日,土耳其的王位继承者有不正之嫌,恐怕有外来血统,因此谢里姆二世被认为是私生子。年轻温顺的王子克里斯帕斯被其父君士坦丁大帝②杀害,同样给王室造成了致命伤。因为君士坦丁的两个儿子君士坦丁和君士坦斯都死于非命,另一个儿子君士坦提斯结局也好不到哪里,他确实是病死的,但死在尤里安③起兵反他之后。马其顿王腓力二世之子德米特里厄斯④之死给其父王带来了报应,致使他悔恨身亡。类似的例子不胜枚举,但是父亲因此类怀疑而获益

---

① 爱德华二世(1284—1327),英格兰国王,1307—1327 年在位。由于宠信佞臣,权力受制于贵族,入侵苏格兰失败后,王后伊莎贝拉联合贵族将其废黜,囚禁至死。
② 君士坦丁大帝(约 288—337),古罗马皇帝,306—337 年在位。统一全国后,加强中央集权,支持基督教。330 年迁都拜占庭城,改城名为君士坦丁堡。临死前受洗礼为基督徒。他于 326 年将其子克里斯帕斯杀死。
③ 尤里安(332—363),罗马帝国皇帝,361—363 年在位。即位后公开宣布与基督教决裂,主张宗教信仰自由。
④ 德米特里厄斯是马其顿王腓力五世(文中误当成二世)三子。他的兄弟珀尔修斯捏造事实,指控他阴谋篡夺其父的王位,被父亲下令于前 179 年处死。

培根随笔 | 097

的极其罕见，甚至根本没有。儿子公然举兵反叛父王则属例外，如谢里姆一世[①]讨伐巴耶赛特[②]、英王亨利二世[③]讨伐三个儿子。

至于高级教士，在妄自尊大、气焰嚣张时也会造成危险。当年坎特伯雷大主教安塞姆[④]和托马斯·贝克特[⑤]的情况就是这样。他们简直公然用主教的牧杖与帝王的刀剑对抗。然而他们对付的却是一些强悍骄纵的国王：威廉·鲁弗斯[⑥]、亨利一世[⑦]和亨利二世。危险并非来自那个阶层本身，而是当它有国外势力指挥扶持、或者教士的进用不是由君王或有圣职授予权的人士遴选，而是由平民百姓推举时，才有危险。

至于贵族，与他们保持一定距离并不为过；但抑制他们

[①] 谢里姆一世(1470—1520)，奥斯曼帝国苏丹，1512—1520年在位。
[②] 即巴耶赛特二世(约1447—1512)，奥斯曼帝国苏丹，1481—1512年在位。穆罕默德二世之子。
[③] 亨利二世(1133—1189)，英格兰国王，1154—1189年在位。亨利一世的外孙。
[④] 圣安塞姆(约1033—1109)，经院哲学学派建立者，本体论和苦行赎罪理论的创始人，威廉二世和亨利一世统治时期的坎特伯雷大主教。他虔诚正直，又是一位杰出的学者，但他坚持维护教权，导致了和两朝国王的激烈争吵。
[⑤] 圣托马斯·贝克特(1118—1170)，先任英格兰国王亨利二世的枢密大臣，后任坎特伯雷大主教，因反对亨利二世控制教会事务被谋害。
[⑥] 即威廉二世(征服者)(约1028—1087)，法国诺曼底公爵，英格兰第一位诺曼人国王，1066—1087年在位。
[⑦] 亨利一世(1069—1135)，英格兰国王，1100—1135年在位。征服者威廉的幼子。

却会使国王的独裁加剧,安全减少,随心所欲的能力也越来越小。我在拙著《英王亨利七世本纪》中已强调过这一点。亨利七世①由于压制贵族,他统治的时代困难重重,动乱频仍。尽管贵族仍效忠于他,但在国事上不予合作,所以实际上他倒乐得来个事必躬亲。

至于绅士,因为他们是一个分散的群体,所以不会造成多大危险。他们有时候也口出狂言,但危害甚微。况且他们可以抵消贵族的势力,不致使贵族过于强大。最后,他们在有权势的人中最接近平民,因此能缓和民众的动乱。

至于商人,他们可算是"门静脉②"。如果他们不景气,一个国家尽管肢体完好,但血管空虚,营养就不足。对他们课税于君王的岁入好处甚微,因为这纯属贪小失大之举。税率有所增加,商贸总额反而减少。

至于平民,他们倒没有什么危险,除非他们有了伟大能干的首领,或者你对宗教问题,或者对他们的风俗习惯、生活方式妄相干涉。

至于军人,只要他们集体生活,长期驻扎,又有领犒赏的习惯,他们就是个危险阶层;这从土耳其新军和古罗马禁

---

① 亨利七世(1457—1509),英格兰国王,1485—1500年在位。
② 一般指肝门静脉,把来自胃肠、胰、脾和胆囊的血液运到肝脏,分成毛细血管,然后汇成肝静脉注入下腔静脉。

卫军身上可见一斑。然而训练士兵,将他们分地武装,分帅统领,不给犒赏,既有利于国防,又不会酿成危险。

君王犹如天上的星宿,能带来清平时世,也能招致祸患年月。他们受万人景仰,但没有片刻的安宁。关于君王的种种警语其实可用两个"切记"囊括:"切记你是个人"、"切记你是个神"或者"神的替身"。前者约束他的权力,后者遏制他的意志。

解 析

一、统治者的悲哀在于:

1. 希求少而恐惧多;

2. 他们只有制造人为的快乐;

3. 于是最后容易变得"迷信和忧郁"。

二、"真正的君权结构"是:

1. 要始终一致(把矛盾对立融合而不是交替轮换);

2. 要设法对付真正的祸端。

三、君权的危险来源:

1. 其他君王的侵犯;

2. 不忠、妒忌的后妃的阴谋;

3. 心怀猜疑的异己的子嗣;

4. 高级教士认可外国的拥戴；

5. 贵族在没有得到充分尊重的时候（绅士很少造成危险）；

6. 平民在他们的**宗教**、**习俗**或**生活方式**受到干涉的时候；

7. 军人在容易受贿的时候。

四、统治者本身应当遏制自己的权力和自己的意志。

二十　谈诤谏

（1612年作　1625年增订）

人与人之间最大的信任就是对提出的诤谏的信任。因为在别的信任中，人们把生活的一部分委托予人，如田地、产业、子女、信贷、某件事情，然而对那些被选为谏臣诤友的人，人们则把生活全部都委托给他们了。由此可见，诤谏者更应当忠诚正直。明君切不可认为听从诤谏就会减损他们的伟大，贬低他们的能力。上帝本人也离不开诤谏，因此把"策士"定为圣子的一个尊号。所罗门也说"诤谏中有安定"[①]。事情要再三掂掇，如果不在争议中颠簸，就要在运气的浪头上翻腾，而且一波三折，成败不定，恰如一个醉汉踉跄行路一样。如同所罗门[②]看见了诤谏的必要，他的儿子[③]则发现了诤谏的力量。因为上帝钟爱的王国最初就是被妖言分裂解体的。这个妖言有两点我们可以引以为鉴，从而永远明察妖言：就人而论它是孺子之言；就事而论它是狂暴之言。

君王与诤谏合为一体而又密不可分的关系，以及君王明智、策略地纳谏的情况，古人都有形象的描述：一方面，他们说朱庇特④娶了美蒂斯，美蒂斯就代表诤谏。他们借此有意表示君权与诤谏的合婚关系；另一方面⑤，后面的故事是这样讲的，他们说，朱庇特与美蒂斯成婚以后，她便身怀六甲。但是朱庇特等不到她把孩子生下就将她吞进肚里，结果他却有了身孕，后来就从脑袋里生出了全身披挂的帕拉斯。这个荒诞不经的寓言包含着君权的秘密，即君王应当怎样利用议会：首先，君王应当把事情交给朝臣策士议论（这就是受孕怀胎），但事务在议会的子宫里发育、成形，等成熟长大、准备出生的时候，君王就不能让议会发号施令、决断定夺，仿佛此事全仰仗它一样，而应把事务收回到自己手里，向世界表明那些敕令和最终指示（因为出台时审慎而有力，

---

① 参见《圣经·旧约·箴言》第20章第18节："计谋都凭筹算立定。"
② 所罗门（活动时期公元前10世纪中叶），以色列最伟大的国王，统治时期达40年之久。
③ 即罗波安，他违弃耄耋之谋，偏听少者之计，以色列国因此分裂。参见《圣经·旧约·列王记上》第12章。
④ 朱庇特，古罗马和意大利的主神，相当于希腊的宙斯，是天空的主宰。
⑤ 一方面指"合为一体"，另一方面指"密不可分"。前者指君王把谏臣的诤谏合并起来。后者指一旦合并，就由君王宣布执行，仿佛是他自己的，与谏臣无关似的。

所以酷似全身披挂的帕拉斯)都是出自君王之口；不仅来自他们的权威，而且(为了增强自身的声望)出自他们的才智谋略。

现在让我们谈谈诤谏的弊病和治病的良药。人们已经注意到求谏和纳谏时有三大弊病：一，暴露事由，难以保密；二，有损君王权威，仿佛他们不能完全做主似的；三，有听信谗言的危险，对进谏者利大，于纳谏者利小。为了根治以上弊病，意大利的这种理论在法兰西有过实践：在几代君王当朝时，曾引进过秘密会议制度，这是一种比病还猛的药。

说到保密，君王不必事事都向议会通报，可以有所择取；征询应做何事者不必宣布欲做何事；但君王千万当心，自己不要泄密。至于秘密会议，"我漏洞百出"这句话可以做他们的警句。一个以碎嘴饶舌为荣的傻子会比许多知道保密有责的明白人危害还大。的确，有些事需要高度保密，除了君王，最多只能让一两个人知道。这样的诤谏不见得不好，因为除了有利于保密，这些诤谏一般总是大方向一致，没有分歧。不过那必须是一位能独立操作、埋头苦干的明主。而且那几个心腹也必须是明达之士，尤其对国王的旨意要忠心耿耿，英王亨利七世就是例子。至关重大的事情，他总是讳莫如深，隐而不言，只对莫顿①和福克斯②透露一二。

至于有损君王权威，上面的寓言也开了治病的良药。何况，国王的尊严在他们主持议事时不仅不会降低，反而还会提升。从来没有一个君王会被他的议会搞成孤家寡人，除非某个谏臣势力过大，或者有几个结成死党，但这种情况容易发觉，也不难制止。

至于最后一个弊病，即有人进谏时总是着眼于自己。无疑，"他在世上遇不见信德"③，指的是时代的特征，并非全体人的禀性。有些人生性忠诚、耿直，而不是狡诈、复杂，君王应当首先把这种人吸引到身边来。况且，通常谏官并不是铁板一块，而是彼此戒备，因此如果有人出于派性和私利进言，一般是要传到君王耳朵里来的。然而治病的灵丹妙药则是：如果君王了解谏臣如同谏臣了解君王，那么

　　君王之大德在于知人。④

---

① 约翰·莫顿（约1420—1500），坎特伯雷大主教与红衣主教，亨利七世的机要大臣。
② 理查德·福克斯（约1448—1528），历任埃克塞特、温切斯特等教区主教。在亨利七世即位之前就已替他效犬马之劳，深得亨利七世赏识。
③ 参见《圣经·新约·路加福音》第18章第8节。
④ 原文为拉丁文。引自古罗马诗人马提雅尔（约40—约104）《警句诗》第8节第15行。

另一方面，谏臣不应当过多地揣摩君王的为人。谏臣的真正品格是精通主公的事务而不是熟知他的脾性，因为只有这样他才可能向他提出忠告，而不是投其所好。君王听取诤谏时若能做到个人与集体兼顾，那定会收到奇效。因为私下的诤谏较为随便，当众的诤谏则更顾及人望。在私下，人们可以按自己的性情大胆进谏，在众人面前，人们更容易受到别人性情的影响。因此，还是兼听为善。听微臣的诤谏最好在私下，好让他们畅所欲言；听重臣的诤谏最好是当众，好让人家赢得体面。君王听取的诤谏如果只谈事不论人，那等于徒劳无功。因为事都是死的偶像，而办事的生命全赖于选人精当。关于人的问题，如果用触类旁通的办法像处理一种概念或数学定义那样，只顾及那人应当是哪一种类型、哪一种性格，那是不够的，因为大错的铸成，明断的表现，都在选人上。"最好的谏官是死人。""谏官吓白脸时，书籍却会直言。"这倒是真话。可见多读书是有好处的，尤其是读那些在公众舞台上扮演过重要角色的人写的书。

当今的议会大多是一种熟人的会面，对事情都是议而不辩。他们对议会的程序或法案草率行事。对于重大问题，最好是头一天先提出来，第二天再议。"夜里出良策"，英格兰和苏格兰统一委员会就是这么做的，那是一个严肃认真、井然有序的会议。我建议为请愿安排固定的日期，因为这样既可以让请愿者心里有底：他们请愿会受到接待，也可以让会议有充分的时间讨论国家大事，以便"处理手头急务"。在议会选设提案委员会时，选用不偏不倚的人，胜于选用双方的死硬派，以造成不偏不倚的局面。我还建议设一些常务理事会，分别主管贸易、财政、战争、诉讼及一些专门事项。有的地方有各种议会，只有一个国会（如西班牙），那种议会充其量等于常务理事会，只不过权力大些罢了。专业人员（如律师、水手、铸币人员之类）如有事呈报议会，先让理事会听取他们的诤谏，然后待时机成熟再提交议会。他们来时不可成群结伙，高声叫嚷。因为这样做等于到议会无理取闹，而不是有问题向它禀报。摆一张长桌和一张方桌，还是墙附近摆一些座位，似乎只是形式问题，其实是实质问题。因为摆一张长桌，几个坐在上手的人实际上就可以左右全局。然而如果采用其他形式，坐在下手的进谏者的诤谏就更有用处了。君王主持会议，千万注意，在提出问题时不要过多地表明意向；否则谏臣就要看风使舵，不会畅所欲言，而只会唱"我主圣明"的赞歌。

解 析

一、诤谏事关——

　　1. 责任,比"别的信任"更胜一筹;

　　2. 必要——事情要"掂掇"。

二、君王应当把诤谏的结果归入自己的功劳。

三、诤谏的弊病:

　　1. 不利于保密;

　　2. 表示征求诤谏的君王软弱无能;

　　3. 容易造成随意误导。

四、根治的良方:

　　1. (**保密**)。君王必须讳莫如深,甚至对他的谏臣;

　　2. (**软弱**)。君王必须小心,独揽所提出的诤谏的一切功劳;

　　3. (**误导**)。君王应当洞察自己征询的谏官的脾性。

五、纳谏的最佳方式:

　　1. 不许谏臣做包打听;

　　2. 听取诤谏时个别与集体兼顾;

　　3. 接纳的谏议既要谈**事**又要议**人**;

　　4. 从书上纳谏——这种顾问既不会"吓白脸",也不会

进谗言;

5. 为请愿和其他事务安排固定的日期;

6. 选用不偏不倚的谏官,而不是妥协、折中的人物;

7. 听取专业人员的忠告,而不是命令;

8. 不可把议事室的**形式**看成无关紧要的事情。

二十一　谈拖延

（1625年作）

幸运就像市场，如果你能多逛一会儿，物价往往就会下跌。然而，它有时候却像西比尔卖书，起初是整套卖，随后烧了一部分，又烧了一部分，但剩余的仍然要卖原价。[①]因为"时机"（就像俗话说的那样）给你额发你不抓，"她就转过来一个秃脑瓜"。或者至少先给你瓶脖子抓，然后再给你瓶肚子，那就难抓了。

再没有比善于抓住事物的苗头更明智的了。一旦危险看上去不大，那危险就不会小了。骗人的危险多，逼人的危险少。不仅如此，与其眼睁睁地长时间瞅着危险临近，还不如趁危险还远时就把它迎到半路上。因为如果一个人瞅得太久，他就有睡着的可能。另一方面，如果因影子拖得过长而上当受骗（如月亮低悬，只照见敌人的背部时，就有人上过当），提前射击，或者过早防御，反而导致危险，则是另一个极端。

如上所言，时机是否成熟必须仔细斟酌。总的来说，最好把重大行动的头交给百眼巨人阿耳戈斯关照，而把尾交给百臂巨人布里阿瑞俄斯处置；②先仔细看，后加紧干。因为能使政治家隐身的普路托③的头盔就是商议中的机密，执行时的快捷。事情一旦到了执行阶段，保密就只有靠快捷了，就像空中飞行的子弹，快得眼睛无法看见。

解 析

一、拖延——

　1. 有时有利；

　2. 常常有害——（三个例子：**西比尔的书——秃脑瓜——瓶子**）。

二、真正的聪明就是知道拖延的局限，因为——

---

① 古罗马人中间流传着这样一个故事：女先知西比尔来见国王塔奎尼乌斯·普里斯库斯（？—前578，前616—前578年在位），要把9卷书卖给国王，国王不要。她便离开，烧掉3卷，又来见国王，要用原价卖掉剩下的6卷，又遭到国王的拒绝。她又离去，再次烧掉3卷，又拿着剩下的3卷卖原来9卷的价钱给国王。国王感到奇怪，就买下了。西比尔的书被古罗马人视为圣物，专门委派官员保管，只在国家情势紧急的情况下才可查阅。
② 百眼巨人阿耳戈斯和百臂巨人布里阿瑞俄斯都是希腊神话中的人物。
③ 即希腊神话中的哈得斯，他有一顶神奇的头盔。

1. 没有应对危险的准备就是增大危险；

　　2. 常常做应对危险的准备则是导致危险。

三、准备应当秘密，执行应当快捷，就像子弹的飞行。

二十二　谈狡猾

（1612 年作　1625 年重写）

我认为狡猾是歪门邪道上的聪明。毫无疑问，狡猾人和聪明人是有天壤之别的，不仅表现在诚实上，而且表现在能力上。有些人会捣牌，但不善打牌；有些人是拉帮结派的高手，别的方面却稀松平常。何况，知人是一回事，懂事又是一回事。很多人能摸透人的脾性，但真正办一件事却没有多大能耐。琢磨人多、钻研书少的人莫不如此。那种只适合摆弄常务而不宜出谋划策的人只能驾轻就熟，如果面对新人，干脆就没辙儿了。所以要知贤愚，还要依照老规矩："把两个人赤条条地送到生人中间去，你就会见分晓。"这种办法对这些狡猾人倒不大适用。因为他们就像小商小贩，不妨亮亮他们铺子里的家底。

耍滑的一种手段就是跟人说话时察言观色，耶稣会会士在训令中就是这么教的,因为很多聪明人都把心里的隐秘显露在脸上。然而察言观色时有时还要装出一副低眉敛颜的样子,这也正是耶稣会会士的做法。

另一种手段是,你有紧要的事相求时,用一些闲言趣语把对方哄得心里乐滋滋的,使他糊里糊涂,不能表示反对。我认识一个枢密院官员兼国务大臣[1],他谒见英国的伊丽莎白女王请她签署文件时,没有一次不是先引她议论国事的,这样一来她对文件就不甚留意了。

还可以趁对方急赤白脸、无法停下来仔细考虑问题时,你来个突然袭击,把问题提出来。

如果一个人想阻挠一件他担心别人会巧妙有效地提出的事情,那就让他装出一副希望它一帆风顺的样子,却用足以挫败它的方式自己提出来。

欲言又止,仿佛硬把话憋在心里,会大大刺激你与之商谈的人的兴趣,他总想知道底细。

任何事一旦从你嘴里问出来,效果似乎就比你主动讲出来得好,因此你不妨装出一副与平常不同的脸色,从而设下诱饵,让人发问。其目的是给人提供机会,问你怎么会变

---

[1] 也许是指沃尔辛厄姆(约 1532—1590),伊丽莎白女王的国务大臣,长于外交和组织间谍搜集情报活动。

脸，就像尼希米所做的那样，"我素来在王面前没有愁容。"①

遇到难言之隐、不快之事，最好让一个人先用皮相之谈打开僵局，然后让说话掷地有声的接上话茬，好像偶然插话的样子，这样别人就会问他对前面谈话的看法，纳西索斯向克劳狄讲梅萨利纳和西利亚斯的婚事时就是这么做的。②

有些事情，如果一个人不想抛头露面，假借世人的名义倒是一个耍滑的手段，譬如说"人家都说"，或者说"外面有传言"。

我认识一个人，他写信的时候，往往把最重要的事写在信尾附言里，仿佛那是一件一笔带过的小事似的。

我还认识一个人，该他讲话的时候，往往把最想说的避而不谈，东拉西扯一通后又回来再谈正事，仿佛那是一件差点儿忘掉的事情。

有些人专门等到他们想套住的人可能突然撞见自己的时候装作惊慌失措的样子，故意叫人家看见手里拿着一封信，或者在做什么反常的事，目的就是让人家问及他们急于想说

---

① 见《圣经·旧约·尼希米记》第2章第1节。
② 梅萨利纳（约22—48），罗马皇帝克劳狄一世的第三个皇后。她钟情于凯亚斯·西利亚斯，并强迫他与自己举行秘密婚礼。克劳狄的亲信纳西索斯非常谨慎地把此事报告给皇帝，西利亚斯被杀。

的事情。

自己说出一些话,存心让别人鹦鹉学舌,人云亦云,借此从中捞得好处,这也是一种耍滑的手段。我认识伊丽莎白女王时代的两个人,他们都争着想当国务大臣,但两个人关系很好,有事常在一起磋商。其中一个说,在王权衰落之际出任大臣可是一件棘手的事情,所以他是不想干的;另一个原原本本地借用了这句话,并且给几个朋友讲,在王权衰落之际,他没有想当大臣的理由。第一个人抓住了这句话。设法把它参奏给女王。女王听到王权衰落的说法大为不满,便决计不听第二个人的请求了。

有一种狡猾,我们英国人称之为"锅里翻饼"。那就是,本来是他对别人说的,他反而赖成是别人对他说的。说实话,两个人之间的话,要弄清楚究竟谁开的头,还真不容易。

有些人有一种办法,就是以否认的方式自我辩解,从而影射他人,好像说:"这种事我才不干呢。"就像提吉利努斯对布鲁斯所说的:"他别无目的,只是一心注意着皇上的安全"[①]。

---

① 原文为拉丁文。语出塔西佗《编年史》第14卷第57章。提吉利努斯(?—69),尼禄皇帝的佞臣;布鲁斯(?—62),尼禄皇帝的近卫军长官。

有的人一开口就故事连连，凡是他们要含沙射影讲述的事情，无一不包在故事里面。这种故事既容易保护他们自己，也容易使别人更乐于接受传播。

用自己的语言和论点表露想要的回答是一种耍滑的妙方，因为这样做使对方较少为难。

说来奇怪，有些人在讲心里要讲的事之前，先要打很长的埋伏，兜很大的圈子，东拉西扯一大堆不相干的事情。这样做需要很大的耐心，可是用处也不少。

提出一个突然、大胆、出人意料的问题往往使人猝不及防，顿时就敞开心扉。这就像一个改名换姓的人在圣保罗大教堂①散步，有人突然走到他身后喊他的真名，他就立即回头看一样。

然而耍滑的这种小手腕儿是层出不穷的，列举出来倒不失为一件好事，因为在一个国家里，为害之大莫过于狡猾人冒充聪明人了。

不过，无疑有些人是知道事情的求安避危之道的，但就是不得其中三昧。就像一幢楼房倒有方便的楼梯和门户，却没有一间好房间。因此，你一定会发现他们在结论中连放好箭，但永远不能明察或辩证问题。然而他们通常善于利用自

---

① 当时的圣保罗大教堂是一处供人散步、聊天的公共场所。

己的无能，往往被人看作引路的才子。有些人立身处世靠欺骗人，按我们现在的说法就是靠耍弄别人，而不是靠自己脚踏实地埋头苦干。然而所罗门有言："智者留心自己的脚步，愚者转脸去诈骗他人。"[1]

解　析

一、狡猾是歪门邪道上的聪明，应当被揭露。

二、揭露一些"耍滑的手段"：

1. 密切注视听你说话的人的脸色；

2. 把注意力从你的真正目的处分散开；

3. 想办法在匆忙慌乱中推行你的事务；

4. 采用阳奉阴违的办法妨碍事务；

5. 狡猾地制造对你希望的东西的兴趣；

6. 引诱谈话的人问你一个正中下怀的问题；

7. 利用别人给你想说的话做铺垫；

8. 把你的愿望含而糊之地说成一个一般传言。

9. 要突出你想说的事，却使它好像是：

    （a）一笔信尾附言；

    （b）一件差点儿忘掉的事情；

---

[1] 参见《圣经·旧约·箴言》第14章第15节。

(c) 披露它似乎是出乎意料举动的结果。

10. 伤害竞争对手,办法是:

(a) 诱导他说一些不高明的话;

(b) "锅里翻饼"的把戏,使人无法知道谁是始作俑者。

11. 披着自卫的外衣攻击你的敌手;

12. 把你的真实用意隐藏在故事里;

13. 把你希望要的回答搁到对手的嘴里;

14. 小心翼翼地接近你想说的事情;

15. 搞突然袭击。

三、然而这些小伎俩并不能形成才能,聪明人是避而不用的。

二十三　谈利己之道

(1612年作　1625年增订)

蚂蚁是一种聪明的自为的动物，但在一片菜园里就是一种害虫了。同样，过于自爱的人必定有害于公众。仔细掌握爱己与为公的中间尺度，既要忠于自己，又不欺骗别人，尤其不能欺骗君王和祖国。一个人把自己看做行为的中心是很差劲的。那正好和地球一样，因为地球只是固守着自己的中心，而与诸天体有亲和力的万物都是围绕另一个天体的中心运行，并且从中获益。[1]凡事都要归结于自我，这对一个君王倒情有可原，因为君王不仅仅代表自己，而且他们的善恶与民众的利害息息相关。然而，君王的臣仆或共和国的公民有这种表现则是极大的恶行，因为凡事一过这种人的手，他就会加以扭曲以适合自己的目的，往往与主公与国家的目的南辕北辙。因此，君王、国家决不能选用有这种习性的人做臣仆，除非有意让公事办成臣仆的顺水人情。危害更大的是，这样做使轻重缓急统统失调，置臣仆的利益于主公之先完全是本末倒置，而为了臣仆的小利办事时违抗主公的大利则更是伤天害理。而贪官污吏、劣使恶将和其他奸臣赃官的情况正是这样，这完全是歪门邪道，以个人的蝇头小利、些微妒意去毁损主公的宏图大业。在大多数的情况下，那种臣仆得到的好处只不过是他一己的幸福，而他为那种好处所造成的祸害却等于毁了他主公的幸福。放火烧房只图烤熟自己的几个鸡蛋，正是那些极端自爱者的本性。然而这些人往往得到主公的信任，因为他们孜孜钻营的就是讨得主人的欢心，谋求自己的私利。不管是哪一种居心，他都会置主人事务的利益于不顾。

利己之道尽管名目繁多，但却是一种歪门邪道：那是老鼠的门道，因为老鼠只知道在房子倒塌时逃之夭夭；那是狐狸的门道，因为狐狸只能把为它挖洞造窝的獾撵走；那是鳄鱼的门道，因为鳄鱼在吞噬人家时还要掉几滴眼泪。然而，特别值得注意的是（正如西塞罗说庞培[2]的那样）那些"非己

---

① 培根仍持古希腊天文学家托勒密的宇宙地心体系，反对哥白尼的日心体系。
② 庞培（前 106—前 48），古罗马后期最伟大的政治家之一，也是当时最伟大的将军之一。曾两度任执政官。

不爱的人"①往往下场不好,他们总是牺牲别人成全自己,最终却成了无常的命运的牺牲品,他们本以为已经用利己之道绑住了命运的翅膀。

解　析

一、爱己应当与爱人相辅相成。

二、对于君王,爱己情有可原,但对于臣仆则极其有害。

三、爱己是一种歪门邪道(与老鼠、狐狸和鳄鱼的本能相比最合适不过),而且往往对施行者有灭顶之灾。

---

① 原文为拉丁文。

二十四　谈革新

（1625年作）

初生的幼崽总是其貌不扬，革新也莫不如此，因为它们都是时间的幼儿。尽管如此，第一个光耀门楣的人一般比大多数后继者更可敬。同样，首创（如果是好的）总为模仿所难及，因为对于不正的人性来说，恶具有一种自然动力，继续的时候最强。而善却作为一种强制动力，开始的时候最大。药物无疑都是革新。不用新药的就必然等着害新病。因为时间是最伟大的革新家。如果时间在它的自然进程中使事物变坏，智慧和言论又不能将其变好，那将如何了结？的确，约定俗成的东西即便不好，至少还是可行的。那些长期共存的东西，好像形成了一种磨合，而新生事物就有方枘圆凿之势。它们虽靠用途发挥作用，却又因违拗而制造麻烦，何况它们就像陌生人，令人惊奇的多，叫人喜爱的少。

如果时光静止不动，这种情况都不会错。然而时日迁流，墨守成规跟革新创异一样令人讨厌，那些过于崇古的人就会在新时代传为笑谈。

因此，人们在革新时最好要以时间本身为榜样。时间日新月异，但不声不响，潜移默化于不知不觉之中，否则新生事物都成了始料不及的东西。它有利也有弊，获益者认为是喜从天降，便感谢时运，受害者认为是飞来横祸，便归罪于革新者。除非势在必行，好处明显，国家最好不要搞实验。而且千万当心，应当是改革引起变化，而不应当是思变之心假改革之名。最后，标新立异的做法虽不被一概拒绝，但总叫人起疑，正如《圣经》所言，我们"当站在路上察看，访问古道，那是善道，便行在其间"[1]。

解 析

一、不同的考虑——

　　A 赞成革新：

　　　　1. 革新是时间进程的必然；

　　　　2. 革新比模仿好；

　　　　3. 革新适合革除新的弊端。

---

[1] 见《圣经·旧约·耶利米书》第6章第16节。

B. 反对革新:

1. 革新消除的东西即便不好,还是可行的;
2. 用来替代的东西奇怪,不大受人喜爱。

二、革新的真正模式:

1. 潜移默化,如同时间;
2. 变化,只能在势在必行、好处明显的情况下进行;
3. 提防改革引发思变之心,而不是相反;
4. 尽管并不是拒绝标新立异,然而总是对它产生怀疑。

二十五 谈快捷

（1612年作）

贪快求捷是做事时可能出现的最大危险之一。就像医生所谓的"预先消化"或"快速消化"，它肯定使体内填满了没有消化的食物，埋下了隐秘的病根。因此是否快捷不能以占用的时间来衡量，而应当以事情的进展来计算。比如赛跑，速度并不依赖步幅多大、抬脚多高。同样的道理，办事要快，靠的是抓得紧，而不是揽得宽。有些人一心想的是短期完工，或者把没办完的草率了结以求得办事快捷的美名。然而以简练求快是一回事，以省略求快又是一回事。这样几经会商，处理的事务进展总是反复无常，摇摆不定。我认识一个聪明人，他看见人们求成心切，常用一句口头禅相劝："等会儿，这样我们会把事情了结得快点儿。"①

话又说回来，真正的快捷是难能可贵的。因为时间是衡量办事的标准，就像金钱是衡量商品的尺度一样。不讲快捷的地方，办事的费用就高。西班牙人和斯巴达人不讲快捷是出了名的。"但愿我的死神来自西班牙。"那它就肯定会姗姗来迟的。

有人向你汇报事务的第一手情报时，应当仔细听取，宁可一开头就做出指示，也不要在人家正讲时把话头打断。因为讲话的顺序一旦打乱，人就要跋前踬后，搜索枯肠，这就比顺着自己的路子讲下去更加啰唆。不过，有时候人们发现考问的比答辩的更令人生厌。

重复一般是浪费时间，然而一再重复问题的实质最能节省时间，因为这样就可以排除一些闲言碎语。冗长而玄妙的讲话不利于快捷，就像长袍拖裙不利于赛跑一样。引言、承转、辩白和其他有关个人的言谈对时间都是极大的浪费。这些话虽然好像出自谦虚，实际上是浮华的表现。然而，人们抱有成见的时候，切不可单刀直入，因为心存偏见，就需要一段引子，就像热敷能使药膏渗入皮肤一样。

至关重要的一点是，各个部分的顺序、安排、选择是快捷的生命，只要安排不过于错综复杂就好。因为不善分理的

---

① 培根在他的《格言集成》中说："埃米亚斯·波利特爵士看见人们办一件事急于求成时，总是说，'等会儿，这样我们会把事情了结得快点儿。'"波利特是伊丽莎白女王派往法国宫廷的大使。

人永远不能深入事情的核心；分理过细，却永远不能爽利地脱手。选择时机就是节省时间，而不合时宜的行动就等于吹影镂尘，费日损工。办事分三步：准备，讨论或考查，完成。如果你想要快捷，中间一步可由多人参与，前后两步只能少数人工作。事先拟好一个议事日程多半有助于快捷，因为即便把它全盘推翻，那种否定也比漫无头绪方向明确，就像灰比土更有肥效一样。

解　析

一、做事的快捷必须以真正的最终省时而不是以眼前的省时来衡量。

二、保证快捷的手段为：

1. 开始时耐心；
2. 仔细坚持问题的要点，除了在离题可能化解反对意见的时候；
3. 注意处理问题的方法与安排；
4. 准备和执行由少数几个人经手；
5. 事先准备议事日程。

二十六　谈假聪明

(1612年作)

自古以来就有这么一种看法：法国人实际比外表聪明，西班牙人外表比实际聪明。不管两个民族之间的情况如何，个人之间的情况确实如此。因为这就像使徒所说的虔敬，"有虔敬的外貌，却背了虔敬的实意"[①]。所以世间有这么一些人，如果把他们聪明才干的情况加以考察，结果却发现他们都是虚张声势、不办实事的人，"出大力办小事"。

明察之士看见这些玩形式的高手所变的戏法，看见他们用什么样的立体镜能使平面貌似立体，有了深度和体积，真是荒唐透顶，完全可以写一篇讽刺诗文。有些人言行诡秘，好像不到暗处他的货色就不肯往外亮，总好像有什么藏着、掖着。他们心里明白他们说的正是自己不甚明了的事情时，他们便会含糊其辞，给别人造成心中有数，但不便乱说的印象。有的人借助表情姿态，依赖手势来显示聪明，就像西塞罗形容庇索的那样，他回答问题时一道眉毛抬到额头上，一道眉毛弯到下巴上："你一道眉毛抬到额头上，一道眉毛弯到下巴上，你还说你不赞成残忍。"[②]有人认为口出狂言、头头是道可以压服人，便气势汹汹一直往下说，把不能自圆其说的东西说成理所当然的正确。有的人遇到自己搞不懂的东西，就会装出不屑一顾的样子，或者认为它不是毫不相干就是雕虫小技，而不当回事。这样使他们的无知俨然成了见识。有些人总爱独出心裁，往往巧言令色，哗众取宠，借此躲开正题。A·盖利乌斯说这种人是"用花言巧语来作践重大问题的蠢材"。[③]柏拉图也在《普罗泰戈拉篇》里引入普罗迪科斯作为这类人的例子来嘲笑，让普罗迪科斯讲了一席话，从头到尾都是奇谈怪论。一般来说，这种人在辩论中总觉得否定别人比较容易，所以就用反对和刁难别人来哗众取宠。因为提议一经否定，就等于一了百了，如果予以采纳，就需要着手新的工作。所以假聪明是做事的祸根。总而言之，日渐败落的商人和金玉其外的乞丐，都千方百计要摆出

---

① 见《圣经·新约·提摩太后书》第3章第5节。
② 原文为拉丁文，参见西塞罗《斥庇索》第6节。此处培根用拉丁文重申了一遍。
③ A·盖利乌斯是公元2世纪的一位罗马作家。其实这句话出自著名的古罗马教育学家昆体良（约35—约96）。

一副富有的门面，但在这些草包们为维护其才干的信誉而玩弄的诸多花招面前，却相形见绌。

假聪明可以想方设法达到沽名钓誉的目的，但大家千万不可任用他们，你宁可要一个榆木疙瘩也不要一个绣花枕头。

解　析

一、虽然不是全体国民，却总有一些人竭力显得比他们的实际聪明。

二、达到这一目的的通用手法是：

　　1. 假装讳莫如深；

　　2. 用表情、姿态故弄玄虚；

　　3. 说话头头是道、气势汹汹；

　　4. 假装对别人的话不屑一顾；

　　5. 巧言令色；

　　6. 依赖反对别人的言论的否定策略。

三、这种人不可用，因为他们是比十足的蠢材还坏的仆人。

二十七　谈友谊

（1612年作　1625年重写）

"喜欢孤独的人不是野兽，便是神灵。"① 说这句话的人很难把更多的真理和谬误糅合到这样的片言只语之中了。因为一个人若对社会天生就有一种隐秘的仇恨和反感，他多少总有一点野兽的性质，这是千真万确的。然而如果说这种仇恨和反感具有什么神性，则是荒谬透顶的，除非他不是在孤独中寻找乐趣，而是想把自己与世隔绝，追求一种更高的交流。人们发现有些异教徒身上就有这种虚构出来的表现，如克里特人埃庇米尼德斯②、罗马人努马③、西西里人恩培多克勒④、提亚纳的阿波罗尼奥斯⑤。还有基督教会的若干古代隐士和长老确实也有这种表现。然而什么是孤独，它的范围又如何，人们却不甚了然。因为在没有爱的地方成群并不等于结伴，一张张面孔只不过是一条画廊，交谈也无非是铙钹的铿锵。那句拉丁谚语真有点儿一针见血的味道:"一座大城市就是一片大荒原。"因为在一座大城市里,朋友们也四零五散,因此大体上说,没有街坊邻里才有的那种情谊。然而我们不妨更进一步断言: 缺乏真正的朋友是一种彻底、可悲的孤独,因为没有真正的朋友的世界只不过是一片荒原。即便从孤独的这种意义上也可以说,性情上与友谊格格不入的人,他接受的是野兽的性情,而不是人类的性情。

友谊的一个主要成效就是宣泄各种激情引起的心中的憋闷。我们知道憋堵之症对身体最为凶险,对精神也不例外。你可以服菝葜养肝,服铁剂健脾,服硫华舒肺,服海狸香活脑,可是除了真正的朋友,没有一个处方可以开心。对于挚友,你可以在一种世俗的告解中,倾诉你的痛苦、欢乐、恐惧、希望、猜疑、规劝,以及压在心头的一切。

---

① 引自亚里士多德《政治学》第1章第1节。
② 埃庇米尼德斯(约生活在公元前600年),古希腊克里特岛的哲学家、诗人。是古代最杰出的人物之一。传说他一睡就是五十多年。性格淳朴无私,对后世影响甚大。
③ 努马(活动时期约公元前700年),罗马传说中在共和国前统治罗马的7代国王的第2代。据传公元前715—前673年在位,曾创立宗教历法和制订各种宗教制度。相传他曾在罗马附近的一座树林里得到仙女伊吉丽亚的指示。
④ 恩培多克勒(约前490—前430),古希腊哲学家、政治家、诗人、宗教教师和生理学家。
⑤ 参见第81页注。据传他有魔力,尤莉娅·多姆纳(罗马皇帝塞维鲁的第二个妻子)试图复活与他的名字相关的古代神话和异教崇拜。

看到伟大的君王对我们所说的友谊的成效评价多高，真令人感到奇怪。他们把友谊看得那么伟大，以致多次置自己的安全和伟大于不顾来换取友谊。因为君王的地位与臣民天差地远，他们是不能采集这种果实的，除非（为了使自己有这种能力）他们把有些人提拔到类似于同伴的地位上，几乎能跟自己平起平坐，但这样做往往会造成麻烦。现代语把这种人称为"宠信"或"私交"，仿佛它只不过是表现恩宠或交谊的产物，然而罗马人称之为"分忧之人"这种叫法却反映了它的真正用途和起因，因为结成君臣友谊的恰恰就是这个。我们看到做这种事的不仅仅是懦弱多情的君王，而且有古往今来具有雄才大略的统治者，他们往往跟臣仆结交，管臣仆叫朋友，也允许臣仆管他们叫朋友，使用私交之间交谈的语言。

苏拉[①]统治罗马时，把庞培（后来冠之以"伟人"称号）提升到能夸口说苏拉也难以和他匹敌的地位。有一次庞培举荐他的一个朋友争当执行官，与苏拉所举荐的相抗衡，苏拉对此有所不满，开始论起理来，庞培便反唇相讥，叫他免开尊口，因为仰慕朝阳者众，欣赏落日者寡。

---

① 苏拉（前138—前78），古罗马统帅、政治家。他封他的朋友和同事庞培为"大将军"，后来却遭到庞培的公开反对。

在裘力斯·恺撒①那里，德西马斯·布鲁图②达到了炙手可热的地步，恺撒在遗嘱中把他排在自己的甥孙之后立为第二号继承人。而此人却是有力量置恺撒于死地的人。由于一些不祥之兆，尤其是卡尔普妮亚③的一个梦，恺撒要让元老院休会，此人却挽着恺撒的胳膊，把他从椅子上扶起来，并且告诉恺撒，他希望等到恺撒的妻子做了好梦再散会。恺撒对他真可谓言听计从，以至安东尼在一封信里——此信在西塞罗的一次抨击安东尼的演说中曾一字不差地引用过——称他为"巫师"，仿佛是他使恺撒着了魔似的。

奥古斯都把阿格里帕④（虽然出身微贱）提到万人之上，他就女儿裘利娅的婚事征求梅塞纳斯⑤的意见。梅塞纳斯不揣冒昧地告诉他，他要么把女儿嫁给阿格里帕，要么就要了阿格里帕的命，没有第三条路可走，因为他已经使阿格里帕成了举足轻重的人物。

---

① 裘力斯·恺撒(? —前87)，罗马执政官。
② 德西马斯·布鲁图(? —前43)，罗马将军。
③ 卡尔普妮亚(前? —前44)，罗马贵妇，恺撒的第三个妻子。她劝阻恺撒勿去元老院，恺撒不听，结果遇刺。
④ 阿格里帕(前63—前12)，罗马帝国第一代皇帝奥古斯都的密友和副手，处在一人之下、万人之上的地位。奥古斯都把女儿许给了他。
⑤ 梅塞纳斯(前70—前8)，罗马贵族，奥古斯都杰出的外交官和顾问，著名的文学赞助人。

塞扬努斯①在提比略手下扶摇直上，最后他们俩被人看做一对密友。提比略在给塞扬努斯的信里说道："为了我们的友谊，这些事我没有向你隐瞒。"全元老院还给友谊专门修了一座圣坛，好像献给一尊女神似的，以表彰他们两人之间的亲密友谊。

塞普提缪斯·塞维鲁②和普劳蒂亚努斯的友谊与之类似，或者更胜一筹；因为塞维鲁强迫他的长子与普劳蒂亚努斯的女儿成婚，在普劳蒂亚努斯侮慢皇子时往往予以袒护，而且在写给元老院的信中这样写道："朕深爱此人，愿他比朕长寿。"

那么，如果这些君王都像图拉真③或马可·奥勒留④那样，人们会认为这种做法出自博大善良的天性；然而上述君王个个都精明能干，魄力甚大，作风严厉，又极端自爱，这就清楚地表明他们发现自己的幸福（尽管已到凡人的极致）如果没有朋友成全，仍然显得美中不足。更为重要的是，这些

---

① 塞扬努斯(？—31)，罗马帝国近卫军司令、执政官，原为皇帝提比略的亲信，后因有人告发他阴谋篡位，遂被提比略处死。
② 塞普提缪斯·塞维鲁(146—211)，罗马皇帝，193—211年在位。他和近卫军司令普劳蒂亚努斯的友谊因成为姻亲更加巩固，最后使得他的朋友丧命。
③ 图拉真(53—117)，罗马皇帝，98—117年在位。在国内建设和对外扩张方面均有成就。
④ 马可·奥勒留(121—180)，罗马皇帝，161—180年在位。热衷禁欲主义和宿命论，对外扩张，对内迫害基督徒。

君王尽管有后妃、王子、侄甥，但天伦之乐无法提供友谊的慰藉。

千万不可忘记科明尼斯①讲到他的第一位主公勇敢者查理公爵的话。他说公爵不肯把秘密、尤其是那些最使他为难的秘密透露给任何人。于是他接着说，到了晚年这种封闭的性格损害并且可以说毁掉了他的理智。当然科明尼斯如果愿意，他也会对他的第二位主公路易十一下同样的断语，因为路易十一的封闭性格确实折磨了他的一生。毕达哥拉斯②的格言虽然晦涩，但确实是至理名言——"勿食心"。的确，如果说句难听话，那些没有朋友可以推心置腹的人就是吞食自己的心的生番。不过有一件事情令人惊奇不已（我将以此来结束关于友谊的第一个成效的论述），那就是，向朋友倾诉衷肠可以产生两种效果：它可以使欢乐加倍，又可以使忧愁减半。因为把欢乐告诉朋友的人无不增加欢乐；把忧愁倾吐给朋友的人无不减轻忧愁。实际上，友谊对人的心灵产生的功效就像炼金术士常说的他们的炼金石对人体的功效一样：它可以产生完全相反的效果，但仍然对人有益。然而，即便

---

① 科明尼斯(1447—1511)，法国历史学家、外交家。他最初在勃艮第公爵勇敢者查理手下任职，后来担任路易十一的宫廷顾问。所著《回忆录》史料价值极高。
② 毕达哥拉斯(约前580—前500)，古希腊哲学家、数学家和毕达哥拉斯教团创始人。

不去求助炼金术士，在平凡的自然现象中也有这种表现：身体上的结合可以增强、哺育任何自然作用；另一方面也可以减弱、缓解任何强烈的打压。心灵上的结合也具有这种功效。

如果说友谊的第一个成效是颐养感情，那么它的第二个成效就是助长理智。在感情上友谊可以化狂风暴雨的天气为风和日丽，在理智上它可以拨开思想的云雾现出焕朗的天光。这不仅仅理解为一个人接受了朋友的忠告，而且还表现在一个人获得忠告以前，如果心乱如麻，要是能与他人交流，他的才思就会豁然贯通。他玩弄起思想来就更是易如反掌，把它们调拨得更是秩序井然，他可以看见思想被转变为语言时是什么模样。最后他独立思考时变得更加聪明。可见一小时的交流比一整天的苦想更见成效。地米斯托克利[①]对波斯王说的话很有见地："语言就像展开的花毯，图案显露得清楚了然，而思想就像卷起的花毯。"友谊的第二成效是开发理智，不仅仅局限于那些能提忠告的朋友（这样的朋友的确最好），即便没有这样的朋友，一个人也可听见自己说话，暴露自己的思想，磨砺自己的智慧，就像在石头上磨刀

---

① 地米斯托克利（约前524—前460），古希腊雅典执政官。实行民主改革，扩建海军，大败波斯舰队。

一样，尽管石头没有切割的能力。总而言之，一个人就是对着一座雕像或一幅图画去诉说自己，也比把自己的思想闷死在心里要好。

现在，为了把友谊的第二个成效讲完整，我们再追加一点更加显而易见、连凡夫俗子也不会忽视的观点，那就是朋友的忠告。赫拉克利特[①]在一条谜似的隐语中说得很好："干光总是最好的。"毫无疑问，一个人从另一个人的忠告中叨到的光，要比从自己的理解和判断中得到的更干、更纯，因为一个人自己的理解和判断总是渗透了自己的感情和习惯。因此朋友的忠告和自我的规劝迥然不同，就像朋友的忠言和吹捧者的奉承高下悬殊一样。因为一个人最大的吹捧者就是他自己。而根治自我标榜的良方莫过于朋友的直言。忠告有两种：一种针对品格，一种涉及事业。谈到第一种，保持心灵健康的最好药方就是朋友的忠告。一个人严厉自责，不失为一种药物，但有时候过于猛烈，副作用太大。读道德修养方面的好书有点儿枯燥无味，对照别人检查自己的缺点有时候与自己的情况不符，而最好的药方（我说的是最有效、最易服用的）就是朋友的规劝。许多人（尤其是一些伟人）正因为没有朋友进行规劝，竟然铸成大错，干出了荒谬

[①] 赫拉克利特（约前540—前480），古希腊哲学家。

绝伦的事情，结果使名声扫地，运气受损，看到这种情况真使人感到奇怪。因为这些人就如同圣雅各所说，"像人对着镜子看自己的面目，转眼就忘了他的相貌如何"[1]。说到事业，人们可能会认为，两只眼看到的并不比一只眼多，局内人一定比旁观者看得清，或者认为暴跳如雷的人跟能想办法冷静下来的人一样明智，或者认为火枪端在手臂上和支在枪架上打得一样准。还有一些愚蠢的奇思异想，认为自己就是一切的一切。然而万般无奈的时候，忠言的帮助才能把事业拨乱反正。再说，如果有人认为他愿意听取建议，但必须分头听取，这件事上征求这个人的意见，那件事上又征求那个人的意见，这也不错（也就是说，也许比不征求强）。但这样做有两个危险：一是他听不到忠言，因为除了莫逆之交，进言者大多是别有用心的。二是他得到的是有害而危险的建议（尽管用意良好），而且是利弊参半，这就像你要请一名医生，你认为他会治愈你的疾病，但他对你的身体情况并不了解，因此，他一方面治好了你现在害的病，另一方面又损害了你的健康，结果是治好了病，要了人的命。然而对一个人的境况了如指掌的朋友则会在促进你当前的事业的同时，注意如何不要碰上别的麻烦。因此千万不要听信拉拉杂杂的建

---

[1] 参见《圣经·新约·雅各书》第1章第23节。

议，它们分心、误导的时候多，安心、顺导的情况少。

友谊除了这两种卓越的成效（平和感情，加强判断）之外，还有最后一种成效，这种成效就像石榴一样籽儿饱满。我指的是在一切活动和事务中的帮助与参与。如果要把友谊的多种用途生动地表现出来，最好的办法是估算一下，有多少事情是一个人不能亲自去做的，这样一来，古人的说法"朋友就是又一个自己"，就好像是皮相之谈了。因为一个朋友会远远超过自己。人生有限，很多人尚未了却一生的心愿就一命呜呼了，如子女的婚姻、工作的完成之类。如果有一位挚友，他就几乎可以安心瞑目了，因为身后之事有了依托，得以继续。这样一来，一个人在实现心愿方面，就好像又活了一辈子。一个人有一个身体，而这个身体又局限在一个地方，然而如果有了友谊，人生的一切事务好像就交给他和他的代理人了，因为他可以依靠他的朋友去办理。有多少事情一个人为了顾全脸面是不能亲口去说、不能亲手去做的！一个人要保持谦虚，就不好说自己的优点，更不要说给它们高唱赞歌了。有时候他也不能做摇尾乞怜的事情，诸如此类的事还真不少。这些事是自己羞于说出口的，但让朋友说出来却堂而皇之。还有，一个人还不得不讲究身份。跟儿子说话，要有父亲的尊严；跟妻子说话，要有丈夫的派头；

对敌人说话,要讲究地位对等。而朋友呢,情况需要怎么说就可以怎么说,不必讲究身份了。这种事情是不胜枚举的。我已经提出了这么一条规则——一个人在自己的角色演不好的情况下,要是再没有朋友,那他就只好下台了。

解　析

一、孤独,除了为达到精神目的,具有野兽的性质,无论是——

　1. 荒原似的孤独(即无人为伴);

　2. 还是众人中没有朋友的孤独。

二、友谊的成效:

　1. 宣泄心中的憋闷。君王、伟人最需要,因为往往求友若渴,尽管给自己造成伤害,如:

　　　苏拉和庞培;

　　　恺撒和布鲁图;

　　　奥古斯都和阿格里帕;

　　　提比略和塞扬努斯;

　　　塞维鲁和普劳蒂亚努斯。

　　的确,没有朋友就是一种食人的生番。

　2. 明析理智——

(a) 把模糊的思想变为明达的语言；

(b) 朋友的忠告的礼物是对愚蠢的最可靠的防范；

(c) 提供帮助，在一个人死后将其未竟之业继续下去，这就等于延长了他的生命。

二十八　谈花销

（1597年作　1612年增订　1625年再次增订）

有钱就要花，钱要花在功名和善行上，因而特别的花销应视事情的轻重而定。一个人为了祖国就像为了天国一样，不妨作一些自我牺牲。然而一般的花销应当量力而行、精打细算，不可勉强、铺张，千万不能受仆人的欺骗，要把事情办得十分体面，收到又好又省的效果。

毫无疑问，如果一个人想收支平衡，一般花销应当只是收入的一半；如果他想致富，花销就应当是收入的三分之一。大人物屈尊清点一下自己的财产，也不见得就低人一等。有些人不肯这样做，不仅仅是由于疏忽，而且还怕万一发现花销过大，心里烦恼。可是伤口不去管它是长不好的。那些干脆不过问自己财产的人，就要用人得当，而且要经常调换，因为新手胆子小，心眼儿也少。不常清点财产的人收支项目都应有明确的规定。一个人如果在某种花销上大手大脚，他就要在别的花销上加倍节约。如果他在饮食上靡费，就应当在穿着上节省；如果在厅堂里讲究，就要在马厩里俭朴，如此等等，不一而足。如果事事铺张浪费，那家境的败落就在所难免。在清偿债务的时候，急于求成和长期拖欠一样有害，因为草率变卖家产还账一般跟借钱背息还账一样不利。何况一次还清债务的人还会重蹈覆辙，因为发现自己走出困境就会故伎重演。然而如果一点一点还清了债务，他就会养成节俭的习惯，精神和财产都会长进。当然，人要顾全体面就不可轻视小节。一般来说，减少小开销比汲汲于小收入体面一点。一个人设立开销项目时，应当小心谨慎，因为开销一旦起头，就要继续下去，不过在一生不会再来的事情上，不妨大方一点。

解　析

一、有钱就要花——特殊情况，大方一些；一般情况，节省一些。

二、支配花销的原则：

　　1. 一般花销按收入的固定比例（一半或三分之一）。

　　2. 不可——

(a) 过于高傲,

(b) 过于疏忽,

(c) 过于担心,

而不去清点自己的花销。

3. 仔细选择仆人,并且经常调换。
4. 把花费限制在一定数目上。
5. 如果在一方面放开,在另一方面就要节省。
6. 在清偿旧账时,最好是背息借款。
7. 减少小开销。
8. 节制会持续不断出现的一类开销。

二十九　谈国家的真正强大

（1612 年作　1625 年增订）

雅典人地米斯托克利的话由于过多地把功劳归于自己，所以显得居功自傲，但如果全部用到别人身上，那就是一种严肃睿智的评论了。在一次宴会上，人们要他弹琴，他说："我不会鼓瑟弄琴，但我能把一座小镇变成一座大城。"这番话（用一句比喻略加引申）可以表现处理国务的人的两种不同才能。如果对谋士权臣进行一番真正的考察，倒是可以发现有（尽管很少）能变小国为大邦而不会鼓瑟弄琴的。但另一方面，人们也会发现善于鼓瑟弄琴却远远不能把小国变为大邦者大有人在，而这些人却另有所长——能把一个伟大强盛的国家变得衰败凋零。的确，许多谋士、权臣用来赢得主子宠信和百姓敬重的下作伎俩充其量只是个鼓瑟弄琴的名堂。因为这种东西仅讨得人一时的欢心，自己也出了风头，但对他所效力的国家的繁荣与进步却贡献甚微。毫无疑问，也有些谋士权臣可以说是很能干的、"称职的"，有理事能力，不至于把事情办到盲人瞎马的境地，但他们决无强国富民、振兴国运的本领。不过，且不管这些人是什么样的办事人，让我们谈谈事情本身，也就是国家的真正强大和达到强大的手段。这是一个要英明君主们经常掂量的问题，其目的是不要自不量力而落得个螳臂当车的下场，也不要妄自菲薄而屈尊听从草鸡之言。

国家疆土的大小是可以测量的，财政收入的多少是可以计算的，人口可以由户籍册来显示，城镇的数目和大小可以由地图标明。然而在国家事务中没有比正确估计国家的力量更容易出错的了。天国没有被比作任何大的果仁或坚果，而是被比作一粒芥子[①]，因为它是最小的一种种子，但却有迅速生长蔓延的特点及活力。同理，有些国家幅员辽阔，却不能扩张称霸；有些国家只是个弹丸之地，却有成为强大帝国的基础。

城郭、武库、骏马、战车、大象、重炮，如果民众没有英勇尚武的精神，凡此种种，只不过是披着狮皮的绵羊。不

---

① 参见《圣经·新约·马太福音》第13章第31、32节。"天国好像一粒芥菜种，有人拿去种在田里。这原是百种里最小的，等到长起来，却比各样的菜都大，且成了树，天上的飞鸟来宿在它的枝上。"

仅如此，如果民众胆小如鼠，军队数量再大也无济于事。因此正如维吉尔所言："狼从不在乎羊有多少"。阿尔贝拉平原上的波斯军队好像一片茫茫人海，使亚历山大军中的将领大惊失色，他们便来到亚历山大面前，要求他下令夜间偷袭，可是得到的回答是，"他不愿意窃取胜利"。于是便轻而易举地打败了敌人。亚美尼亚王提格拉尼斯①统兵四十万，在一座小山上扎营，他发现罗马军队不超过一万四千人，在向他逼近，他感到好笑，说道："那些人若当使节人数太多，若来作战人数则太少。"没等太阳落山，他发现这支军队已大开杀戒，对他穷追猛打了。兵不在多而在勇的例子不胜枚举，因为人们可以断言，一个国家若要强大，主要的一点就是要有一批英勇善战的人。有句皮相之谈说，金钱是战争的筋肉，如果萎靡阴柔的民众双臂的筋肉软弱无力，那种说法就不能成立了。克罗伊斯②向梭伦③炫耀他的金子时，梭伦说得好："陛下，如果再来一个人，他是个比陛下更强的铁汉，那么他就成了这些金子的主人了。"所以，每个君王，每个国家，除非他们军队的战士个个优秀骁勇，否则一

---

① 提格拉尼斯（约前140—约前55），亚美尼亚国王，约前95—前55年在位，他狂妄地自封为"王中王"，被罗马大将卢库卢斯用一支小部队完全击败。
② 克罗伊斯（？—约前546），吕底亚末代国王，敛财成巨富。
③ 梭伦（约前630—约前560），古雅典政治家、诗人，古希腊七贤之一。他访问克罗伊斯的记载在很多方面具有神话色彩。

定要清醒地估计自己的力量。另一方面，如果有些君王具有充满尚武精神的臣民，他们也应该清楚自己的力量，除非这些臣民在别的方面还有缺陷。至于雇佣军（这是民众柔弱的情况下的补救措施），一切先例都已证明，哪个国家哪个君王若要依赖他们，他一时有可能展翅雄飞，但很快就会折翼雌伏。

犹大和以萨迦的福分是永远不会相合的[①]，所以同一个民族、同一个国家不会既是幼狮，又是驮驴。一个被苛捐杂税压得喘不过气来的民族永远不会变得英勇善战。但是经国家同意征收的捐税则不会是那么挫伤人们的勇气，这倒是真的，低地国家的国税是有目共睹的。在某种程度上，英国的王室特别津贴也算一个例子。你必须注意，我们现在讲的是心力而不是钱财。因此，同样的捐税，无论是经过同意的还是强加的，对于钱财来讲是一码事，但对于勇气的作用就大相径庭了。因此你就可以得出结论，赋税过重的民族是成不了霸业的。

奋发图强的国家必须小心，不可使贵族绅士增长过快，因为这会使普通臣民沦为雇农贱民，胸无斗志，实际上只不

[①] 犹太人的祖先雅各临终前把儿子叫来，预言将来之事。他说，犹大是只小狮子，以萨迦是头强壮的驴。参见《圣经·旧约·创世记》第49章。

过是贵族绅士的一名劳工而已。就像你在幼树林里看到的情况一样，如果你让幼树长得过密，你就永远不会有一层井然有序的林下灌木林，有的只是一片杂乱无章的灌木丛。同理，在一个国家里，如果绅士太多，平民就显得卑贱，而且你会遇到这样的局面，一百个人中连一个宜戴头盔的都找不出来。对于军队的中流砥柱步兵来说，尤其是这样，所以，就出现人口众多、力量微弱的局面。我说的这种情况，如果把英法两国加以比较就最清楚不过了。两国之中，英国领土较小，人口较少，却一直是法国的一个劲敌。这是因为英国的中间民众都能成为优秀的士兵，而法国农民却办不到。在这一方面英王亨利七世的做法（我在他的传记里已经详尽地谈到）用意深远，令人钦佩：他为农庄和养殖户制定了一个标准。也就是说，让耕者有其田，使一个臣民生活优裕，不至落到受奴役的境地，而且要由主人扶犁，而不单单是雇工种地。这样就真的达到了维吉尔所描绘的古代意大利的特点：

一片武力强盛、土地肥沃的国土[1]。

---

[1] 原文为拉丁文。引自维吉尔《埃涅阿斯纪》第1卷第531行。

还有一种情况（这种情况据我所知，几乎是英国特有的，也许除了波兰，别的地方很难见到）也是不可忽略的，我指的就是贵族和绅士的仆从都是自由人：他们在从军作战方面绝不比自耕农逊色。贵族、绅士气势如虹，随从如云，热情好客，一旦蔚然成风，无疑会有助于武功的强大。相反，贵族、绅士生活封闭拘谨，就会导致军力贫弱。

要千方百计地使尼布甲尼撒的王国的树干粗大到足以支撑枝权的程度①。也就是说，君王或国家的本族臣民跟他们统治的异族臣民要比例适当。因此，凡是慨允异族人入籍归化的国家都适合成为帝国。据认为，一个小小的民族，以世界上最大的勇气和策略可以拥有太广的版图，这种局面可以维持一时，但会突然土崩瓦解。斯巴达人在异族归化这一点上是非常苛求的，因此，他们固守自己的地盘的时候，地位是巩固的，一旦扩展开来，便显得枝大干小，就突然风流云散了。在这一点上，从来没有任何国家像罗马人那样开通地把异族吸收进来，罗马人做得很恰当，他们变成了最大的帝国。他们给异族人入籍权（他们称之为"公民权"），而且在最大限度上给予这种权利。不仅给他们"贸易权、婚姻权、

---

① 参见《圣经·旧约·但以理书》第4章第10节："我看见地当中有一棵树，极其高大。"

继承权，"而且给他们"选举权"和"担任公职权"，这些权利不仅给予个人，而且也给予全家，甚至还给予全市，有时候是全国。再加上罗马人有殖民的习惯，罗马人的秧苗就被移植进异国的土壤里去，把双方的法制合为一体。你会说不是罗马人扩散到全世界，而是全世界扩散到罗马人中间，这才是可靠的强国之道。有时候我们对西班牙惊诧不已，西班牙本民族人数十分有限，他们怎么占领了这么广阔的疆土？不过，毫无疑问，整个西班牙领土是一棵大树，远远胜过最初的罗马和斯巴达。再说，虽然他们没有放开让异族人入籍的习惯，但他们有与之近似的办法，那就是几乎是一视同仁地雇用各国人当他们的普通士兵，甚至有时候还担任高级将领。不过似乎现在他们意识到了本国人口的不足，这一点从现在颁布的国是诏书中有所反映。①

毫无疑问，需要久坐的室内技艺和精密制作（需要手巧，不要臂强）的性质就与尚武精神背道而驰。一般说来，凡是好战的人都有点儿游手好闲，喜欢冒险，讨厌劳作。如果要保持他们的活力，就不可过分破坏他们的爱好。因此，斯巴达、雅典、罗马等一些古代国家使用奴隶从事制作，有

---

① 这里指的也许是西班牙国王腓力四世的特诏，鼓励婚姻，优待有六个子女的夫妇。

很大的好处。然而奴隶制却被基督教法律基本废除了。一个最近似的办法就是把这些手艺活大都交给异族人去干（为了这一目的，他们就更容易被接纳），而把大多数本族平民限制在三种行业上：耕种土地，当自由仆役，做强劳作工匠：如铁匠、泥水匠、木匠等等，职业军人还不算在内。

然而，一个国家要称霸，要强大，最重要的是它要把军事奉为国民的主要荣誉、主要教养和主要职业。我们前面谈到的事情只不过是军事能力而已。如果没有意向和行动，能力又算什么？罗穆路斯[①]死后（据传说或杜撰）给罗马人留下遗言，要他们首先重视军事，这样一来，他们就会成为世界上最大的帝国。斯巴达的国家结构完全是根据这个目标组织的（虽然不怎么高明）。波斯人和马其顿人也这样辉煌过一个阶段。高卢人、日耳曼人、哥特人、撒克逊人、诺曼人或其他民族也曾称雄于一时。土耳其人直到目前还是这样，不过已经江河日下了。在信奉基督教的欧洲，实际上只有西班牙成就了霸业。人人都在他最专注的方向得利，这是一目了然的事，不必多说，一点就通。还有，不爽爽快快地崇尚武力的国家别指望强大会掉进嘴里。话又说回来，那些锲而不舍

---

① 罗穆路斯是罗马神话中战神马耳斯的儿子，罗马城的创建者，王政时代的第一个国王。

地崇尚武力的国家在创建奇功伟业（如罗马人和土耳其人的所作所为），这是时代最明确的启示。而在某一时代尚武的国家，不仅一般能在该时代强大，而且在他们的尚武活动日渐衰微后，还能维持很长一段时期。

伴随而来的问题就是，一个国家要有法律或习俗提供发动战争的正当理由（这是可以找出来的）。因为人性中就带着那种正义感，除非至少有一些特殊的依据和缘由，他们是不会参军作战的（它会引发很多灾难）。土耳其人把推广他的法律或教派作为一种近便的战争理由，这种理由什么时候都可以使用。罗马人虽然在开拓帝国疆域完成后，把这种任务看成他们的将领们的光荣，但他们从来没有把这一任务看成发动战争的唯一理由。因此，凡是发愤图强的国家首先要有这样的素养：对于侵犯要敏感，不管是对边民、商人，还是对政治使节的侵犯；对于挑衅不能坐视太久。第二，他们必须严阵以待，对他们的盟邦给予援助。罗马人一直就是这么做的。如果盟邦与其他国家还有防御同盟，该盟邦遭到侵略，分别向各个国家求援，罗马人总是一马当先，不会让他国争功的。至于古人为了党同伐异、政体划一而宣战，我看没有什么正义可言。罗马人为希腊的自由而作战，斯巴达人和雅典人为了建立或推倒民主政权和寡头政治而战，还有外国人以正义或保护为借口发动战争，要把他国臣民从专制和压迫下解救出来，等等。一言蔽之，哪个国家希望强大，它就得虎视眈眈地注视着可以兴兵的任何正当理由。

不锻炼，身体就不会健康，不管是人体还是政体。对一个国家而言，一场正义和光荣的战争无疑是真正的锻炼。同室操戈就像害病发烧，而对外战争则像锻炼发热，有利于保持身体健康，因为太平无事，精神就会萎靡，作风就会败坏。不管战争对国民的幸福关系如何，毫无疑问，对于国家的强大而言，大部分民众枕戈待旦是有好处的。一支不断行动着的久经沙场的部队（虽然是财政上的一大负担），就有力量发号施令，或者至少名震邻邦。西班牙的情况是有目共睹的。因为西班牙在某种程度上有一支几乎连续转战达一百二十年之久的部队。

做海上霸主就等于建立了一个小帝国。西塞罗在写给阿蒂克斯的信中谈到庞培对抗恺撒的情况："庞培的计划是地地道道的地米斯托克利式的，因为他认为谁掌握了海洋，谁就掌握了一切。"毫无疑问，庞培要不是因为有恃无恐离开了自己的势力范围，他一定会把恺撒搞得筋疲力尽。我们且看看海战的成效。亚克兴海战①决定由谁称霸世界。勒班

---

① 发生于公元前31年，是罗马内战中屋大维和安东尼在亚克兴海上的一次决战。安东尼败给屋大维。

陀海战扼制住了土耳其的强大[1]。海战最后决定战争胜负的例子不胜枚举。不过这是在君王或国家把他们的安宁建立在海战之上的情况下造成的。然而有一点可以肯定：谁有了制海权，谁就有了极大的自由，战争要大打还是小闹就由他摆布了。然而，陆上的强国却往往陷入窘境。毫无疑问，今天我们欧洲的海上优势（这是大不列颠王国得天独厚的一点）是巨大的。这一方面是因为大多数欧洲国家不是完全地处内陆，而是大部分领土临海，另一方面是因为东西印度的财富似乎大部分非海上霸主莫属了。

与古代战争反映到人们身上的光辉与荣耀相比，近代战争似乎是在昏天黑地中进行。现在为了鼓舞士气，也有一些骑士头衔和勋章，不过这些东西都乱发一气，没有军人和非军人之分。还有匾额、伤兵医院和诸如此类的东西。然而在古代有巍然屹立在获胜地点的胜利纪念柱，有献给烈士的颂词和纪念碑，有奖给个人的花冠和花环，有被后来的世界各国的明君英主们借用的大元帅这一头衔，有凯旋将帅的胜利游行，有军队复员时的大犒赏，凡此种种，都是能够鼓舞勇气的举措。然而，最重要的是，罗马人的凯旋式并不是炫

---

[1] 1571年，欧洲基督教国家联合海军与奥斯曼土耳其在希腊勒班陀近海展开的一场海战，土耳其人在海战中大败。

耀、浮华，而是一种最明智最崇高的制度，因为它包含着三项内容：将帅赢得了荣誉，国库因获得战利品增加了财富，军队得到了犒赏。然而那种荣誉也许不适合君主国家，除非把荣誉归于君王本人或王子们。罗马皇帝时代的情况就是那样，因为罗马皇帝们亲自带兵打了胜仗才给自己或皇子举办真正的凯旋仪式，如果是臣民们打了胜仗，仅仅给将军赏赐胜袍和锦旗而已。

总之，即便是殚思竭虑，正如《圣经》所言，谁也休想把人体这个小模式里的"身量多加一肘"①。然而在国家这个大框架里。国君和国家有能力使他们的国家拓宽增大，因为通过引进上述的一些法令、宪章和习俗，他们可以给子孙后代和继承人播下强大的种子，然而这些事情一般不被人注意，只好听其自然了。

解　析

一、政治家：

　　1. 很多是无能之辈；

　　2. 有的只能维持现状；

　　3. 少数能使小邦变成大国。

---

① 见《圣经·新约·马太福音》第6章第27节。

二、一个国家的真正强大：

　　1. 不在于城郭、武库等方面；

　　2. 不在于军队的人数；

　　3. 而在于人的才能和气质（例如：阿尔贝拉战役、提格拉尼斯、梭伦）。

三、怎样才能变得强大：

　　1. 避免苛捐杂税；

　　2. 鼓励平民和"自由仆役"（即：武装扈从）；

　　3. 允许异族入籍归化，以斯巴达为戒，学习罗马人的做法；

　　4. 让外国人去从事室内技艺；

　　5. 全民崇尚武功；

　　6. 严密注视可以兴兵的正当理由；

　　7. 掌握制海权；

　　8. 奖励战士。

四、通过战争，国君显得更加伟大，国家可以更加富强。

三十　谈养生之道

（1597年作　1612年增订　1625年再次增订）

医规之外还有养生之道。一个人自己观察，发现什么有益，什么有害，乃是最好的保健药品。然而下结论说"这个不适合我，因此我不会再用"比说"我发现这样无害，因此我可以使用"要保险。年富力强时人往往放浪形骸，这笔欠账到老年是要偿还的。注意年龄的增长，不要老想着一如既往，因为年龄不饶人。饮食事关重大，切勿突然改变，如果非变不可，别的习惯也要相应改变。因为自然和政治都存在一种秘诀，多处改变比一处改变安全。检查一下你的饮食、睡眠、运动、穿衣等方面的习惯，将你认为有害的设法逐渐戒除。不过，如果改变给你带来了什么不便，你仍然可以恢复旧日的习惯。因为要把通行的健身习惯和与你自己的身体有益对口的具体做法区分开来，十分困难。吃饭、睡觉、运动时心情舒畅，精神愉快，是益寿延年的诀窍之一。谈及思想感情，嫉妒、忧虑、生闷气、钻牛角尖、欣喜欲狂、黯然神伤，都是要不得的。要满怀希望、心情愉快，切不可大喜过望；娱乐要多种多样，切不可造成乐极生悲的局面；要有惊羡之情和新奇之感；要有学问，使脑海里充满诸如历史、寓言、自然研究等光辉灿烂的事物。如果身体健康时完全摒弃药物，等你需要时，身体就会对药物感到过于生疏；如果你平时药不离身，有病时它就没有特效。我倒主张随季节变换饮食，而不要经常服用药物，除非你已经养成了用药的习惯。因为不同的食物给身体带来的补益大，麻烦少。身体上有什么新苗头，千万不可等闲视之，而应当征求医生的意见。有病时，多着眼于健康，健康时，多着眼于活动。因为健康能使人体有耐力，偶染微恙只需注意饮食，稍加调养就可痊愈。塞尔苏斯①提出，一个人应当体验截然相反的生活习惯，但要倾向于更加宜人的一端，禁食和饱餐都不妨一试，但以饱食为主；守夜和睡眠都可以实行，但以睡眠为主；静坐与运动可以并举，但以运动为主，诸如此类，不一而足。他认为这是健康长寿的一大秘诀，如果他不同时是一

---

① 塞尔苏斯，公元1世纪时最伟大的罗马医学作家，编纂过一部关于农业、军事艺术、修辞学、哲学、法律及医学的百科全书，但只有医学部分保存下来。《医学篇》现在被公认为最优秀的医学经典著作之一。

位哲人，他是绝不会以一个医生的身份说这种话的。这样做不仅可以维护生理，而且可以增强体力。有些医生喜欢迎合病人的性情，却不努力真正治病；有些人对医术循规蹈矩，但对病人的情况不大注意。请医生还是请一位适中的，如果找不到一个二者兼备的人，那就各请一位，合二为一。不要忘记：不仅要请医学界最有名的，而且要请对你的身体最熟悉的。

解　析

保持健康的原则：

1. 最好的药物就是观察什么对你有害，从而不再用它；
2. 逐渐改变你的饮食、运动、穿衣等方面的习惯；
3. 培养快乐的心绪，避免激动或生气这样的过激情绪；
4. 要用药物，但要谨慎（宁可信赖饮食），必要时征求医生的意见；
5. 利用多变的习惯，但不可放弃"宜人的"东西；
6. 为自己选一个医术既精湛，又熟悉你身体的医生。

三十一　谈猜疑

（1625年作）

思想中的猜疑犹如飞鸟中的蝙蝠，它们总在暮色中飞翔。其实，猜疑是可以制止的，至少可以给予适当的限制，因为它蒙蔽心智，疏远朋友，干扰事务，使它不能持之以恒顺利进行。猜疑使君王暴虐，使丈夫嫉妒，使智者优柔寡断、悒悒不欢。猜疑不是心病，而是脑疾，性格最勇健的人也在所难免。英王亨利七世就是例证，他的多疑，他的勇健都堪称天下之最。对于这种气质的人，猜疑的危害并不很大，因为他们先要考察一番，以便确定猜疑是否有充分的根据，否则是不大会给它一席之地的。然而遇到胆小怕事的人，猜疑却会长驱直入。

一个人孤陋寡闻就会疑神疑鬼，因此人们应当用博闻广见来根治猜疑，千万不可将它闷在心里。人们到底想要什么？难道他们认为他们雇用、交往的人都是圣人？难道他们认为这些人个个不谋私利，人人舍己为人？因此要节制猜疑，别无妙方，只有心里把它信以为真，做最坏的准备，眼里将其视以为假，抱最好的希望。因为一个人对付猜疑，只有做好准备，即便他的猜疑确有其事，也不能给他造成危害。自己头脑里凭空产生的猜疑不过是蚊蝇的嗡嗡之声，然而听了别人的流言蜚语有意繁衍、硬行塞进脑袋里的猜疑却带有毒刺。毫无疑问，疑云密布之时，清道的最好办法莫过于跟怀疑的对象开诚相见。因为这样一来，你肯定会对实情有进一步的了解，也使对方更加谨慎小心，以免给人进一步生疑的依据。然而，这种办法对于卑鄙小人绝对不行，因为这种人一旦发现自己遭人猜疑，就永远不会真诚待人。意大利人说："猜疑是信任的放行证。"仿佛猜疑真的给信任发了放行证似的，不过它应当燃起信任之火将自己焚毁才是。

解　析

一、猜疑的恶果：它干扰事务，不仅体现在胆怯的人身上，而且也表现在勇敢的人身上——如亨利七世。

二、根治猜疑的要方：

  1. 充分追究猜疑的根由；

2. 尽管希望它们是假的,但切记它们**也许**是真的,因此要有思想准备;
3. 避免人为地滋长它们;
4. 可以跟怀疑的对象开诚相见,除了"卑鄙小人"。

三十二　谈话语

（1597年作　1612年增订　1625年再次增订）

有些人说话时一心想以能言善辩而博得机敏的美名，而不想以洞察真伪赢得明断的盛誉，仿佛知道可以说什么，不知道应该想什么倒是一件应当称道的事情似的。有些人善于老生常谈，总是那一套。这种贫乏大多令人生厌，一旦被人发现，就被传为笑谈。

谈话中最可贵的一点就是引起话头，还要控制场面，转换话题，能做到这一点，一个人就可以左右局面了。谈话时，应灵活多变，讲时事结合原则，夹叙夹议，既提问题，又谈见解，亦庄亦谐，因为无论什么事扯得太远，像我们现在说的，搞疲了，就显得枯燥无味。

说到谐谑，有几件事情应当避免，即宗教、国事、伟人、任何人目前的重要事务、任何应当怜悯的事情。然而有人认为不冲口说出一些尖酸刻薄、击中要害的话就不足以显示他们的聪明机智,这种倾向应当予以约束。

小子,要少用鞭子,紧拉缰绳。①

而且,一般说来,人们应当辨别苦与咸。毫无疑问,喜欢冷嘲热讽的人由于让别人害怕他的机智,他也不得不害怕别人的记忆。

问得多就学得多,而且也多得他人的欢心。如果他的问题针对的是对方的专长,上述情况就尤为突出。因为这样一来,他就给了他们以说话为乐的机会,而他自己则会不断地积累知识。但是不要提令人讨厌的问题,因为只有盘问者才会那样干。他还得注意务必给别人说话的机会,不仅如此,如果有人想垄断谈话,一说到底,他就要设法将这种人引开,好让其他人插进来,就像有人跳"加恋舞"时间太长时,乐师们所做的那样。

别人认为你懂得的事情,你有时候佯装不懂,那么以后遇上你确实不懂的事情,别人也以为你懂。

谈话时应该少说自己,什么该说,要选择得当。我认识

---

① 原文为拉丁文。语出奥维德《变形记》第2章第127行。

一个人，总是说话带刺，"他一定是个聪明人，因为他千言万语说不完自己"。只有在一种情况下，一个人可以体体面面地赞扬自己，那就是赞扬他人的长处，尤其是他认为自己也有那种长处的时候。少说使别人敏感的话，因为谈话应当海阔天空，不必直奔任何人的家门。我认识两个贵族，他们都是英格兰西部人，其中一个爱冷嘲热讽，但总在家里大宴宾客，另一个便问在前者家中赴过宴的食客："老实告诉我，那里有没有冷嘲热讽？"食客回答说发生过如此这般的事情。那位老爷说："我早就料到他会糟蹋一桌美筵的。"

慎言胜过雄辩。打交道时说得投机胜过说得天花乱坠、头头是道。说得淋漓酣畅，若没有精彩的对答，则显得乏味。对答如流，随机应变，但不能作胸有成竹、洋洋洒洒的发言，则显得浅薄、虚弱。我们在动物身上看到，跑直道最弱的往往转弯最快，猎狗和野兔之间就有这种差别。切入正题前引言闲语大多令人厌烦，一句没有，则显得过于率直唐突。

解　析

一、好的谈话之所以被损害，是因为：

    1. 一心想培养机敏而不是判断；

2. 对老生常谈的乏味可笑的重复。

二、作好的谈话的原则：

1. 不要垄断谈话，而要加以引导、变换，诱导别人一起谈；

2. 千万不要在不适当的话题上制造谐谑；

3. 不仅要谈自己的见解，而且要提问题——一种既有助于开导发问者，又有助于取悦回答者的策略；

4. 在有些知道的事情上佯装不懂，以后在你确实不懂的事情上会被人认为聪明；

5. 避免过多地谈论自己，也不要议论别人的长短；

6. 设法让你的谈话适合别人的喜好，避免乏味和不必要的细节。

三十三　谈殖民地

（1625年作）

殖民地是古老、原始、英雄的业绩之一。世界年轻的时候，生的孩子很多，可是它现在老了，生的孩子就少了。我把新开拓的殖民地看做原来的国家的孩子是有充分理由的。①

我喜欢一片纯净的土地上的殖民地，也就是说，在那里不需要为了移殖外来的而根除原有的。否则的话，那与其说是一块殖民地，还不如说是块除民地了。

培植国家就像培植树木。你必须打算先折二十年的本，最后才能获利。大多数殖民地之所以功亏一篑，主要是因为急功近利，想在最初几年里取得立竿见影的成效。诚然，只要对殖民地有益，急功近利也不可忽视，不过以此为限，不可多求。

把社会渣滓和罪犯歹徒当做你要移殖的对象是件可耻而又晦气的事情。不仅如此，这种做法会给殖民地造成无穷的祸害。因为这种人永远要过无赖的生活，好吃懒做，惹是生非，并且很快就感到厌倦，向故国捎话带信，败坏殖民地的声誉。你的移殖对象应当是园丁、农民、工人、铁匠、木匠、细木匠、渔民、猎鸟人，以及少数药剂师、外科医生、厨师和面包师。

在殖民地的国土上，首先看看这块土地上出产什么可以采集的天然食物，如栗子、胡桃、菠萝、橄榄、枣子、李子、樱桃、野蜂蜜之类，并且加以利用。然后考虑考虑什么作物生长快，一年之内就有收成，如萝卜、胡萝卜、芜菁、洋葱、小萝卜、洋姜、玉米之类。至于小麦、大麦、燕麦，它们太费工。不过你倒可以先种种豌豆、大豆，这两种东西费工较少，既可以当主食，也可以当副食。至于稻子，同样是一种产量很高的作物，而且也是一种副食。最重要的是，一开始就应当带大量的饼干、燕麦片、面粉、粗粉之类的东西，以便在制作面包前的阶段食用。至于家畜、家禽，主要先带那些抗病力最强、繁殖最快的，如猪、山羊、鸡、火鸡、鹅、家鸽，等等。殖民地的食物消费应当和一座围城中

---

① 培根当时尚未预见到近代殖民活动的规模之大。

培根随笔 | 171

的食物消费相去无几,也就是说,定量供应。把用做园圃、农田的主要土地作为一种公共财产,先把它储备起来,然后按比例分配。此外还有一些零星土地,可由私人自行耕种。

同样还要考虑殖民地所在的土地适合生长什么经济作物,好让这些作物以某种方式帮助支付殖民地的开销,只要它不像已经说过的那样过早地损害主业就行,弗吉尼亚的烟草情况就是这样。①一般来说,森林多得叫人难受,因此木材可算是一种经济作物。要是有铁矿石,还有可以用来建碾磨厂的河流,铁在森林茂密的地方可是一种好商品。如果气候适宜,可以试着晒盐。要是有木棉,那倒是一种很有前途的产品。盛产松杉的地方,树脂、木焦油肯定不会少。同样,如有药材和香木,管保可以赚大钱。还可以想到的有制皂草木灰和其他东西。不过不要过多地在地下翻腾,因为矿产的前景是靠不住的,常常使殖民者懒于干其他事情。

至于管理,最好掌握在一个人手中,再由几个顾问协助,让他们掌握有限实施军事管制的权力。最重要的是,让人们觉得身居荒野,眼盯上帝,为上帝服务,便利在其中。殖民地的管理不可依赖殖民国过多的顾问或承办人,这些人的数目要适中,而且要贵族和绅士,不要商人,因为商人总

---

① 培根认为殖民地应主要生产生活必需品,所以认为种植烟草是有害的。

看眼前的利益。殖民地强大之前应免除关税，不仅要免除关税，而且让他们有自由把商品拿到最有利可图的地方去卖，除非有需要谨慎从事的特殊理由。

切勿一批一批源源不断地给殖民地送人，以免人满为患。而应当注意他们耗损的情况，适当进行补充。殖民地的人数应当以他们能够安居乐业为宜，不能因人口过多造成生活贫困。

有些殖民地建立在海滨河岸的沼泽地和于人有害的地方，这对居民的健康危害极大。虽然你在那种地方起步时可以避免运输和其他类似的不便，但从长远看，最好建立在离河远一些的高地上，而不要沿河修建。同样为殖民地居民健康考虑，他们应当储备大量的食盐，以便必要时腌制食品。

如果你在野蛮人居住的地区殖民，不要用一些花里胡哨的玩艺儿去讨他们的欢心，而要公道亲切地利用他们，不过还要严加防范，不要用帮助他们攻击他们的敌人的办法来讨好他们，但他们受到攻击时，帮他们自卫却是义不容辞的。还可以经常选送一些原住民到殖民国去，好让他们看到那里的情况比他们自己的好，回来后会到处宣扬。

殖民地壮大以后，不仅可以移民男子，而且可以移民妇女，这样殖民地就可以代代繁衍，不需要从外地补充人丁了。

殖民地一旦起步，将它抛弃是一件伤天害理的事情，因为这样做不光丢脸，而且还欠下了许多可怜人的血债。①

解　析

一、殖民地是"古老、原始、英雄的"。

二、建立殖民地应避免的错误：

1. 取代或根除现有的居民；

2. 急功近利；

3. 移入恶人、罪犯，而不是有用、有技艺的工匠。

三、开拓殖民地应当注意的事项：

A 维持生存：

1. 充分利用那里已经生长的水果。

2. 引进——

（a）收成最快的蔬菜；

（b）繁殖最快的健康牲畜；

---

① 培根这里想到的是最初在弗吉尼亚建立殖民地的尝试。1588年理查德·格雷维尔爵士在罗阿诺克岛上安置了108人，他们遭受了极大的苦难，要不是第二年弗兰西斯·德雷克爵士幸好到达那里，把他们接回国，这108人必死无疑。同年，格雷维尔又在那里安置了50人。1589年怀特总督被派去的时候，他只发现了一个人的骸骨。然而他又在那里安置了115个殖民者，1590年他带着给养和新招募来的人再去那里时，原来那些人连踪影都找不到了，此后也没有得到他们的任何消息。

3. 仔细、经济地分配得到的产品。

B. 贸易：

1. 开发和出口必需品，而不是奢侈品；

2. 依赖农业而不是采矿。

C. 管理：

1. 一个总管，配一个顾问班子协助，实施某种形式的军事管制法；

2. 暂时免除进出口关税。

D. 为了健康卫生：

1. 避免人满为患；

2. 建立在高地上，而不是河岸上；

3. 储备充足的食盐。

E. 总体管理：

1. 对原住民要友好公道；

2. 一旦殖民地稳定繁荣，便可多移入妇女；

3. 建立起来的殖民地千万不可丢弃。

三十四　谈财富

（1612年作　1625年大增订）

我把财富称为"德行的包袱"，这最恰当不过了。罗马人的用词更妙，impedimenta①。因为财富之于德行，正如辎重之于军队。辎重不可或缺，也不可丢弃，但它妨碍行军，有时甚至为了照顾辎重，不是让胜利失之交臂，就是让它搅乱了胜局。

巨大的财富没有真正的用处，除非用来布施，剩下的就只有玄想了。所以所罗门说："有多少财富，就有多少消费者，财主得什么益处呢？不过一饱眼福而已。"②一个拥有巨额财富的人是无法感受到由衷的喜悦的，他可以保管财富，他有权把它施舍捐赠，他可以因为有钱而名扬天下，但对财主而言，没有实在的用处。你难道没有看见世人对小石子儿和小稀罕儿漫天要价？难道没有看见有人为了使巨额财富似乎能派上用场而铺张扬厉?不过你会说财富可以买通关节,替人消灾,正如所罗门所言:"在富足人的想象中财物是他的坚城。"③这话妙不可言,只说"在想象中",事实上并不尽然。因为毫无疑问,叫巨额财富卖了的人多,买活的人少。

不要追求耀眼的财富,而是去追求你可以正正当当地获得、合情合理地使用、高高兴兴地分配、心安理得地留下的那种财富,但也不要一概采取苦行僧式的鄙视态度,而要区别对待。西塞罗对于拉比里厄斯·波斯图玛斯有精辟的评述:"他孜孜生财,显然目的不在满足贪欲,而是在寻求一种行善的资本。"④再听听所罗门的话,不要急于敛财致富:"想要急速发财的不免受罚。"⑤诗人们编造说,财神普路托斯受朱庇特差遣时,步履蹒跚,行走缓慢;但受普路托差遣时,拔腿就跑,健步如飞。这个故事的意思是通过正当的手段、诚实的劳动,发财致富是很慢的,但依赖别人的死亡(如通过继承、遗嘱等渠道),发财致富会一蹴而就。如果把普路托看做魔鬼,这个故事也同样适用:财富如果从魔鬼

---

① 拉丁文,意为"辎重"。
② 参见《圣经·旧约·传道书》第5章第11节。
③ 参见《圣经·旧约·箴言》第18章第11节。
④ 原文为拉丁文。引自西塞罗《为拉比里厄斯申辩》第2篇。
⑤ 见《圣经·旧约·箴言》第28章第20节。

手中得来(如蒙骗、欺压等不正当手段),就来得很快。

生财有道,而大多是邪门歪道。一毛不拔还算最好的一种,但也不是无可非议的,因为它使人不肯博施济众。耕种土地是最自然的致富之道,因为它是我们大地母亲的恩赐,然而就是太慢。不过,要是大富翁肯躬身从事畜牧业,财源就会滚滚而来。我认识一个英国贵族,在当代人中,他是手里最有钱的人,是个大牧场主、大养羊主、大木材商、大煤炭商、大谷物商、大铅矿主、大铁矿主,还经营许多诸如此类的产业。所以对他来说,土地就像一片海洋,财源滚滚而来,永不枯竭。有人说小财难发,大财易得,此话不假。因为当一个人的资本大到可以坐等市价冲顶,能做常人无钱经营的买卖,而且还可以合伙经营年青一代的产业,这种人只有发大财了。

做一般买卖、从事普通职业获取的财富是诚实的,这种财富的增加靠两条,一靠勤奋,二靠诚实公道的好名声。不过做生意赚钱还有可疑之处,如乘人之危专钻空子,指使仆人和其他人当托儿诱人上钩,耍手腕把别人的好买主拉走,以及诸如此类的狡诈卑鄙的伎俩。至于狠杀价格购买廉价物品,有人不是为了拥有,而是为了转手倒卖,这一般要在买主和卖主双方身上榨取双重的利润。合伙经营如果连手选择得当，是可以赚大钱的。高利贷是最保险的赚钱门道，不过也是最糟糕的门道之一。因为这种人是依靠别人"汗流满面"来糊口①，而且在礼拜日还要耕作②。放高利贷虽然保险，但也有漏洞，因为职员、掮客为了自身的利益，会想方设法把钱借给很不可靠的人。

如有幸率先搞出一项发明或获得一项专利，有时确实能大发横财，加那利群岛③上的第一个糖业老板就是这样。因此，如果一个人能成真正的逻辑学家，既有发明，又能判断，那他就可以干大事了，尤其如果时世相随的话。专靠固定收入的人很难发大财，干孤注一掷的冒险买卖往往会落一个倾家荡产的下场。因此最好有固定的收入保证，再去冒险，万一失败，还可以撑持局面。垄断和专卖如果不受限制是发财致富的绝招，如果经营者信息灵通，事先知道什么东西会供不应求，便囤积居奇，成效尤佳。

任职得来的财富，即便是在王公贵族手下供职，如果这些财富是通过拍马逢迎和在其他奴颜婢膝的情况下得来的，也可以归入不义之财。至于捞取遗嘱和遗嘱执行权（正如塔

---

① 这是反用《圣经·旧约·创世记》第3章第19节："你必须汗流满面才得糊口。"
② 礼拜日是到教堂做礼拜的日子，不该经商做工。
③ 指大西洋中由七大火山岛屿组成的群岛，位于非洲西北海岸之外。

培根随笔

西佗说塞内加:"遗嘱和无子嗣的人都被他像用猎网一样逮住。")就更加下作,因为在这种情况下,人们趋附的人要比在供职中趋附的不知要低贱多少。

不要太相信那些貌似鄙薄财富的人,他们之所以鄙薄,是因为他们对发财感到无望;一旦发了财,还是跟常人一样。

不要攥住小钱不放。钱财长着翅膀,有时候会自行飞走,有时候必须让它飞走,好招来更多的钱财。

人们把财富不是遗留给亲属就是遗留给公众。不过无论对谁,数量适中效益最佳。把万贯家产留给后人,如果他的年龄和见识都不成熟,那就等于给他留下了一块肥肉,招引周围所有的食肉猛禽前来抢夺。同样,炫耀性的遗赠和基金就像无盐的祭牲,只不过是施舍物粉饰过的坟墓,里面很快就开始腐烂。① 因此,不要以数量度量你的捐赠,而应让它用之有度。也不要把捐赠拖到死后,因为如果一个人好好掂量一番,他就会发现,这样做等于是慷他人之慨。

解 析

一、 财富的弊端:

---

① 参见《圣经·新约·马太福音》第23章第27节。

1. 妨碍德行；
2. 巨额财富的主人无法感受真正的喜悦；
3. 它能替人消灾的价值主要在"想象中"。

二、向渴求财富者进言：

1. 不要贪财；
2. 不要急于敛财致富，因为暴发的财富不是来自天国，而是来自普路托，他代表的不是死亡，就是恶魔。

三、生财的门道(很多，但主要是歪道)：

1. 一毛不拔；
2. 务农，获益很慢，除非大本经营；
3. 一般行当，普通职业；
4. 做生意；
5. 合伙经营；
6. 高利贷；
7. 率先的发明；
8. 垄断和专卖；
9. 供职；
10. 奴颜婢膝和捞取遗产。

四、向财富占有者进言：

1. 不要相信假装鄙薄财富的人；
2. 不要"攥住小钱"不放；
3. 遗赠务必慎重；
4. 不要把捐赠拖到死后。

三十五　谈预言

（1625年作）

我要谈的不是神的预告，不是异教徒的谶谕，也不是自然征兆，而仅仅是历史事实确凿、理由十分隐蔽的那种预言。女巫对扫罗说："明日你和你众子必与我在一处了。"①维吉尔引用了荷马的这样一些诗句：

> 在那里埃涅阿斯这一族，他儿子的儿子，子子孙孙，将会把全世界统治。②

这好像是一个关于罗马帝国的预言。悲剧作家塞内加写过这样一些诗句：

> 在遥远的未来的年代，

> 海洋将松开对世界的束缚,
>
> 一片辽阔的大陆将会出现,
>
> 航海家将会发现新的世界,
>
> 图勒也不再是地球的极限③。

这是一个关于发现美洲的预言。波利克拉特斯④的女儿梦见朱庇特给她父亲洗浴,阿波罗给他涂油,后来果然他被钉在露天的十字架上,太阳晒得他浑身流汗,雨水又冲洗他的身体。马其顿王腓力梦见他把妻子的肚子封了起来,他自己的解释是他的妻子不会生育,但预言家阿里斯坦德告诉他,他妻子已经有孕在身,因为人们对空容器通常是不加封的。一个鬼影出现在布鲁图的帐篷里,对他说道:"你在菲利皮又会见到我的。"⑤提比略对加尔巴说:"加尔巴,你也

---

① 语出《圣经·旧约·撒母耳记上》第 28 章第 19 节。培根记忆有误,此话应是女巫招来的撒母耳的幽灵所说。
② 原文为拉丁文。引自《埃涅阿斯纪》第 3 卷第 97~98 行。
③ 原文为拉丁文。引自悲剧《美狄亚》第 374~378 行。图勒指与冰岛相望的格陵兰地区。
④ 波利克拉特斯,希腊萨摩斯岛的僭主,利用庞大的舰队在其他的岛屿和小亚细亚海岸获得了巨大的商业权和领土权。在他权势极强的时候,萨摩斯总督奥里特斯阴谋害死他。公元前 522 年,奥里特斯虚情假意邀请他来访问,他一来就被擒,并被钉死在十字架上。他女儿做过不祥的梦,所以恳求他不要出访,但他就是不听劝告。
⑤ 原文为拉丁文。布鲁图是刺杀恺撒的凶手之一。对他的死亡地点的这一预言性的警告是普鲁塔克提到的。公元前 42 年,他果然在菲利皮被安东尼和屋大维击败,自杀身亡。

会尝到帝国的滋味的。"[1]在韦斯巴芗时代,东方流传着一种预言,说从犹迪亚来的人将会统治世界。这句话尽管可以说是针对我们的救世主的,但塔西佗解释说它指的是韦斯巴芗[2]。图密善[3]在遇刺的前一天夜里梦见他的项背上长出了一颗金脑袋,果然他的继承者创造了多年的黄金时代。英王亨利六世在亨利七世还是个小孩子的时候给他端水时说:"这就是要戴我们争夺的王冠的那个孩子。"我在法国的时候,听到一个名叫佩纳的医生说,王太后[4]信仰奇术,她曾把丈夫的生辰用了一个假名交给人去算命。算命先生算定他将死于决斗。一听此话,王后哈哈大笑,认为没有人会向她的丈夫挑战、决斗。然而后来他就是在马上对枪比武时死的,因为蒙哥马利枪柄上的裂片钻进了他头盔的面罩。我小

---

[1] 塔西佗在《编年史》第6卷第20章提到罗马的第二代皇帝提比略对加尔巴说了这番话。当时加尔巴还是个士兵,后来在公元68年当了罗马第九代皇帝,但只当了六个月就被刺死。

[2] 塔西佗的《历史》第5卷第13章和古罗马传记作家苏埃托尼乌斯的《韦斯巴芗》第4章都把那预言解释成针对韦斯巴芗的。韦斯巴芗在巴勒斯坦战绩辉煌,所以奥托皇帝死后他被士兵们拥戴为皇帝,他的儿子提图斯跟他共执朝政,镇压犹太人起义,夷平耶路撒冷(70年),即位后所建凯旋门至今犹存。犹迪亚指的就是巴勒斯坦南部地区。

[3] 图密善(51—96),古罗马皇帝,81年至96年在位,专横暴戾,被其妻和廷臣刺杀在卧室。他的继承人指的是图拉真(98)、哈德良(117)、安东尼·庇护(138)、马可·奥勒留(161)、康茂德(180)。

[4] 即美第奇的卡特琳(1519—1589),法兰西国王亨利二世的王后,弗朗西斯二世、查理九世、亨利三世之母,摄政王(1560—1574)。

的时候，正是伊丽莎白女王风华正茂之日，我听到这样一个家喻户晓的预言：

> 等麻纺成了线，
> 英格兰就完蛋。

一般认为一旦名字的首字母顺序组成 hempe（麻）一词的君王们（即 Henry, Edward, Mary, Philip 和 Elizabeth）的统治结束，英格兰就要大乱；谢天谢地，事实证明仅仅是改变了国号而已，因此王号现在不再是"英格兰王"，而是"不列颠王"了。在 1588 年以前，还有一个预言，我至今仍不甚明了：

> 有一天将会看见，
> 在巴礁和梅岛之间，
> 挪威的黑色舰队出现。
> 这事一经结束，
> 英国啊开始大兴土木，
> 因为此后战争不会再有。

一般认为它指的是 1588 年来犯的西班牙舰队，因为据说西班牙国王的姓就是挪威。君山先生①的预言：

八八年，一个奇迹年，

被认为同样应验在那支庞大的舰队的出击上，它尽管不是有史以来海上数量最大的，却是力量最强的。至于克里昂②的梦，我认为那是个玩笑。他梦见他被一条长龙吞噬了，被人解释为龙就是腊肠贩子，因为此人给他制造过极大的麻烦。类似的东西还很多很多，要是你把梦和占星学的预卜包括进来，那就更是不胜枚举了，我只不过记下几个具有一定可信性的预言作为例子罢了。

---

① 指德国著名天文学家约翰·缪勒(1436—1476)。他的拉丁笔名 Regiomontanus 是从他的出生地 Mons Regius 即 Konigsberg(君山)衍生而来。他发展了三角学，完成了对200年后出现的哈雷彗星的预测，发表了《方位表》。
② 克里昂(? —前442)，雅典政治领袖，统帅。古希腊戏剧家阿里斯托芬的喜剧《骑士》对政治煽动家克里昂进行了讽刺，让他受到一个腊肠贩子的无情揭露和羞辱。该剧写到一个神谕，说一只皮鹰爪子弯曲(指的就是克里昂，因为其父就是帕夫拉戈尼亚的一个皮匠)，要被一条蛇(即腊肠贩子)制服。现择译剧中有关部分：
腊肠贩子　那跟我有什么关系呢？告诉我。
狄摩西尼　这个帕夫拉戈尼亚人是个"皮鹰"。
腊贩　可是"蛇"是什么意思呢？
狄　这很明白。因为蛇是长形的；而且腊肠和蛇都喝血。所以神谕说，蛇会立即把皮鹰治服，除非它受到花言巧语的蒙骗。
腊贩　我听了这个神谕倒很高兴，可是我不知道怎样才能管理百姓。
狄　很容易！就像你现在做的那样。把一切国家事务都混杂起来剁碎，把百姓拉到你这一边，用一些甜言蜜语哄他们。

培根随笔 | 187

我的看法是，这些东西都不屑一顾，充其量也是冬天炉边的闲谈资料。我说不屑一顾，只是说不可相信。从另一方面讲，对它们的散布、刊印却绝对不可不屑一顾，因为它危害极大。我看到为了制止它们已经制定了许多严厉的法规①。

这些东西之所以叫人津津乐道，信以为真，有三个原因。一、人们只注意到应验的，而从来没有注意到落空的，梦的情况一般都是这样。二、可能性较大的推测或者含糊不清的传说往往变成了预言，而人们本来有喜欢预测未来的天性，所以以为把他们推测的东西预先讲出来，并没有什么危险，塞内加的那首诗就是这样。因为当时很多情况已经表明，地球在大西洋那边还有一大片地方，很有可能不是一片汪洋，再加上柏拉图的《蒂迈欧篇》和《亚特兰蒂斯篇》②中的传说，就助长人们把它变为预言。三、最后一个（这是最重要的），就是几乎所有的预言，由于不计其数，因此都是骗人的鬼话，而且都是无聊狡猾之徒在事后瞎编乱造出来的。

---

① 在亨利八世、爱德华六世和伊丽莎白统治时期都通过了一些反对"荒诞不经的预言"的法案，因为它们不仅扰乱民心，而且导致动乱。
② 即《克里多篇》。这两篇著作都谈及某个不为人知的名叫"新亚特兰蒂斯"的土地，所以有人推测柏拉图相信大西洋那边有一片大陆。

解　析

一、题目的定义:

所指不是《圣经》上的预告,不是谶谕,也不是征兆,而是历史事实确凿的、不平常的预言。

二、这种预言的实例:

女巫对扫罗说的话;

塞内加——美洲的发现;

波利克拉特斯的女儿;

马其顿王腓力的梦;

出现在布鲁图面前的"鬼影";

提比略对加尔巴的谈话;

关于犹迪亚的流传的信仰;

图密善的梦;

英王亨利六世对亨利七世的预言;

法王亨利二世之死;

英格兰都铎王朝的终结;

西班牙舰队;

克里昂的梦。

三、这些作为预言并不重要,如果不是它们对相信它们的人造成恶劣影响的话。

四、它们造成影响的原因：

1. 人们只记得为数不多的应验的，而忘记了很多落空的。

2. 其中很多根本不是预言，而仅仅是推算和可能性较大的推测。

3. 其中有一些仅仅是无耻的虚构，是在事后编造出来的。

三十六　谈野心

（1612年作　1625年增订）

野心就像胆汁，它是一种体液，如果不受阻碍，能使人积极、认真、敏捷、活跃。它一旦受到阻碍，不能自由流动，就会变得焦枯，因而就凶险恶毒了。同样，有野心的人如果发现能扶摇直上，一往无前，他们与其说是危险，不如说是忙碌。然而他们的欲望如果受阻，他们就心怀不满，看人看事总带着一双毒眼，只有事情开了倒车，他们才会高兴。这是君王或国家的臣仆身上最恶劣的品质。因此君王如果任用野心勃勃的人，在处理事务时，只能让这种人前进，不能后退才行。然而这么做难免有诸多不便，因此还是干脆不用这种人为宜。如果说他们升了官政务并无起色的话，一旦被贬职，肯定会采取手段让政务一落千丈。

然而，我们既然说过，除非迫不得已，最好还是不要使用有野心的人，那么我们不妨谈谈，在哪些情况下，非用他们不可。战争中必须使用良将，不管他们的野心有多大。因为起用他们的好处可以弥补其他的一切。而使用一个没有野心的军人就等于拔掉了刺激他的马刺。有野心的人还有一大用处，就是为君王在危难和遭人嫉妒的事情上充当挡箭牌。因为没有人愿意充当这种角色，只有他像只缝合了眼皮的鸽子，越飞越高，因为他看不见周围的情况。还可以利用有野心的人把权高盖主的人拉下马。提比略就是利用马克罗①把塞扬努斯除掉的。

既然在这种情况下必须起用有野心的人，最后我们谈谈该怎样驾驭这种人，以便减少他们的危险。出身微贱的野心家比出身高贵的危险小；生性严酷的比心肠好、得人心的危险小；新提拔的比老奸巨猾、权势巩固的危险小。有人认为拥有宠臣爱将是君王的弱点，不过这倒不失为对付野心家的一个最好的手段。因为宠臣掌握着荣辱之道时，别人不可能有过大的权势。另一种约束他们的办法是使用跟他们一样倨傲的人与之抗衡，但必须用一些中立的谋臣稳定局势。因为如果没有这种压舱物，船就会颠簸得过于厉害，至少，君王

---

① 马克罗是提比略皇帝的宠信。皇帝对塞扬努斯生厌后，命马克罗逮捕并处死塞扬努斯，并事先给禁卫军一大笔赏金。但马克罗的亲属子女也于公元37年遭到同样的下场。

可以鼓动培养一些地位较低的人与野心家作对。至于有没有把野心家搞得身败名裂的可能性，如果他们是些胆小怕事的人，倒不妨一试。如果这些人强悍大胆，这种做法反而会加速他们的图谋，事实证明十分危险。至于赶他们下台，如果情势需要，又不能突然下手而万无一失，唯一的办法就是恩威并用，软硬兼施，长此以往，他们便心里没底，如坠五里雾中。谈到野心，在大事上好胜的野心危害小，而事事都要逞强的野心危害大。因为后者会添乱、坏事。然而一个野心家在事务中搅和比带着声势浩大的帮凶共同作乱危险小。在强手如林的情况下还想处处拔尖，任务十分艰难，不过这对公众倒有好处，然而谋算在一大串零中充当唯一的有效数字的人则会败坏整个时代。

谋求显职有三个动机：一、取得尽忠报国的有利地位；二、寻找接近君王要人的门道；三、追求一己财富的增加。谁的抱负是这三种当中最好的，谁就是一个正人君子。做人君者如能发现别人怀有哪种抱负，他就是一位明君。一般说来，君王贵胄应选择有高度责任感而不是一心要向上爬的人为臣，选将敬业精神放在心上而不是挂在嘴上的人为臣，必须把好事之情与拳拳之心区分开来。

解 析

一、野心家遇到阻碍时变得十分危险,因此不应当为君王所用,除非"迫不得已"。

二、哪些情况下,非用他们不可:

1. 战争;

2. 招人怨恨的工作,因为在这里君王需要挡箭牌;

3. 取代权高盖主的人。

三、怎样防范他们的危险:

1. 在下列情况下他们的危险性较小:

   (a) 出身卑微;

   (b) 生性严酷;

   (c) 新提拔的。

2. 他们可以用以下人物来抗衡:

   (a) 宠臣;

   (b) 竞争对手。

3. 万全之策是让他们心里没底,如坠五里雾中。

4. 好管闲事的野心比人多势众的野心危险小。

四、君王应当小心区分:

1. 忠诚的野心,其目的是——

（a）寻找尽忠报国的机会；

（b）与要人亲近。

2. 奸伪的野心，因为它是自私的——"增加一己的财富"。

三十七　谈假面剧与演武会

（1625年作）

在那么严肃的议论中插进这种话题只不过是闹着玩玩而已，不过，既然君王们喜欢这类东西，那就最好搞得优雅一点，而不要只是耍耍排场。

载歌载舞是一件熔壮丽与欢乐于一炉的活动。我的意思是，要有一支歌唱队，并且置于高处，用分部音乐伴奏，歌词要与舞步对应。在歌声中表演，尤其在对歌中表演极其优美。我说的是"表演"，不是"跳舞"（因为跳舞是一种低俗的东西）。对歌的声音要雄壮有力（用低音和高音；不能用最高音），歌词要崇高悲壮，不能纤巧绮丽。几个歌唱队分部轮唱，像唱《圣歌》那样，给人极大快乐。把舞蹈搞得花里胡哨是一种幼稚的猎奇行为。而且一般来说，大家应当注意，我这里讲的都是叫人赏心悦目的东西，而不大考虑人们的猎奇心理。诚然，布景变换，只要不声不响地进行，是件融美与乐于一体的事情，因为这样做可以饱眼福、开眼界，而不致眼前总是一成不变的同一个东西。布景周围要用烛光照明，尤其要用五颜六色、变化多端的烛光。剧中的演员登台亮相时，要先对景做几个动作，才能出场；这样做会收到出奇制胜的效果，能使人目不转睛、兴致勃勃、想看清那些隐隐约约的场面。歌声应该嘹亮欢畅，不能喊喊喳喳；音乐要高亢，而且要安排得当。烛光下效果最好的颜色是白色、粉红色和一种海水绿。闪闪发光的金箔银片，既不太费钱，又璀璨夺目。而富丽堂皇的刺绣却显得黯然失色。演员的行头要优美，即便摘掉面具也要合体，不应当穿司空见惯的式样。要穿土耳其装、军装、水手装之类。引子不宜过长，出场的角色一般是傻子、人羊怪、狒狒、野人、小丑、野兽、鬼怪、巫婆、黑人、侏儒、土耳其矮子、山林仙女、乡巴佬、小爱神、造型活动，等等。至于天使，把他们放进引子里不够滑稽；另一方面，凶恶的东西，如魔鬼、巨人之类，同样不合适。但有一点是主要的，其中的音乐要有娱乐性，而且要变化多端。在热气腾腾的人群中突然香风阵阵，而又不见一丝雨滴，真是清凉宜人。双重假面剧，一组男的，一组女的，更显得庄重严肃、多彩多姿，但如果房间不整洁，一切都是闲的。

至于形形色色的马上演武、隔栅打斗，其壮观场面主要显示在挑战者入场时乘坐的战车上，如果有奇兽，如狮子、熊罴、骆驼拉车，尤其引人入胜。或者显示在入场式的精心设计上，或者显示在号衣的绚丽上，或者显示在马匹和盔甲的装饰上。不过这种游戏题材就谈这些好了。

解　析

一、 假面剧和演武会只不过是琐事，但既然要做，就把它们做好。

二、 办好假面剧的原则：

1. 让舞蹈和表演用分部音乐伴奏，但不要安排得花里胡哨；
2. 布景变化，光照充分，颜色多变。但富丽堂皇的刺绣不够显眼；
3. 让假面剧表演者的行头合体；
4. 让引子简短，角色古怪，但不要凶恶；
5. 香气和双重假面剧很好，但首先要房间整洁。

三、 演武会：

1. 主要有马上比武、隔栅打斗；
2. 引人入胜的不在于打斗，而在于场面雄壮华丽。

三十八　谈人的天性

（1612年作　1625年增订）

天性往往隐而不露，有时可以将它压服，但很难把它消灭。压力使天性的反抗力更强。纪律和教育能使天性规矩一点，但只有习惯才能改变、抑制天性。

人要想战胜天性，给自己规定的任务不能过大，也不能过小。因为任务过大，他就会屡遭失败而气馁；任务过小，虽然常常得手，但是进步甚微。起初练习时不妨有所借助，就像学游泳的人借助气囊或苇筏一样。过一个阶段，就应该在不利的条件下进行练习，就像学舞蹈的穿上厚底鞋练习一样。如果练习比运用还刻苦，那就会熟能生巧，达到完美的境界。

如果天性顽强，制胜艰难，那就得循序渐进：首先及时地扼制天性，就像有人生气时把二十四个字母[①]背一遍那样;然后,开始减量(就像一个人戒酒,从开杯对饮,到一餐浅酌);最后完全戒除。不过一个人要是有决心和毅力一举解放自己,那就最好不过了:

> 谁能挣断磨胸的锁链,顿时停止悲痛,
> 谁就是最好的心灵解放者②。

矫枉必须过正,这句古训不错,就是说把天性像棍子一样弯向相反的一面,放开以后刚好矫直。不过必须明白,那相反的一面不是恶习才行。

一个人不应当一鼓作气地硬要让自己养成一种习惯,而应当有所间断。因为这种停顿一则可以造成东山再起、旗开得胜的局面;二则假如他的做法并非总是尽善尽美,在一鼓作气的过程中既锻炼了自己的能力,也锻炼了自己的错误,因此导致了一种将二者兼收并蓄的习惯。除了适时的间歇外,没有任何办法可以补救这种局面。

然而一个人也不可过于相信他已经战胜了天性,因为天性的潜伏期很长,一有机会,一有诱惑,就会死灰复燃。就

---

① 大约在 1625 年以前,英文字母 i 和 j、u 和 v 没有区别,故为 24 个字母。
② 原文为拉丁文。引自奥维德《爱的医疗》第 294 行。

像《伊索寓言》中猫变的姑娘娴静地坐在餐桌的一头，等耗子从面前跑过时就原形再现。因此一个人要么就完全避开这种机会，要么和它经常接触，让自己习以为常，不为所动。

一个人的天性在这几种情况下最容易显露出来，一是在私下里，因为这种场合用不着装模作样；二是在感情冲动时，因为感情一冲动人就忘乎所以；三是遇到新情况或新考验时，因为在这时候习惯已经不起作用。

天性与职业相辅相成的人是幸运者。相反，有些人干着他们不喜欢的事情的时候，他们就说："我的灵魂长期以来一直是个生客。"在学习上，一个人要强迫自己学违背天性的东西，必须规定时间；而如果学符合自己天性的东西，他就不要管什么规定的时间了。因为他会心驰神往，只要别的事情和学习留下的空闲时间够用就行。

人的天性中不是生香卉，便是长野草。所以要适时地给前者浇水，将后者铲除。

解　析

一、天性只能被习惯改变、抑制。

二、怎样利用习惯控制一个人的天性：

1. 定的任务不能太易，也不能太难，但必要时：

（a）**循序渐进**，即先易后难，如：

    （1）遏制；

    （2）减少；

    （3）戒除。

或者（b）**立即而且彻底**。

或者（c）**走到相反的极端**。

2. 让习惯的养成过程有所间断，而不是一鼓作气。

3. 或者彻底消除恶习的引诱，或者和它经常亲近，从而使它不起作用。

4. 抛开习惯，真正的天性就显露在：

（a）私下里；

（b）感情冲动时；

（c）新奇的环境中。

5. 习惯不须催促人发展自己天生的倾向。

6. 人的天性不是会产生良习，就是会产生恶习。

三十九　谈习惯与教育

（1612年作　1625年增订）

人们的思想大多取决于自己的愿望，他们的言论取决于自己的学识和接受的见解，然而他们的行为依照的则是他们的习惯。所以马基雅弗利说得好（尽管说的是一件丑恶的事情），无论生性多么坚强，言辞多么动听，若没有习惯予以强化，都是靠不住的。他所说的事情是，为了实现一个重大阴谋，一个人不应当依赖任何人的凶猛天性或果断承诺，而应当选用一个双手曾经沾染过鲜血的人。不过马基雅弗利不知道有个修士克莱门，不知道有个拉瓦亚克，不知道有个若雷吉，也不知道有个巴尔塔萨·赫拉德[①]。然而他的法则仍然是适用的，天性或者语言承诺都不如习惯有力。只是现在迷信盛行，以致杀人见血的初犯跟职业杀手一样心狠手辣。盟誓者的决心甚至在喋血这种事情上也被搞得跟习惯势均力敌了。而在别的事情上,习惯的主宰力量依然随处可见,你会惊讶不已地听到人们表白、抗辩、允诺、夸口,然后又一如既往地行事,仿佛他们只不过是僵死的偶像和机械,只是被习惯的车辆驱动而已。

我们也能看到习惯的统治或独裁到底是怎么一种情况。印度人(我指的是他们的一派哲人)安安静静地躺在柴堆上引火自焚牺牲;不仅如此,他们的妻子还争着要与丈夫葬身火海②。古时候,斯巴达的青年经常在狄安娜的祭坛前接受鞭笞,毫不畏缩。我记得在伊丽莎白女王时代初期,英国有一名爱尔兰叛逆被判死刑,他向总督提出请求,给他执行绞刑时用荆条而不用绞索,因为对以前的叛逆用的都是荆条。俄国的苦修僧人乐意在一盆冷水中坐一个通宵,直到把身体冻在冰里。

习惯势力左右人的身心的例子真是不胜枚举。既然习惯是人生的主宰,那就让人千方百计养成良好的习惯。

毫无疑问,从幼年开始的好习惯是最完美的,我们把这叫做"教育",因为教育其实就是一种早年开始的习惯。所

---

① 克莱门于1589年刺杀法王亨利三世;拉瓦亚克于1610年刺杀法王亨利四世;若雷古于1582年刺伤荷兰共和国创建者沉默的威廉;1582年歹徒巴尔塔萨·赫拉德再次行刺成功。
② 这里指一种名叫"萨堤"的婆罗门和印度教提倡的寡妇殉葬制度,1829年在法律上予以废除。

以我们看到与以后的时期相比，幼年学语言时、舌头学习表达方式和发音时更柔顺，学各种技巧动作时，关节更灵活。说真的，学习晚的人则不能那么倾心投入，除非有些人思想尚未僵化，仍然头脑开通，准备不断改进，这种情况是极其罕见的。

如果说单独的习惯势力强大，那么联合的习惯势力就更加强大了。因为那里有榜样教导，有同伴助长，有竞争加速，有荣耀激发，因此在这种地方，习惯势力可算达到了登峰造极的地步。当然人性中美德的增长有赖于法制健全、纪律严明的社会。因为国家和良好的政府只是滋长萌生出来的美德，而不大能改良种子。何况可悲的是，最有效的手段现在正在用来达到最要不得的目标。

解　析

一、对人的行为影响最大的莫过于**习惯**。
二、然而，**迷信**往往帮助没有经验的人去干大事，如：

克莱门修士；

拉瓦亚克；

若雷吉；

巴尔塔萨·赫拉德。

三、习惯统治或独裁的事例:

印度的"萨堤"制度;

斯巴达青年;

被处死刑的爱尔兰叛逆;

俄国僧人。

四、获得良好习惯的规则:

1. 从幼年开始:这就是**教育**;
2. 让它不仅是个人的,而且以明确良好的目的形成社会的基础。

四十　谈幸运

（1612年作　1625年略作增订）

不可否认，幸运大多是由外在的偶然事件促成的，如宠爱、机会、别人的死亡、巧合。然而，造就一个人的幸运主要还是靠自己的双手。诗人说："人人都是自己幸运的设计师。"最常见的外在原因是，一个人的愚蠢恰恰成了另一个人的幸运。因为没有一个人的暴发不是由别人的失误造成的，"蛇不吃蛇就不能变成龙。"

明显的优点招人赞扬，然而隐藏的优点却带来了幸运；有些表现自我的方式是没有名称的，西班牙人称之为"disemboltura[①]"。当一个人的天性中没有障碍，没有倔犟，而思想的车轮与幸运的车轮合辙同行的时候，disemboltura就表达了那些方式的一部分含义。李维[②]曾用这样的话描述老加图[③]："此人体壮心强，所以无论他生在什么家庭，好像都会走运。"然后他又发现他有"多种才具"。因此一个人如果留心观察，他一定会看到幸运女神的，因为尽管她是盲目的，可却是能被人看见的。

幸运之路就像天空的银河，它是许许多多小星星的聚会或集结，这些小星星分开了是看不见的，但合在一起却会发光。同样有一些很不显眼的小优点，或者才能和习惯，使人们走了运。其中有一些人很少想到，意大利人却注意到了。他们谈到一个做事万无一失的人时，会在此人的其他条件中加进一句："他有一点儿傻。"无疑，再没有比有一点儿傻和不是老实过了头更幸运的品质了。因此极端爱国或极端爱主的人是永远不会幸运的，而且他也不可能幸运，因为一个人把自己置之度外，他就不会走自己的路了。

天上掉馅饼似的幸运造就冒失鬼、浪荡子（法国人叫"entreprenant"或"remuant"，则好听一点），然而奋斗得到的幸运却造就人才。幸运之神应该受到尊敬，至少是为了她的女儿"自信"和"声誉"。因为这两个都是幸运所生：前者生于一个人自己的心中，后者生于羡慕他的别人的心中。

聪明人为了减少人们对他们长处的妒忌，往往把这些长

---

① 意为"随机应变的能力"。
② 李维（前59—公元17），古罗马历史家，著有《罗马史》49卷，大多佚失。
③ 加图（前234—前149），古罗马政治家、作家。

处归因于天意或幸运。因为这样一来，他们具有这些长处就可以心安理得了。况且一个人有神灵保佑才更见其伟大。所以恺撒在暴风雨中对水手说："你载的是恺撒和他的幸运。"所以苏拉选用"幸运的"而不是"伟大的"为号①。而且人们注意到，那些公然把太多的成功归因于自己的聪明才智的人，都以不幸告终。据记载，雅典人提谟修斯②向国家报告他的政绩时，屡屡插入这样的话："此事与幸运无关。"从此以后，他再也没有任何建树。

当然有些人的幸运就像荷马的诗句，如行云流水，非其他诗人所能及。普鲁塔克谈到提摩勒翁③的幸运并把它跟阿格西劳斯④和伊巴密浓达⑤的幸运比较时说过这样的话；之所以如此，无疑主要还是取决于自己。

解　析

一、一个人的幸运的真正塑造者就是他自己。

---

① 苏拉在打败本都王国国王米特拉达梯六世（？—前63，前120—前63年在位）时，把他的成功归因于他所敬仰的赫拉克勒斯（即罗马神话中的赫丘利）。
② 提谟修斯（？—前354），古希腊政治家和将军。
③ 提摩勒翁（前400—前337），古希腊军事家和政治家，曾率军解放叙拉古，保卫西西里。
④ 阿格西劳斯（约前444—前360），斯巴达国王，前399—前360年在位，崇尚武功，精于谋略，被视为斯巴达尚武精神的化身。
⑤ 伊巴密浓达（约前410—前362），古希腊政治家、将军，两次击败斯巴达，建立反斯巴达同盟，称霸希腊。后进军伯罗奔尼撒，在曼提尼亚战役中阵亡。

二、但"外在的偶然事件"仍可大力促进,如:

宠爱;

机会;

别人的死亡;

巧合;

别人的愚蠢。

三、带来幸运的一些优点:

1. 随机应变的能力("disemboltura")。

    如:李维对老加图的评估。

2. 很多不显眼的小优点:

    (a) 被认为有点儿傻;

    (b) 不满足追求天上掉馅饼的幸运;

    (c) 以前的成功产生的自信和荣誉。

四、对幸运的正确考虑就是将它归因于天意。

例如:恺撒和苏拉。

另一方面,提谟修斯。

五、这主要取决于一个人自己是否顺利找到他的幸运。

四十一　谈放债

（1625年作）

很多人对放债做过巧妙的抨击。他们说，可惜呀，魔鬼把上帝应得的一份，也就是十分之一，拿走了①；还说放债人最不守安息日，因为他的犁头每个礼拜天还在耕作；又说放债人是维吉尔所说的雄蜂：

> 雄蜂，好吃懒做的种类，被逐出了蜂房②。

又说放债人破坏了为堕落以后的人类制定的第一条法规，即"你必汗流满面才得糊口"③，而不是靠"别人汗流满面"；又说放债人应戴橘黄色的帽子④，因为他们确实犹太化了；又说钱生钱是伤天害理的。诸如此类，不一而足。我只是说，放债是"由于心硬而取得的特许权"。既然人们非要借贷不可，人的心又硬，不肯白白把钱借给人，那就必须准许放债了。

也有人对银行和私人财产呈报以及别的手段提出过可疑而巧妙的建议，可是很少有人对放债说过有用的话。

还是把放债的利与弊摆在我们面前为好，以便大家斟酌选择，小心对待，可以趋其利，避其弊。

放债的弊端有以下几点：第一，它使商人的人数减少。因为要是没有放债这种偷懒的生意，金钱就不会闲置不动，其中大部分就会使用到商业上，因为商业是一国财富的"门静脉"；第二，放债使商人素质下降。一个农民如果坐享高额地租，他就不会很好地耕种土地。同样，一个商人如果坐着放高利贷，他就不会很勤快地跑买卖；第三点是前两点的必然结果，即君王或国家税收减少，因为税收是随商业的涨落而涨落的；第四，它把一国的财富都集中到少数人手中，因为放债人稳操胜券，而其他人则毫无把握，把戏玩到头，

---

① 长期以来，有息放债被认为是极不道德的行为。1545年英王亨利八世批准了一项议会法案，把利率限制在10%，爱德华六世将该法案废止，1571年伊丽莎白女王又将它恢复。另外，《圣经·旧约·利未记》第27章第30节里说："地上所有的，无论是地上的种子还是树上的果子，十分之一是耶和华的，是归耶和华为圣的。"所以有此说。

② 原文为拉丁文。见维吉尔《农事诗》第4卷第168行。

③ 原文为拉丁文。见《圣经·旧约·创世记》第3章第19节。

④ 在欧洲中世纪通常由法律规定不同的社会阶层和社会职业穿不同的服装，所以强行规定犹太人戴橘黄色帽子并不算一件特别的事情。

大部分钱都进了放债人的钱箱。而一个国家只有在钱财分布比较平均时，才会繁荣富强；第五，它砍低了地价。因为金钱的主要用处不是经商就是买地，而放债把两条路的钱源都堵截了；第六，它挫伤了所有的工业、改良和发明。在这几方面，要不是它的牵制，金钱就会发挥很大作用；最后一点，它损害、毁灭了很多人的产业，天长日久，就会造成大众的贫困。

话又说回来，放债也有以下几种好处：一、在某些方面，放债尽管妨碍了商业经营，但在有些方面，也有所促进，因为毫无疑问，绝大部分贸易活动是青年商人靠有息贷款驱动的，因此，不管放债人把钱收回来还是存起来，马上就会造成贸易停滞。二、要不是这种简便的有息贷款，人们的窘迫可能使自己一下子倾家荡产，因为他们迫不得已，就只好低价变卖自己的生活资料（不管是土地还是货产），所以，如果说放债人只不过咬他们几口的话，不景气的市场就会把他们一股脑儿吞进肚里。至于抵押、典当，基本上于事无补，因为人们不是因为无利可图拒不接受典当物品，就是万一接受也巴不得把它没收了事。我记得国内有一个狠心的富翁说过："让放债生意见鬼去吧，它使我们无法没收抵押的财物和票据。"三、也就是最后一点，想要无息借贷那是痴心妄想。如果借贷受到钳制，带来的不便之多真是难以想象。因此说要废除放债只不过是一句空话。所有的国家都有形式不同、利率各异的放债。所以这种意见只好向乌托邦去提。

现在谈谈对放债的改革和管理，怎样才能最好地扬长避短。权衡一下放债的利弊，好像可以调和两件事情：一、要把放债的牙齿磨一磨，叫它不要咬得太凶。二、网开一面，诱导有钱人给商人借钱，以维持和促进贸易。除非你引进两种大小不同的放债业务，否则这一条你是行不通的，因为你压低放债利率，只会便利一般的借债人，商人反而借不到钱了。值得一提的是，经商是最有利可图的，所以能承受高利贷，而别的行业则不行。

为了达到这两个目的，简单地说，办法是这样的：设定两种放债利率：一种是自由的，通用的；一种是经过特许、某些人和某些商业地区专用的。因此，第一，将通用的放债利率降到五厘，而且公开宣布这种利率是自由通用的，国家保证不会对这种利率进行任何惩罚。这样做会保护借贷，不致全面停止和枯竭；这样做会方便国内不可胜数的借款人；这样做可以大体上提高地价，因为以相当于十六年租金的价格购得的土地可以生六厘多一点的利，而这种利率仅仅是五厘。同样的道理，这样做也会鼓励、刺激工业和有益的改良事业，因为许多人宁愿冒险在这一类事业上投资，也不愿只收五厘的利息，习惯收取高额利润的人尤其如此。第二，特许一些人以较高利率给一些知名商人放债，但要注意以下几点：务必使利率降低，即便对商人自己来说，也要比他从前所付的利息略低一点，因为只有这样，所有的借债人，不管是商人还是别的什么人，都会从这项改革中得到好处。不允许银行或公共资金放债，只是让个人支配自己的金钱。并不是我完全讨厌银行，而是因为它们引人生疑，很难让人信任。国家发特许证必须收一点费，其余的利润就留给放债人，如果扣留数额很小，就绝对不会挫伤放债人的积极性。譬如说，那些原先收取十厘或九厘利息的人，宁肯只收八厘，也不愿放弃放债生意，扔下保险的收入去追求危险的收入。不要限制特许放债的人数，但这些人只限在几个主要商业城镇经营。因为这样一来，他们就很难把国内他人的钱以自己的名义借出去；有九厘利息特许权的就不会把通行的五厘利息的钱吸走，因为谁也不愿意把自己的钱送到远方去，也不肯把自己的钱交到陌生人手里。

如果有人反对，说以前只是在某些地方允许放债，这样一来就会把它合法化了。我的回答是，以公开认可的方式节制放债，胜过以默许的办法任它肆虐。

解　析

一、一直有阻止放债的努力——

　　1. 抨击；难听的叫法和比喻。

　　2. "可疑而巧妙的建议"：

　　　　(a) 银行。

　　　　(b) 私人财产呈报等等。

二、放债的弊端，即放债——

　　1. 造成资本的停滞；

　　2. 对商人是一种障碍和包袱；

　　3. 减少王家税收；

　　4. 将国家的财富集中到少数人手中；

　　5. 砍低了地价；

　　6. 挫伤了工业、改良和发明；

　　7. 造成许多非借债不可的人的贫困。

三、放债的好处：

　　1. 鼓励和帮助了年轻商人；

　　2. 挽救窘迫人免于"一下子倾家荡产"；

　　3. 认为放债可以禁止的想法是愚蠢的。

四、改革、管理放债的建议：

  1. 设定两个目的：

    (a) 遏制过火的高利贷；

    (b) 促进贸易。

  2. 达到目的的手段：

    (a) 将普通的低息利率（比方说五厘）合法化，并自由通用。这样会——

      (1) 刺激贸易；

      (2) 减轻借债人的负担；

      (3) 提高地价；

      (4) 鼓励工业和改良事业。

    (b) 让一些人获得特许以较高利率放债，条件是：

      (1) 利息要比以前的低；

      (2) 不许银行或"公共资金"放债；

      (3) 特许必须收费；

      (4) 特许放债者的人数不限，但限在几个主要城镇经营。

五、这种特许的放债比现行滥放优越。

四十二　谈青年与老年

（1612年作　1625年略作增订）

　　一个人如果不浪费光阴，是可以做到少年老成的。然而这种情况难得一见。一般来说，青年就像"前思"，不像"后想"那么高明，因为不仅在年龄上，而且在思想上，都有青年时代。然而年轻人的发明创造能力比老年人活跃，脑海里丰富的想象源源而来，仿佛神差鬼使似的。

　　热情奔放、欲望强烈、烦恼无穷的人未过中年是成不了气候的。尤利乌斯·恺撒①和塞普提缪斯·塞维鲁②就是如此。关于后者，有人说过，"他度过的是一个充满错误，甚至充满疯狂的青春"③。然而他可以说是所有罗马皇帝中最能干的一位。不过生性平和的人在年轻时则可以大有作为，奥古斯都·恺撒④、佛罗伦萨大公科斯莫⑤、加斯东·德·富瓦⑥等人的情况是众所周知的。话又说回来，老年人的热情与活力则是成事的优秀气质。

年轻人适合发明而不适合判断，是干将，不是谋士，适合推行新计划，而不适合做已成定规的事务。至于老年人的经验，如果是对他经历过的事情，就可以进行指导；如果是对新生事物，就会产生误导。

年轻人的错误败事有余，而老年人的错误充其量只不过是成事不足。年轻人办事好大包大揽，贪多嚼不烂，喜欢轰轰烈烈，不喜欢扎扎实实；总想急于求成，不顾方法和步骤；碰上几条原则，就穷追不舍，贸然搞革新，结果招来一些意想不到的麻烦；一开始就采用极端措施，结果错上加错，还死不承认，决不改正，就像一匹未上笼头的马，既不停步，又不回头。

老年人反对太多，谋算过久，冒险太少，后悔太快，办

---

① 尤利乌斯·恺撒(约前100—前44)，古罗马将军、政治家。早年克服了极大的阻力和困难，于公元前59年出任高卢总督时已经41岁，在随后的15年里取得了巨大的成功。
② 古罗马皇帝塞普提缪斯·塞维鲁(146—211，193—211年在位)，193年登基时年已47岁，他当了18年皇帝，在位期间功绩显赫，甚至在年老多病的情况下仍率军远征，取得辉煌战绩。
③ 原文为拉丁文。引自古罗马史家斯帕提安努斯所撰的传记。
④ 恺撒遇刺身亡时奥古斯都·恺撒年仅17岁，翌年出任执政官。
⑤ 科斯莫，1540年年仅21岁时就出任佛罗伦萨共和国首脑，成功担任此职34年，奖励文化艺术科学，功绩卓著。
⑥ 加斯东·德·富瓦，内穆尔公爵，法王路易十二之甥。法王令他率军作战时，他年仅23岁(1511)。他英勇善战，战功显赫，于1512年不幸阵亡。

事不彻底，见好就收。

毫无疑问，最好是老少结合。这对目前有利，因为任何一方的优点都可以纠正双方的缺点，也对未来有益，因为老年人干的时候，年轻人可以学；这对跑外交有好处，因为老年人有权威，年轻人得人心。

然而青年人的道德优势突出，老年人的政治手腕高明。《圣经》上说："你们少年人要见异象，老年人要见异梦。"①有个拉比②由此推论，青年人比老年人更接近上帝，因为异象是比异梦更清楚的一种启示。世情如酒，越喝越醉人，老年人在理解能力方面见长，而不在意志感情方面取胜。

的确有一些少年老成的人，但这种早熟只不过是昙花一现。其中有一种人锋芒毕露，但很快就会卷刃。修辞学家赫摩吉尼斯③就是这样，他的著作极其精辟，但后来变得十分愚钝。第二种人有一定天赋，这种天赋能使青春放光，却不能使老年生辉。如能言善辩只适合年轻人，不适合老年人，

---

① 参见《圣经·新约·使徒行传》第 2 章第 17 节。
② 这里指犹太学者阿布拉内尔，他写过《旧约》评注等许多神学作品，曾任葡萄牙国王阿方索五世的顾问，后来又为西班牙国王斐迪南服务，1508 年死于威尼斯。"拉比"是对犹太学者的尊称，相当于"老师"、"夫子"。
③ 赫摩吉尼斯，公元 2 世纪的著名修辞学家，生于土耳其的格尔苏斯。他 15 岁就成了著名的演说家，17 岁出版了论修辞的专著，25 岁时完全丧失记忆，成了一个弱智。

就像图利评说霍滕修斯①那样:"他跟过去一样,但却不很得当。"第三种是一开始调子唱得太高,年龄一大就跟不上去,李维说西庇阿·阿非利加"结尾不敌开头"②,正是这种情况。

解　析

一、青年与老年的优缺点比较。

　　A. 青年的特点:

　　　　1. 容易有不高明的见解,但有活跃的发明创造和想象力;

　　　　2. 性情暴烈者行动不成熟,但生性平和者却成熟;

　　　　3. 适合发明、实干、推行新计划,不适合判断、忠告,或做"已成定规"的事务;

　　　　4. 在下述这一类青年中,其错误往往是致命的——

　　　　　　(a) 大包大揽;

　　　　　　(b) 考虑目的,忽略手段;

---

① 霍滕修斯(前114—前50),著名的古罗马演说家图利·西塞罗的同事和对手。
② 原文为拉丁文,但改动了李维的原话:"他的前半生比他的后半生更为出色。"因为古罗马统帅西庇阿·阿非利加的武功比文治更卓著,而他的晚年是在和平时期度过的。

(c) 坚持几项不完善的原则；

(d) 贸然革新；

(e) 采用极端措施；

(f) 死不承认错误。

B. 老年人的典型缺点：

1. 太喜欢表示反对；

2. 太害怕冒险；

3. 满足于见好就收。

二、因此，明智的办法是做事时老少并用，这就能保证——

1. 眼前效益；

2. 未来效益，眼下年轻人向老年人学习；

3. 外交成功，因为将权威和得人心相结合；

4. 年轻人的道德优势与老年人的政治优势相结合。

三、年轻人有时不能兑现诺言——

1. 在才智不能持久的时候(**赫摩吉尼斯**)；

2. 在具有的天赋只适合青年，不适合老年的时候(**霍滕修斯**)；

3. 当人们起始目标过于远大的时候(**西庇阿·阿非利加**)。

四十三　谈美

（1612年作　1625年略作增订）

德行犹如宝石，镶嵌在素净处最佳。就人而言，五官虽不秀丽但体态娴雅，面貌虽不姣美但举止端庄，这种人身上的德行才是最好的。绝色美人另有大德者难得一见，仿佛大自然忙忙碌碌但求无过，却不肯辛辛苦苦栽培英物，因此才艺出众者品格不高贵。他们讲求举止而忽视德行。不过这也不可一概而论。奥古斯都·恺撒、提图斯·韦斯巴芗、美男子法王腓力四世、英王爱德华四世、雅典的亚西比德①、波斯萨非伊斯梅尔②都是一代英豪，也是当世俊男。论及美，容貌美胜过肤色美，文雅得体的举止美又胜过容貌美。美之极致图画无法描绘，一眼难以发现。凡绝色美人，其身体比例必有异常之处。阿佩勒斯③和丢勒④，一个按几何比例画人，另一个集千脸之长于一面，画出一副俊美绝伦的人像，他们两位谁更能戏弄人,没有人能说得清。但我认为这种画像除了画家本人,无人喜爱。我并不是认为画家不应当画出一副美丽绝伦的面孔,而是认为他必须借助一种手气(如同音乐家谱出名曲一样),而不是依赖一种规矩。人可以看见许许多多的面孔,如果逐部审查,往往一无是处,倘若纵观整体,则个个楚楚动人。如若美的主体真的是举止的得体,那么年长的人更加可爱,这就不足为奇了。"美到秋天依然美"⑤,如果不留情面,不考虑青春年少可以弥补美貌的不足,可以说没有一个青少年能够当得起美名的。美犹如夏天的水果,容易腐烂,难以持久,美往往使人青年时放荡,老年时愧悔。不过,话又说回来,如果美投入得当,它会使德行生辉,使劣迹赧颜。

解　析

美的基本原则如下:

---

① 亚西比德(前450—前404),雅典的政治家和将军。
② 伊斯梅尔(1487—1524),波斯国王,萨非王朝的创建者,1502—1524年在位,萨非为君主称号。
③ 阿佩勒斯,古希腊最著名的画家之一,活跃于公元前340—前323年间,尤其善于表现女性美。亚历山大大帝与他交谊甚笃。
④ 丢勒(1471—1528),德国画家。他将意大利文艺复兴精神与哥特式艺术技巧相结合。培根这里指的是他的论文《论人体各部之比例》。
⑤ 原文为拉丁文。引自西塞罗《致友好书信集》第7卷第3篇。

一、德行"镶嵌在素净处"往往显得最佳。

二、反过来，绝色美人很少以德行抢眼。

不过仍有值得注意的例外：

奥古斯都·恺撒；

提图斯·韦斯巴芗；

美男子法王腓力；

英王爱德华四世；

雅典的亚西比德；

波斯萨非伊斯梅尔。

三、容貌美不如行为举止美。

四、凡"绝色美人，其身体比例必有异常之处"。（由于忽略这一点，阿佩勒斯和丢勒犯了错误。）

五、美表现在总的结果中，而不是在逐一的部分中。

六、青春美其实赶不上成年美。

七、美(1) 总是转瞬即逝；

(2) 也许对德行有害，而不是有助。

四十四　谈残疾

（1612年作　1625年改写）

残疾人一般跟造化打成了平手。造化待他们不仁，他们也就对造化不义。因为他们中间的大多数（正如《圣经》所言）是"无亲情[①]"的，所以便向造化进行报复。肉体和精神之间无疑存在着一种契合，造化在一方有所失误，在另一方就要冒险行事。然而，由于人精神上有选择，肉体上有需求，所以天性的星宿有时也会被修养和才德的太阳遮暗。因此，最好不要把残疾看成一种更能骗人的标记，而要把它看成一种很难不产生结果的原因。

身上有一种去不掉的东西就会招人轻蔑，因此这种人就会永远激励自己从轻蔑中解救出来，因而，所有的残疾人都极其勇敢。这起初是为了在遭受轻蔑时进行自卫，但天长日久，就成了一种常有的习惯。它也能激发人的勤奋，尤其会激发这种人去注意观察别人的弱点，从而有种彼此彼此的感觉。再说，身患残疾，可以消除优越者对他们的嫉妒，把他们看成不屑一顾的人；也可以使竞争对手高枕无忧，因为他们决不相信残疾人有出头之日，看到人家提升已定，他们才如梦初醒。所以总体来讲，对聪明人来说，身有残疾反而成了飞黄腾达的有利条件。

古代的帝王（也有某些国家当今的帝王）经常很宠信宦官，因为嫉妒大家的人更会臣服于一人，然而帝王信任宦官只不过把他们当成可靠的密探，而不是看成称职的官员。残疾人的情况也很类似。事实上，如果残疾人有志气，他们就会设法摆脱别人的轻蔑，不是借助德行，就是依赖劣迹。因此如果有时候残疾人成为出类拔萃的人，决不要大惊小怪。阿格西劳斯[2]、苏莱曼之子赞吉尔[3]、伊索[4]、秘鲁总督加斯加[5]都是残疾人。苏格拉底[6]等也可以归入其中。

---

① 见《圣经·新约·罗马书》第 1 章第 31 节。
② 斯巴达国王阿格西劳斯身材矮小，又是瘸腿，但战功辉煌。
③ 参见本书"谈君权"篇注释。由于妃子罗克珊拉娜的阴谋，苏莱曼苏丹的一个儿子穆斯塔法被处死，弟弟赞吉尔退隐，后来伤心而死。
④ 古希腊寓言作者伊索，据说是个残疾人，但凭据不足。
⑤ 加斯加，西班牙将领，1547 年率军平息了皮萨罗的叛乱。
⑥ 大哲学家苏格拉底虽无残疾，但相貌奇丑。

培根随笔 | 227

解 析

一、 身体残疾往往对性格有有害的影响。

二、 然而残疾人往往会克服他们的不利条件，获得成功，因为残疾：

 1. 可激发能力和勇敢：

 （a）首先在自卫上；

 （b）尔后在习惯上。

 2. 使他们发现并利用别人的弱点。

 3. 减轻优越者和竞争对手的反对和不信任。

三、 因此君王往往让残疾人做自己的心腹和密探。

四、 所有的残疾人都会设法弥补自己的劣势，借助：

 （a）劣迹；

 （b）或德行。

四十五　谈建房

（1625 年作）

建房是为了住人，不是为了观赏。因此先求实用，再讲匀整，除非可以二者兼顾。如果单纯为了美观，那就把高超的建筑术交给诗人们造魔宫好了，因为他们造房子是不花钱的。

在恶劣的地点建造一幢美丽的房子等于把自己投入了监狱。我说的恶劣地点不光指空气不好，而且也指气象多变。你一定看见许多漂亮的别墅建在一座山包上，周围高山环绕，于是太阳的热量被困在里面，风好像聚在槽谷里一样，因此暴冷暴热，你好像住在好几个不同的地方似的。恶劣的地点，不仅仅是空气恶劣造成的，还有交通不便，购物困难，你如果肯请教莫摩斯①，还有邻居的恶劣。且不说许多别的东西，如缺水、缺树、缺荫蔽、缺乏肥地，多种土壤混杂；视野窄，平地少，近处又缺少打猎、放鹰、跑马的场所；离海不是太近就是太远；没有河流通航的便利，却有河水泛滥的麻烦；不是离大城市太远，办事不便，就是离得过近，花销大，东西贵；何处人可聚财；哪里人会受困；凡此种种，由于不可能碰在一个地方，所以就应该加以了解，给予考虑，这样就可以尽量扬长避短。如果一个人有几个住处，这样一安排，就可以让在一个住处缺的东西在另一个住处有。庞培在卢库卢斯的一所住宅里看见宏伟壮丽的凉廊和宽敞明亮的房间，② 就问卢库卢斯："这无疑是一个消夏的好地方，可是你怎么过冬呢？"卢库卢斯回答得好："唉，鸟儿冬天来临时还要挪挪窝，难道你认为我就不如鸟儿聪明？"

现在从房址说到房屋本身，我们打算采用西塞罗谈演说的办法。西塞罗写过几卷《论演说艺术》和一本题名为《演说家》的书。他在头一种作品里讲演说术的原理，在后一本书里讲演说的实践，因此我们打算描述一座府邸，用它作为一个简明的样板。因为当今在欧洲，像梵蒂冈和埃斯库里亚

---

① 莫摩斯，希腊神话中的嘲弄与非难指责之神。据传锻冶之神伍尔坎造了一个人，他嫌胸口没有小门不好窥视他内心的秘密；宙斯造了一头牛，他嫌角没有长在眼睛下面，看不见应当抵哪几顶；他还嫌雅典娜没有给房子安上轮子，如果遇上恶劣的邻居就不好搬走。
② 卢库卢斯以宅第豪华、宴席豪饮著称。

尔宫①那样的宏伟建筑，里面却几乎没有一间非常像样的房子，看到这种情况，真令人感到奇怪。

因此，我首先说，一座府邸如果没有两个分开的侧楼就算不上完美。一面的侧楼专门举办宴会，就像《以斯帖记》上说的那样；②一面的侧楼是起居场所。一个是举办宴会庆典的，一个是住人的。我的意思是这两个侧楼不仅仅是转延的横翼，而且是正面的两个组成部分。尽管里面隔开，外面却相连，也就是在正面居中的大楼两侧，由主楼分别从两面连成一体。我主张在正面宴会侧楼的上层，只有一间漂亮的大厅，高度约四十英尺，下面有一间屋子在庆典时作为更衣、准备的场所。另一个侧楼是住人的，我认为依次把它分成厅堂和礼拜堂（中间要隔开），二者都要堂皇宽敞。这两间屋子不能把整个侧楼占满，在更远的一头还要设一间冬天专用客厅和夏天专用客厅，两厅都要美观。在这些房间的下面，是一个挺好的地下室。还要有几间专用的厨房，带有食品室和配餐室等。至于主楼，我认为应高出两翼两层，每层十八英尺高；顶上是漂亮的铅皮平顶，周围有栏杆，其中插

---

① 马德里附近一座巨大的王宫。
② 参见《圣经·旧约·以斯帖记》第1章第5节："这日子满了，又为所有住书珊城的大小人民，在御园的院子里设摆筵席七日。"

入一些雕像；主楼应根据需要分成若干房间。通往上层房间的楼梯应环绕一个漂亮的露明空柱并旋转而上，楼梯的栏杆要漂亮，顶上是漆成黄铜色的木头雕像；楼梯顶部要有一个非常美观的平台。这样做要有一个条件，即不可把下层的任何房间用做仆人的餐室，如其不然，你进餐之后，又得吃仆人的饭，因为饭菜的热气就会像顺着烟囱的烟一样扶摇直上。正楼的情况就谈这些，只是我认为第一层楼梯的高度应当是十六英尺，正好和下层房间的高度相等。

正楼的后面要有一个美丽的四合院，但三面的建筑要比正楼低许多。院子的四角都要有美观的楼梯，嵌进角楼，角楼凸出在建筑墙面外面，而不是立在墙面里面。然而角楼要比正楼低，还要跟较低的建筑物比例相称。院子不可铺砖石，因为砖石在夏天会反射出大量燠热，冬天又平添几多严寒。唯有四周和成对角线的小道可以铺砖石，四合院其余的部分应种植草皮，草要勤剪，但不能剪得太短。宴会厅一侧那一溜横翼建筑都应当是堂皇的长廊，长廊里应当有三五个精美的穹顶，间隔应当相等。还要有图案不同的精美的彩色玻璃窗。住家的一侧是会客室和一般接待室，还有几间卧室。这三面都应当是两溜房间夹一条走廊的双向房，单面采光，这样一来，上午下午总有些房间晒不到太阳。你还得设计一些专门消夏和专门过冬的房间，夏天阴凉，冬天温暖。有时候你一定得有一些安满玻璃窗户的漂亮房子，人简直说不上到哪里去才能避开日晒或严寒。至于弧形凸窗，我认为是大有用处的（在城市里考虑到街面的整齐，其实平墙直窗更好），因为凸窗是会议的幽静去处，还可以避开风吹日晒，几乎能贯通全屋的风和阳光是很难穿过这种窗户的。不过这种窗户不宜多，一个院子里有四个就可以了，而且只装在外侧。

这个庭院后面还应当有个内院，内院的面积和房屋的高度应当和前庭相同，四面应有花园围绕。靠里的四面都环绕着美观得体的拱形结构的回廊，高度和一层楼相等。朝花园的下面一层，改造成洞室、凉舍或消夏的去处，只有朝花园的一面有门窗。这一层应当处于地平面上，绝对不能低于地面，才能防潮。院子中间应当有一个喷泉或者优美的雕像，院子的铺砌方式跟前院相同。院子两侧的房子可做私人住房，顶头一面的可做专门的馆所。你得有所准备，万一王公贵人偶染微恙，可把其中一间用做医务室，还要附带接待室、卧室、会客室、休息室。这要放在二楼。一楼应当是一个漂亮的敞开的柱廊。三楼同样是敞开的柱廊，用来观赏花园的景致，呼吸新鲜空气。在远端两角上，作为转延，应有两个小巧玲珑的楼阁，地上铺的精致考究，墙上挂的富丽堂皇，玻璃窗户晶莹闪亮。中间还有一个金碧辉煌的穹顶，还有其他种种可以想见的美妙设计。在上层的柱廊上，如果条件允许，我也希望墙上有一些喷口，从各个地方喷出一些泉水来。

府邸的模式就说这么多，不过还有一点，正楼前面一定要有三个庭院：一个是绿草坪，四周有墙；第二个大致相同，但墙上要装点一些小塔楼，或者不如说是一些装饰；第三个院子构成正楼前的方场，但不要建筑，也不要光秃秃的围墙，而是用铅皮铺顶的露台围绕，三面都要精心装饰，内侧是柱廊，台下不要拱门。

至于事务性用房则要保持一定距离，通过一些低矮的回廊与府邸相连。

解　析

一、建房时，先求实用，再讲匀整。

二、开始选址时常犯的错误：

　　1. 恶劣或多变的空气环境；

　　2. 交通不便，购物困难，邻居恶劣；

　　3. 别的许多因素，如未考虑到：

(a) 水；

(b) 树；

(c) 肥地；

(d) 视野；

(e) 体育运动；

(f) 接近大海，河流或城镇。

（建一座房子不可能避免所有这些错误。）

三、房屋设计的原则：

A. 前面要有：

1. 两个分开的侧楼，用来：

    （a）举办宴会：上面有一个大厅，下面是一些更衣室。

    （b）住人，要有：

    厅堂；

    礼拜堂；

    客厅。

2. 一座高大的中楼；

3. 一个有露明空柱的旋转楼梯，而下面不能有仆人的食堂。

B. 后面：

1. 一个草皮四合院、四周和成对角线的砖石小道;

2. 围着院子三面的建筑物,都是两间屋子的进深,一面是长廊,另外两面是私人房间;

3. 几个弧形凸窗——至多四个。

C. 内院:

1. 被一座花园包围,有回廊环绕;

2. 中央有一个喷泉或其他装饰;

3. 用做私人住房、医务室等的建筑物;

4. 角儿上有小巧玲珑的楼阁,各个地方有喷泉。

D. 前院三个:

1. 绿草庭院四周有围墙;

2. 第二个院子有塔楼装点;

3. 第三个院子有露台和柱廊。

E. 事务性用房保持一定距离,用低矮的回廊相连。

四十六　谈园林

（1625年作）

万能的上帝率先营造了一座园林。人类从园林里的确可以得到最纯洁的乐趣，最爽心的消遣。没有它，楼堂馆所只不过是粗俗的人工制作，没有天然的情趣。人们总是看到，时代一旦趋向文明高雅，大家就开始大兴土木，修建华厦，随即就精心设计、营造园林，仿佛园艺是一种更高的完美境界似的。

我认为营造宏伟锦绣的园林时，应当一年四季百花争妍，月月都有当令美景。十二月、元月和十一月的下半月，你必须种植冬天常青的草木，如冬青、常春藤、月桂、桧柏、柏树、紫杉、松树、冷杉、迷迭香、熏衣草和白、紫、蓝颜色不同的常春花。如果在温室里栽植，还有石蚕、鸢尾、橙树、柠檬树、桃金娘，还有香墨角兰，它必须养在温暖而隐蔽的地方。到元月后半月和二月，接着就有瑞香花、番红花，黄的和灰的都行，报春花、银莲花、早开的郁金香、风信子、贝母。到了三月，就要有香堇，尤其是单瓣蓝色的那种，开得最早，还有黄水仙、雏菊、杏花、桃花、山茱萸花、多瓣蔷薇。一到四月，接着就有双瓣白香堇、桂竹香、紫罗兰、黄花九轮草、鸢尾花、各种百合花、迷迭香、郁金香、重瓣牡丹、淡水仙、法国忍冬、樱花、李花、抽叶的山楂、紫丁香。五月和六月，就有各种各样的石竹，尤其是红石竹；形形色色的玫瑰，只有晚开的麝香玫瑰不在其内；还有忍冬、草莓、小花牛舌草、耧斗菜、万寿菊、非洲花。樱桃、茶藨、无花果、树莓、葡萄花、薰衣草花、白花香赛蒂莲、麝香兰、铃兰、苹果花。七月，有各种各样的紫罗兰、麝香玫瑰、酸橙花、早梨、李子、早苹果、未熟的小苹果。八月，各种李子熟了，梨、杏、小檗果、榛子、香瓜、舟形乌头，真是五颜六色。九月有葡萄、苹果、各种颜色的罂粟花、桃子、巨桃、蜜桃、山茱萸、冬梨、榅桲。十月和十一月初，有花楸果、欧楂果、野李子、经过修剪和移植而晚开的玫瑰、冬青，以及诸如此类的花木。这些花草树木是专门针对伦敦的气候讲的。不过我的意思是很明白的：你可以因地制宜，拥有一个"永恒的春天"。

而且因为花草的气息扩散在空气里(空气中花香飘飘有如乐声漾漾)比在身边香得多,因此要享受这种欢乐,最好的办法就是了解什么花卉最能使空气芳香四溢。粉红玫瑰和红玫瑰都善于存芳留香,所以你就是从整整一行这样的玫瑰花旁走过,都闻不到一丝香气,哪怕挂着晨露,情况也是如此。同样,月桂在生长期间不喷香,迷迭香香气很淡,茉乔栾那也是一样。空气里香气最浓郁的莫过于香堇了,尤其是白色重瓣香堇,它一年花开二度,一次在四月中旬,一次在八月下旬;其次就是麝香玫瑰;再次是行将枯萎的草莓叶,发出一种沁人心脾的芳香;然后就是葡萄花,这是一种小粉花,就像车前的粉花一样,花刚开的时候呈穗状;随后就是多花蔷薇,然后就是桂竹香,这两种花摆在客厅窗户和低矮一些的寝室窗户下面真令人心旷神怡;然后是石竹和紫罗兰。尤其是丛生石竹和康乃馨;然后是酸橙花;然后是忍冬,远一点更显得香气宜人。我不想说豆花,因为这种花是田野里的花;然而有些花人们不像对待别的花那样从旁走过,而是要把它们践踏踩碎,才会香飘四野,这类花有三种:它们是小地榆、百里香和水薄荷，因此你不妨在小径上种满这些花，享受一下踏花的快乐。

园林（就像我们谈的建筑一样，园林也是王家园林）的面积不应小于三十英亩，而且应当分成三个部分：入口处是一片绿地，出口是一片草莽或荒野，中间是园林的主体，两旁有小径。我认为绿地可以占四英亩，草莽占六英亩，两边各占四英亩，主园占十二英亩。绿地有两种乐趣，其一，绿草如茵最为赏心悦目；其二，绿地中间给你一条芳草径，直达一道围绕主园的堂皇的树篱。然而因为这条小径很长，如果是大热天，你总不能顶着炎炎烈日走完绿地、再到主园里歇凉吧？因此你要在绿地两侧请木工各修一条篷道，篷顶离地面约十二英尺，这样你就可以在阴凉下走进主园了。至于用五彩泥土建造花坛，摆设图案，布置到临园一侧的住宅的窗户下面，那只不过是雕虫小技，这种景致你在苹果馅饼中都屡见不鲜了。花园最好是正方形，四面有宏伟的拱形篱垣环绕，拱门应当架设在木工制作的柱子上，大约十英尺高，六英尺宽，拱门的间距应当与每个拱门的宽度相等。拱门的上方要有一条完整的篱笆，四英尺高，也造到木架上。这种篱笆每个上面要有一个小角楼，里面是空腹，足以容得下一笼鸟。在每个拱门之间的篱垣上，还要有一个小小的造像，外面镶嵌着五彩玻璃大圆片，好反射阳光。然而这种篱垣，我要让它建在一条堤埂上，堤埂不要陡，坡度要平缓，高约六英尺，栽满花草。而且，我认为这个正方形的花园不应当两边顶到头，两边应留出一些地方修筑各种边道，和草坪的两条篷道相通。然而这块大花园两头千万不能修带篱墙的小径，前边也不要，因为这样就使你无法从草坪望见这个美丽的篱垣；后边也不要，因为它使你从篱垣的拱门望出去时看不见后面的草莽。

至于大篱垣内的布局，可以风格多样。不过，我建议，不管一开始你把它设计成什么式样，但不可芜杂茂密，也不要到处精雕细刻，我是不喜欢在桧柏和别的园木上刻刻画画的，这是弄给娃娃们看的。低矮的小树篱，圆圆的，像一条条镶边，还带有一些漂亮的宝塔，我倒很喜欢。有的地方，木头镶框的美观的柱子也讨人喜欢。花园里的道路我主张宽阔美观。两边的小路倒可以紧凑一点，但主园里的绝对不能这样。我也希望花园的正中央有一座美丽的小山，有三条坡路和山道，可以四人并行。这三条道应当是正圆形的环山路，不要有任何壁垒或凸起。整个山的高度应当是三十英尺，上面要有一个讲究的宴会厅，里面有造型精美的壁炉，玻璃窗不宜过多。

水泉能爽心悦目，但水塘太煞风景，搞得花园既不卫生，又蚊蝇泛滥，青蛙成灾。我认为水泉应有两种，一种是喷水的，一种是盛水的，三四十英尺见方，但是不要养鱼，不要有泥土。第一种泉，现在通用镀金的或大理石的雕像做装饰，效果很好。然而主要的问题是要让水流动，绝对不能让它滞留在蓄水池里，以免水被别的东西污染变绿、变红等，或者聚集苔藓或污烂。除此之外，还得每天有人动手清污。另外，泉下修一些台阶，泉周围地面铺砌有致也是可取的。至于第二种，我们不妨把它叫做"浴池"，它可以反映出人们的好奇心和审美观，我们就不必费神细说。总之，池底要铺砌精美，还要带图案，池边也要如此办理，并用彩色玻璃和类似的光彩夺目的东西装饰，周边还要以低矮的雕像做围栏。然而主要的问题仍然是我们在谈前一种喷泉时提到的，那就是水必须长流不止，水源必须比水池高，用一些美观的喷头把水注入水池，然后通过一些大小相同的水孔把水从地下排走，使水不会滞留。至于一些精巧的设计，如喷出的水画一道弧线而不飞溅、让水用各种各样的形式喷起（羽毛状、酒杯状、华盖状等），这些毕竟是供人观赏的景泉，不是健体颐神的矿泉。

至于我们的园林的第三部分，草莽，我希望把它尽量布置成浑然天成的荒野。里面不能有树，不过要有一些只用多瓣蔷薇和忍冬构成的灌木丛，还要有一些野葡萄混杂其间。地面上要有香堇、林石草和月见草，因为这些草芳香宜人，在阴凉处长得很茂盛，在草莽里这里一簇，那里一撮，不要有什么次序。我也喜欢鼹鼠丘那样的小土堆（就像在野草莽中的情况那样），有的上面长百里香，有的上面长石竹，有的上面长石蚕，它开的花非常悦目，有的长常春花，有的长香堇，有的长草莓，有的长黄花九轮草，有的长雏菊，有的长红玫瑰，有的长铃兰，有的长红石竹，有的长嚏根草，以及诸如此类的虽不名贵，但芳香好看的花草。一部分土堆顶上应种植直立灌木，一部分则不要，所谓茎干直立的灌木指玫瑰、桧柏、冬青、熊果（不过稀稀拉拉点缀一些，因为它们的花香浓郁扑鼻）、红醋栗、猕猴桃、迷迭香、月桂、多花蔷薇等，然而这些直立灌木要常剪，不能长得出了格。

至于两侧的隙地，应当有大大小小的幽径纵横交错，要有充足的阴凉，有些小径完全避开阳光。有一部分还要避风，尽管狂风劲吹，你却像在闲庭信步；前面那些遮阳的道路的两头同样要用篱墙堵上，以便避风；而后面这种封闭式的小径必须用卵石精心铺砌，不能长草，以免露水打湿人的鞋袜。在许多小径边上，应栽植各种果树，靠墙或独自成行均可。一般还要注意，你栽种的果树林，边缘要美观，要宽阔，要低矮，不要大起大落，还要点缀一些奇花异卉，但花要稀疏，以免把树的养分吸走。在两侧空地的顶头，应当有一个高度相当的小山，人站在山上，围墙的高度刚好齐胸，可把周围的田野尽收眼底。

至于主园，我并不反对两旁要有一些漂亮的道路，有果树夹道，并且有一些漂亮的果树林和设有座位的凉亭，排列有序。然而这些千万不可太密，务必使主园不要显得局促、闭塞，而要气流畅通无阻。至于荫凉，我看你还得依赖两侧空地的道路，如果你高兴，在那里大热天完全可以漫步，可是主园只能在温和的季节里流连，酷暑季节只能在晨夕或阴天赏玩。

我倒不喜欢设养鸟场，除非它大得地上可以铺草皮，里面可以种草木，鸟儿有更大的活动空间，可以自行营巢定居，而且场地上不会有鸟粪堆积。

这样，一个王家园林便初具规模了，我时而议论，时而勾画，它不是一个模型，而是一个总的轮廓。在这方面，我是不惜工本的，因为对王侯公卿而言，花几个钱不算什么。他们由于主要听取工匠意见，把他们的东西拼凑到一起，钱也没有少花，有时候还要加上雕像之类的东西图个堂皇排场，但这跟一座园林的真正乐趣相比，实在不值一提。

解　析

一、园艺高于建筑艺术。

二、一座好的园林应当：

　　1. 一年月月美景展现；

　　2. 满园香花斗妍。

三、营造一座三十英亩王家式园林的原则：

　　A. 绿地（四英亩）：

　　　　1. 草皮既要赏心悦目，又要走上去舒服；

　　　　2. 周围有一条带篷的装饰性的木工造的小道环绕；

3. 花哨的泥土建造的花坛最好不要;

4. 绿地不可过于芜杂茂密,也不要被刻画得怪里怪气的树木毁了容;

5. 中央应有一座三十英尺高的小山;

6. 水泉有喷水和盛水的两种。

B. 草莽(六英亩)和两个侧园(各四英亩):

1. 应当尽量布置成天然的荒野;

2. 只有灌木,不能有树。

3. 用鼹鼠丘那样的小土堆装点;

4. 侧园:

   (a) 提供遮阳挡风的地方;

   (b) 小径用卵石精心铺砌;

   (c) 栽种各种果树;

   (d) 顶头有一座小山,人站山上,围墙高度齐胸。

C. 主园(十二英亩):

1. 应栽种果树,设置有座位的凉亭;

2. 但不要显得局促、闭塞、多荫;

3. 养鸟场不敢苟同,除非大而自然。

四十七　谈协商

（1597 年作　1612 年增订　1625 年略作改动）

一般说来，口头协商要比书面协商好，第三者斡旋要比亲自商谈强。有时候一个人想得到一份书面回答，有时候一个人过后要出示自己的信件为自己辩护，有时候口头商谈有被打断的危险，并且听不完整，在这些情况下，书面协商可取。有时候，一个人出面会引起对方的敬畏，上级召见下级一般都是这样；有时候情况微妙，一个人一面跟对方说话，一面目不转睛地盯着对方的脸，可以把握说话的分寸。而且在有的地方，一个人想留有否认或解释的余地，在这些情况下，当面协商为宜。

在选择协商代理人时，最好用平实一些的人，因为他们肯办受托的事务，又肯如实汇报办事的结果，而不要用那些狡猾之徒，因为他们总谋算贪天之功为己有，并且汇报时巧言令色，好博得委托人的欢心。也可以用热心办理受托的事务的人，因为这样可以加快办事的进度，还要量才录用，如用大胆的人去规劝，用嘴甜的人去说服，用狡黠的人去探察，用倔犟愚蠢的人去办那种师出无名的事情。在你托办过的事情上总是马到成功的人也要任用，因为这种情况使人信心十足，而且这种人也会尽量维持自己的业绩。

一开始，拐弯抹角探查对方的虚实比单刀直入好，除非你要用干脆利落的问题搞他个措手不及。跟一个胃口正旺的人打交道比跟如愿以偿的人好。如果你跟别人协商办一件事的条件，那么谁打头炮就是问题的关键，可是你又没有理由要求对方，除非事情的性质需要他率先起步，否则你就得说服对方这么干，办法是要么你许诺事成后还要在别的事情上延请他，要么抬举他，说他的诚信名气更大。

一切手段都是为了发现或利用。人们在受到信任、感情冲动、猝不及防，以及在有所需求、既想做一件事、又找不到一个恰当的借口的时候，就会暴露真面目。如果你想利用什么人，你要么得摸透他的性情和作风，以便诱导他；要么得知道他的目的，以便说服他；要么得了解他的弱点和缺欠，以便恐吓他；要么得发现对他有影响的人，以便左右他。跟狡猾人打交道的时候，一定要考虑他们的目的，以便挑明他们的说法；而且最好少说话，要说就说他们最预料不到的。在一切棘手的协商中，不可指望一下种就可收割，而应当对事情有充分准备，让它逐渐成熟。

解　析

一、协商：

　　1. **口头**或**斡旋**，

　　2. 胜于**书面**或**亲身**。

二、而后面这种处理方式仍有长处：

　　1. 用信函，因为：

　　　　(a) 它可得到回复；

　　　　(b) 信函可以保存，以备将来辩护；

　　　　(c) 它可保证连续、完整的陈述。

　　2. 亲身，因为：

　　　　(a) 对于下级，一个人亲自出面受到敬重；

　　　　(b) 一个人容易把握说话的分寸；

　　　　(c) 它留有否认和解释的余地。

三、选定什么人做斡旋代理：

　　1. 平实之人而不是狡猾之辈；

　　2. 热心办理受托的事务的人；

3. 特别适合办该事的人；

4. 在该类事情上以前总是马到成功的人。

四、协商的一般原则：

1. 先仔细试探，再切入主题；

2. 跟有所企求的人打交道；

3. 在有风险的事情上，说服你所需要的人迈出第一步，理由是：

   (a) 事情有需要这么做，或者

   (b) 这样做会保证将来还要延请他，或者

   (c) 他的人格会消除疑虑。

4. 记住协商的目的是：

   (a) **发现**；而人们一般遇到下列情况时会暴露自己：

   受到信任；

   感情冲动；

   猝不及防；

   有所需求。

   (b) **利用一个人**；为此你必须知道：

   (1) 他的性格，以便诱导他；

   (2) 他的希望，以便说服他；

   (3) 他的弱点，以便威慑他；

（4）他的朋友，以便左右他。

5. 跟狡猾人打交道时自己少说话，不要全信他们的话；

6. 在棘手的协商中不可指望马到成功。

四十八　谈随从与朋友

（1597年作　1625年略作增订）

代价很高的随从不会招人喜欢，怕的是一个人拖长了尾巴，却缩短了翅膀。我说的代价高，不单单指那些花钱多的人，而且也指那些讨人嫌、要求多的人。一般的随从提的条件不高，不外乎是寻求支持、推荐和庇护，免受他人欺负而已。拉帮结派的随从最要不得，因为这种人追随你不是因为跟你思想感情一致，而是对别人心怀不满。我们经常见到的要人之间的误会一般是由此引起的。同样，那些好替主人大吹大擂的人，爱惹是生非，由于不能保密，所以经常坏事。他们拿走的是一个人的荣誉，还给他的却是别人的嫉妒。还有一种随从，同样十分危险，因为这种人实际上就是密探。他们刺探主人家的秘密，然后散布给别人，可是这种人往往受人宠信，因为他们十分殷勤，经常互通声气。

一位要人如果有一批跟他同行的随从（如征战过沙场的人有士兵当他们的随从等）从来都是件名正言顺的事情，即便在君主国家里，也是无可非议的，只是不要过于声势浩大就是了。不过众望所归、众心相随的必然是一种懂得使各色人等扬德显才的人。然而，在没有出类拔萃的人选的情况下，与其用那些能干的，还不如用那些过得去的。何况说句实话，在这种世风日下的时代，善于活动的人比聪明能干的人更有用处。

诚然，在行政管理中选用一个档次的人，最好一视同仁，因为破格起用会造成这些人的张狂，引发其余人的不满，因为大家有权要求待遇平等。相反，在罗致宠信上，区别使用、有所选择是可行的。这样做可以使受器重的更加感激，使其余的更加勤奋，因为一切都取决于宠幸。

明智的办法是一开始不要太看重任何人，因为这种分寸很难把握长久。听任一个人的摆布（我们就是这么说的）很不安全，因为这样做就表现出个性软弱，而且容易被人说长道短。那些不肯直接向主人提意见或派不是的人将会更加肆无忌惮地议论得宠的人，从而损害主人的声誉。但被许多人搞得手足无措就更加糟糕，因为这样就使人们屡屡变卦，脑子里只留下最后的印象。

能听取少数几个朋友的忠告总是值得称道的，因为往往旁观者清，当局者迷；不入低谷难显高山。人们常夸的友谊世界上就不多见，平级的人中间友谊更少。也就是说，友谊只存在于上下级之间，因为他们才是荣辱与共、相依为命的。

解　析

一、不招人喜欢的随从：

　　1. 代价很高的随从，因为他们：

　　　　(a) 花钱多；

　　　　(b) 要求高。

　　2. 一般随从，除非他们只指望：

　　　　(a) 支持；

　　　　(b) 推荐；

　　　　(c) 免受他人欺负的庇护。

　　3. 拉帮结派的随从，因为他们招致不和。

　　4. 大吹大擂的随从，因为他们：

　　　　(a) 不能保密而坏事；

　　　　(b) 减少荣誉，增大嫉妒。

　　5. 告密性的随从，因为他们：

(a) 到处扩散秘密；

(b) 格外得宠，因为他们十分殷勤。

二、应当雇用的随从，也就是这样一些人：

1. 跟主人同行；

2. 过得去的，而不是能干的；

3. 特别挑选出来的，因为：

(a) 他们心存感激，而

(b) 其余的更加尽职。

三、雇用随从的一般规则：

1. 一开始不要太看重任何人；

2. 同样避免：

(a) 被一个人的独断左右；

(b) 被很多人相反的意见扰乱。

四、友谊：

1. 听取少数几个朋友的忠告是好的；

2. 真正的友谊一般存在于上下级之间。

四十九　谈求情办事者

（1597年作　1625年增订）

许多坏事都有人接手，私人求情可使公众利益遭殃。不少好事也有人承办，但办事人心怀鬼胎。我指的不仅是心术不正，而且是心计狡猾，原本就存心不想把事情办成。

有些人答应别人的请求，但从不打算一力成全。但如果看见经别人之手事情成功在望，他们倒乐得博取一番谢意，或者蹭得两分谢礼，或者至少在办事的过程中利用一下求情者的希望。有些人之所以接受请求，仅仅是为了跟另外一个人作梗，或者正好借此机会去通风报信，因为正愁找不到适当的借口上门，这一目的达到了，才不管人家托办的事情结局如何。或者在一般情况下，只不过把办别人的事情当做办自己的事情的由头；更有甚者，有的人接受请求完全是为了要把事情办砸，好讨好请托者的冤家仇敌或竞争对手。

毫无疑问，每起求情，可能都有个公道，如果事关双方争执的求情，就有个权衡的公道，如果是简单的求情，就存在奖掖的得当。如果一个人想徇情偏袒理屈的一方，那就让他赏个脸和个稀泥算了，而不要把事情做绝。如果一个人感情用事想奖掖庸才，那就让他去做，而不要诋毁伤害高才。托办的事情，如果不甚明了，不妨请教一个信得过、有见识的朋友，让他说说这样说情是否体面。不过这种裁判要选择得当，否则就会让人家牵着鼻子走。请托办事的人最讨厌拖延和欺骗，因此有些请求一开始就可以干脆拒绝，有些也可以如实讲明成功的希望如何，明白说出除了该给的答谢外，别无所求，这种做法不仅值得尊敬，而且令人感激。请求照顾时，哪个先提无关紧要，就此而言，要考虑请托人对你的信赖，如果他提供的是从别人那里得不到的信息，切不可利用这一信息坑害人家，而应当让他另找门路，这也算是对人家向你交底的补偿。不懂请托的价值是头脑简单，而不明请托中的公正则是没有良心。

求情时保密是成功的一大诀窍，因为事情正在进展时大肆张扬成功在望，可以使某种求情人泄气，但可使另外一些求情人警觉，加紧活动步伐。不过掌握求情的时机是成功的关键。所谓掌握时机，我说的不仅是考虑答应请求的人，而且还指有可能从中作梗的人。物色办事的人选时，宁选最合适的，不选最显赫的；宁选专管具体事务的，不选统管全局的。如果一个人初次求情便遭到拒绝，他表现得既不沮丧，也不愤懑，下次再求，因遭拒而得到的补偿有时跟初次答应的一样。一个人备受恩宠的地方，"多要方能给足"是一条有用的规则，但在情况相反的地方，最好顺着竿儿一点一点往上爬。因为人们一开头也许会贸然拒绝求情者，但不会等到最后又得罪人，又白费了先前给予的好处。人们认为求大人物最便当的莫过于求他写封推荐信。然而，如果信写得理由不充分，那就于写信人的声誉有碍。再没有比有求必应、大包大揽的钻营谋划者更糟糕的了，因为他们对于公共事业无疑是一种毒剂和瘟疫。

解　析

一、不当的请求有以下两种：

　　1. 请求本身就不好，因为可使公众利益遭殃；

　　2. 是由坏人承接的。

二、请求的不当承接人是这样一些人：

　　1. 不打算一力成全；

2. 仅仅为了达到自己的目的。

三、请求接受人的原则：

1. 尽力发现每一种请求的公正性，即这么两种——

   (a) 事关争执的；

   (b) 事关奖掖的。

2. 如果倾向与你的正义感相悖，至少向正义做某种让步。

3. 遇到你不明了的请求，向明了的朋友讨教。

4. 不要用以下办法误导请托者——

   (a) 只是假装承接他的请求；

   (b) 过度地抬高他对成功的希望；

   (c) 对你的帮助希望过多的答谢。

5. 支持请求不按先来后到，而按请求的是非曲直，不要别有用心地利用请求。

四、求情者的原则：

1. 既不可张扬你的请求，也不可张扬请托之事进展的情况，而"要掌握时机"；

2. 选择办事人宁选合适的，不选显赫的；

3. 初次被拒，不要沮丧，也许尔后你会得到同样的照顾；

4. 务必要求大于需求,才能满足需要;

5. 不要因搞一封大人物的推荐信而害事;

6. 决不要用"有求必应,大包大揽的钻营谋划者"。

五十　谈学养

（1597年作　1625年增订）

学养可助娱乐，可添文采，可长才干。助娱乐主要表现在闭门独处之际，添文采主要表现在交际议论之时，长才干则表现在判断理事之中。有一技之长者可以一一处理、判断具体专门的事务，然而总体规划、全面运作则有赖于博学之士。

在学养上耗时过多是偷懒，利用学养添彩过头是矫饰，全凭学养的标准做判断则是学究的怪癖。学养可以完善天赋，而经验又可以完善学养；因为天赋犹如天然草木，需要学养的修剪；而学养的指示，如不受经验规范，则过于枝蔓。天性伶俐者鄙薄学养，土牛木马惊奇学养，唯有智者运用学养。因为学养并不传授自己的用法，而运用则是在学养之外、学养之上、靠留心观察所得的一种智慧。

读书时不可一味批驳，不可轻易相信，不可寻章摘句，而要推敲研究。有些书可以浅尝辄止，有些书可以囫囵吞下，少数书则要咀嚼消化。也就是说，有些书只需读其中的一些段落，有些书只需大体涉猎一遍。而少数的书则需通读、勤读、细读。有些书可以请人代读，再看看人家做的摘要，但这只限于主题不太重要和品味低下的书籍，否则浓缩过的书就像普通的蒸馏水，淡而无味。阅读使人充实，讨论使人灵敏，笔记使人精确。因此，人如果懒于提笔，就必须长于记忆；如果不爱讨论，就需要十分机敏；如果不爱读书，就必须有随机应变的能力，方能显不知为有知。

历史使人明智；诗歌使人韶秀；数学使人缜密；科学使人深沉；伦理学使人庄重；逻辑修辞学使人善辩；"学养终成性格。"[1]不仅如此，神智上的障碍皆可通过适当的学养来根治，恰如身体上的疾病，都有相应的运动来治愈。滚球有益于睾肾，射箭有益于胸肺，漫步有益于肠胃，骑马有益于头脑，如此等等，所以如果有人神思飘忽不定就让他去研究数学。因为在演算证明时稍一分心，他就必须从头再来。如果有的人头脑缺乏辨析能力，那就让他研究经院哲学，因

---

[1] 原文为拉丁文。见古罗马最伟大诗人之一奥维德（前43—公元18）《女英雄书信集》第15篇第83行。

为经院哲学家个个是"剖毫析芒之辈"。如果他不善博闻强记、触类旁通，不善由此及彼进行论证，那就让他去研究律师的案例。所以心智上的缺陷都可以对症下药。

解　析

一、学养的用途：

　　1. 供娱乐——在闭门独处之际；

　　2. 添文采——在交际议论之时；

　　3. 长才干——在判断理事之中。

二、学养的滥用：

　　1. 耗时过多（"偷懒"）；

　　2. 没有必要的卖弄（"矫饰"）；

　　3. 把学养与实践割裂开来（"学究的怪癖"）。

三、学习的原则：

　　1. 读书要推敲研究；

　　2. 对要读的书区别对待：

　　　　(a) 读一些段落（"浅尝辄止"）；

　　　　(b) 大体涉猎（"囫囵吞下"）；

　　　　(c) 通读细读（"咀嚼消化"）；

　　　　(d) 请人替你做摘要。

3. 谨慎运用:

   A. 不同的学习方法:

   1. 阅读——获得信息;

   2. 讨论——获得灵敏;

   3. 笔记——获得精确。

   B. 各种学科的价值:

   1. 历史——培养智慧;

   2. 诗歌——培养机敏;

   3. 数学——培养缜密;

   4. 科学——培养深沉;

   5. 伦理——培养庄重;

   6. 逻辑学和修辞学——培养斗争能力。

4. 切记学养能治心理疾病,如同运动能治身体疾病一样:

   A. 体育锻炼:

   1. 滚球——有益睾肾;

   2. 射箭——有益心肺;

   3. 漫步——有益消化;

   4. 骑马——有益头脑。

   B. 心理锻炼:

1. 数学——可治飘忽不定的神思；
2. 经院哲学——可治思想混乱；
3. 律师的案例——可治记忆迟钝。

五十一 谈党派

（1597年作 1625年作重大增订）

许多人有一种不甚高明的见解，认为君主治国、要人主事，照顾各党派的利益是行政决策的主旨。其实不然。万全之策要么就是料理那些总体的、各党派一致同意的事务，要么就是一个一个地看人下菜碟，但我并不是说，就可以不考虑党派问题了。地位低下的人在向上爬的过程中，必须有所依附，但是有权有势的要人，最好不偏不倚，保持中立。初入仕途的人，虽然要有所依附，但要有利有节，参加一个最能跟其他党派通融的党派，一般才能官运亨通。

地位低下、势力单薄的党派团结比较紧密，人们常常看到坚决的少数把温和的多数搞得焦头烂额。

党争中若有一派被消灭，剩下的一派就会分裂。卢库卢斯和元老院贵族结成一党（他们称之为"贵族党"）跟庞培和恺撒的党抗衡过一段时期，后来贵族的权威被打垮，恺撒和庞培很快就分道扬镳了。安东尼与屋大维·恺撒对付布鲁图和卡西乌而结成的党派同样也维持了一段时间，但布鲁图和卡西乌被推翻以后，安东尼和屋大维很快就反目为仇了。这些是战争中结党的例子，私党的情况也是如此。因此，一些次要的党徒往往在本党分裂后变成党魁，但也常常变得微不足道而被人抛弃，因为许多人在对抗中才有力量，一旦失去对手，他也就毫无用处了。

经常看到这样的情况：人们一旦得了势，就开始拉拢他们赖以进身的党派的反对派，这些人或许以为原来的好处他们已稳稳掌握在手里，现在该准备捞取更多的好处了。叛党分子容易沾光，因为事情长期处于胶着状态时，只要拉过来一个人就可以使一方获得优势，大家就对他万分感激。在两党中摆平并不总是出于中庸之道，往往是由于自私自利，想达到从双方渔利的目的。在意大利，教皇们把"众人之父"老挂在嘴上的时候就说明人们对教皇总有点怀疑，而且把这种说法看成一种迹象：一个人想把一切统统归因于自己伟大的家世。

君王必须当心怎样才能不偏不倚，不要成为一党一派的成员，在国内结盟总对王权不利。因为党派要提出一项义务以高于对君王的义务,而且使君王"似乎成为我们当中的一员",这从法国的神圣同盟中可见一斑。党争气焰高涨,激烈无比,就是君王软弱的迹象,这对君王的权威和事业都是一种侵犯。君王之下的党派活动应当像天文学家说的小行星的运转一样,它们进行自转,但仍然受"初始动力"这种更高的运转的无声的制约。

解 析

一、 党派的用途,虽然没有被小视,但

1. 不是良政的组成部分;

2. 却是小人向上爬时攀附的助手;

3. 但即使被他们利用,(他们)也得有利有节。

二、 关于党派的一般实情:

1. 地位低下、势力单薄的党派往往坚强并且获得成功;

2. 两派相争,一派的终结往往就是另一派的灭亡。

实例:

(a) 卢库卢斯反对庞培和恺撒的斗争;

(b) 安东尼和屋大维反对布鲁图和卡西乌斯的斗争。

规则: 这种情况一旦发生,次要的党徒或者——

(a) 变成伟人；或者，

　　(b) 变得"微不足道而被人抛弃"。

3. 人一旦得势往往抛弃他们赖以进身的党派；而且一般来说，这是进一步攀升的万全之策。

4. 中立往往是自私自利的标志。

三、君王不应当偏袒党派，而应当像"初始动力"一样维护自己的权力。

五十二　谈礼貌

（1597年作　1625年增订）

凡是笃实的人，必须要有过人的才德，就好像不用装饰的宝石必须非常珍贵一样。如果一个人多加留心，他就会看到人博得赞扬的情况跟生财取利的情况是一样的。常言道出了真理："小利可以生大财。"因为小利来得频繁，大利却偶尔一见。同样的道理，小事情会赢得大赞许，因为小事常有，所以常常引起人的注意，而施展大才大德的机会却像过节一样罕见。因此举止得体会增大一个人的声望，正如伊莎贝拉女王①所言，它是一封永久的推荐书。

要做到举止得体，只要不轻视它就大致可以了，因为不轻视，就会注意别人的举止，其余的就靠自己了，如果处心积虑地要表现一番，反而失去了它的优美；而优美应当是自然而然、不装腔作势的。有些人的举止就像一节诗，每个音节都经过推敲，一个人太斤斤于细节，怎么能理大事？一点不讲究礼貌，等于叫别人对你也不讲礼貌，这就会使别人对你不大尊重。对于生人和拘泥于礼仪的人，礼貌尤其不可忽视。然而一味地讲礼貌，把礼貌捧得比天高，就不仅显得无聊，而且会减少人们对说话人的信任。当然赞语中间是有一种效果好、印象深的表达方法的，如能找到，那就会有特殊的用途。

人在同伴中间肯定受到亲密无间的对待，因此还是严肃一点为好。人在下属中间一定会受到敬重，因此亲密一点才对。如果一个人什么事都醉心于老一套，结果换了场合就惹得别人腻味，就使自己显得太掉价、丢份儿。助人为乐值得称道，但必须表明这样做是出于对别人的关心，而不是为了自己的利益。在支持别人的意见的时候，一般加上一点自己的看法为好。如果你同意他的看法，应当略有一点区别；如果你拥护他的动议，最好附带上一点条件；如果你赞成他的议论，不妨再提一点理由。

人应当注意不要成为马屁精。因为不管他别的方面是怎

---

① 即伊莎贝拉一世(1451—1504)，卡斯蒂利亚王国女王(1474—1504年在位)和阿拉贡王国女王(1479—1504年在位)，她与其丈夫阿拉贡国王费迪南德二世实行联合统治，使两国合并，为统一西班牙奠定基础，曾资助哥伦布航海探险。

样能干，嫉妒他的人肯定会说这是他的唯一特长，有损于他的更大的才德。做事的时候奉命唯谨或过分计较时间场合也是不可取的。所罗门有言："看风的必不撒种，望云的必不收割"①。智者创造的机会比找到的更多。人的举止应当像身上的衣服，不可太紧，不可过于精当，而应宽松一点，便于活动。

解　析

一、举止得体时时有用，就像一封永久的推荐书。
二、举止得体的原则：

1. 应当主要从观察别人的得体举止获得，这样可以显得自然，不装腔作势；
2. 自己不讲究举止会造成别人对你不够礼貌；一味地吹求得体会引起怀疑；
3. 对同级别的要讲礼仪，对下属要亲密；但不要使自己在任何人面前掉价、丢份儿；
4. 支持别人的意见时，应注意维护自己的独立，办法是：

    （a）给别人的意见加一点自己的看法，或者

---

① 见《圣经·旧约·传道书》第11章第4节。

(b) 同意他的意见，却附带一定的条件。

5. 注意不要成为"马屁精"；
6. 让你的举止像身上的衣服宽松合身。

五十三　谈赞扬

（1612年作　1625年增订）

赞扬是才德的反映，然而提供映象的却是镜子或其他物体。如果它来自凡夫俗子，那一般是虚假无用的，赞扬的对象与其说是真有才德的人，不如说是徒有虚名的人。因为许多大才大德，凡夫俗子是不明白的，最低级的才德他们赞不绝口，中等的才德使他们惊讶称奇，最高尚的才德他们浑然不觉。表面文章和貌似才德的假象最投合他们的脾胃。声名恰如一条河，轻而虚者浮，重而实者沉。然而，倘使出身高贵、见识不凡的人交口称赞一个人，那正如《圣经》所言："美名有如香膏。"[①]它香气四溢，却不易消散，因为香膏的芬芳比花卉的芬芳更持久。

赞扬的虚假成分太多，因此人们对它持怀疑态度是有道理的。有些赞扬纯属吹捧，如果他是个一般的吹捧者，他吹的一般是人人皆宜的喇叭。要是他是个狡猾的吹捧者，那他就要效法那吹捧大王，也就是一个人自己了。②一个人自认他在某个方面最高明，吹捧者就在这一点上把他捧上天。如果吹捧者是个厚颜无耻的马屁精，注意！如果一个人感到他在某个方面最不行，觉得自惭形秽，那样一来，这个马屁精偏要硬说他能行，搞得一个人"良心不安"。有些赞扬是出于好意和敬重，那是对君王和伟人的一种应有的礼貌，这是"以赞扬开导"。他告诉人们如何如何，其实是表示他们应当如何如何。有些人表面上最受赞扬，实际上是被人恶意中伤，借此来惹人对他们产生嫉妒之心，"最坏的敌人是谄媚之徒③。"所以希腊人有句谚语："谁被人恶意称赞，谁的鼻子上就生疹子。"我们也说："说谎的人舌头上就会起疱。"当然，适度的赞扬，如果使用适时，而且又不俗气，倒是有好处的。所罗门有言："清晨起来，大声称赞朋友的，就等于诅咒他。"④过分地夸大人或事就会挑起矛盾，招致嫉妒和轻蔑。

自我标榜除了在极少的情况下，都是不得体的。不过称

---

① 参见《圣经·旧约·传道书》第7章第1节："名誉强如美好的膏油。"
② 参见本书《谈友谊》："一个人最大的吹捧者就是他自己。"
③ 培根也许是考虑到塔西佗讲的有关阿格里科拉的话。
④ 参见《圣经·旧约·箴言》第27章第14节。

赞一个人的职务和职业，倒可以做得体面大度。罗马的红衣主教都是神学家、托钵修会修士、经院哲学家，他们对于社会事务言辞不恭，把诸如战争、外交、司法之类的世俗工作统统称之为"Sbirrerie"，也就是"副官事务"，仿佛这些事只不过是副官和助理的事务一样，尽管这些"副官事务"往往比他们的高超的思辨更有裨益。圣保罗在自吹自擂的时候，往往穿插"恕我妄言"[1]，但在谈到自己的职业的时候却说："我要敬重我的职分。"[2]

解　析

一、赞扬只不过是才德的**反映**：

  1. 因此受到赞扬者性格的限制。

  2. 因而"凡夫俗子"的赞扬往往是没有价值的，因为他们——

     (a) 对最低级的才德赞不绝口；

     (b) 对一般才德惊讶称奇；

     (c) 对最高尚的才德无法理解。

二、由于赞扬是一件可疑的事情，因此应当注意它的特点：

---

[1] 参见《圣经·新约·哥林多后书》第11章第21、23节。
[2] 参见《圣经·新约·罗马书》第11章第13节。

1. 吹捧者的赞扬是:

    (a) 平凡的;

    (b) 狡猾的;

    (c) 无耻的。

2. 真心敬仰者的赞扬也许对受赞扬的人有开导作用。

3. 居心不良的赞扬往往是灾难性的。

4. 自我标榜是不得体的,但赞扬自己的职业往往显得"体面大度"。

五十四　谈虚荣

（1612年作）

　　伊索的构思实在美妙，——苍蝇坐在战车的轮轴上说："我扬起的尘土多大呀！"有些爱慕虚荣的人正是这样，无论什么事情，不管是自行产生的，还是由其他更大的动因驱动的，只要他们一插手，他们就认为是他们促成的。爱吹牛的人一定爱闹派性，因为口出狂言总要依赖比较。要夸海口就必然言行激烈；这种人也不能保密，因此办事就不会牢靠；按照法国的谚语说，就是"声音大，成果小"。

　　然而，在政治事务中这种品性倒有一定用处：因为在这种场合，需要制造一种大才大德的好名声，这些人就是很好的吹鼓手。而且，正如李维在安条克①和埃特利亚人那里所注意到的那样，有时候互相矛盾的谎言是有奇效的。例如，一个人在两个君主之间游说，要引诱他们联合起来对付第三方，便竭力向一方虚张另一方的声势；有时候一个人在两个人之间斡旋，向一方吹嘘他在另一方的影响，从而在两个人心目中提高自己的威望。在这一类事件中往往能在虚中务出实来；因为谎言足以产生见解，见解可以带来实质性的结果。

对军官和士兵而言，虚荣心则是一种不可或缺的东西。铁可以把铁磨利，同样，借助于虚荣，勇气也是可以互相磨利的。从事花销多、风险大的事业时，掺杂一些虚荣心强的人，的确能给事业注入活力。而生性稳重、头脑清醒的人发挥的则是压舱物的作用，而不是风帆的功能。学问的声名若不装点几根炫耀的羽毛，飞起来就十分缓慢。"那些著书立说贬斥虚荣的人还是把自己的名字写在扉页上。"[②]苏格拉底、亚里士多德和盖伦[③]都是爱炫耀的人。虚荣确实能帮助一个人青史留名；而才德从来不曾完全仰仗人性、落到间接接受自己应得的东西的地步[④]。西塞罗、塞内加、小普林尼

[①] 即安条克三世(前242—前187，前233—前187年在位，叙利亚塞琉西王国国王)。布匿战争结束时，当时流亡的迦太基大将汉尼拔于公元前192年在以弗所拜见了他，极力说服他与罗马为敌。与此同时，埃特利亚人也派使者拜见安条克，敦促他干预希腊事务。使者陶阿斯的谎话促使安条克不顾汉尼拔的忠告，移师入侵希腊，结果导致了叙军在马格尼西亚的惨败。
[②] 原文为拉丁文。语出西塞罗《图斯库卢姆辩》第1章第15节。
[③] 盖伦(129—199)，古罗马医师、语言学家和哲学家。他从动物解剖推论人体构造，用亚里士多德的目的论阐述其功能。
[④] 试比较下一篇(《谈荣誉和名声》)第1句。

培根随笔 | 279

的声名之所以永世长存，也是与他们自己的虚荣心分不开的。虚荣心就像油漆，不仅使屋内八面生辉，而且让它历久常新。

然而在此期间，我说的虚荣并不是指塔西佗所说的穆西亚努斯的品质："一个能用某种技艺突显自己的一切言行的人。"[1]因为虚荣并非出自虚荣心理，而是出自天生的豁达与谨慎；甚至在某些人身上，不仅显得得体，而且优雅。道歉、谦让、谦虚本身，如果掌握得当，都不过是炫耀之术。而在这些技术中，没有一个比小普林尼说得更加高明的了，如果别人正好有自己的所长，那就放开手脚赞扬别人，因为，小普林尼说得极其巧妙："你赞扬别人的时候其实是给自己讨公道，因为你所赞扬的人在你所赞扬的方面，不是比你强就是比你差。要是比你差，如果他应当赞扬，那你就更该赞扬了；如果比你强，要是他不该赞扬，你就更不应当赞扬了。"

虚荣的人为智者鄙视，受愚人钦羡，是寄生者的偶像，也是他们自吹自擂的奴隶。

---

[1] 原文为拉丁文。引自塔西佗《历史》第2卷第80章。穆西亚努斯是一个很有名气的古罗马将军和修辞学家，生活在奥托皇帝(32—69，69年1月—4月在位)和维特利乌斯皇帝(15—69)时代。

解　析

一、虚荣的人必然：

1. 爱闹派性；

2. 言行激烈；

3. 喧哗吵闹。

二、然而虚荣也有用处：

1. 在政治事务中——创造"好名声"，甚至用互相矛盾的谎言；

2. 在军事事务中——它给"花销多，风险大的事业"注入活力；

3. 在学问上的——例子有：

   苏格拉底，
   亚里士多德，} 都是**"爱炫耀的人"**。
   盖伦，

   西塞罗，
   塞内加，} 都有一些虚荣。
   小普林尼

三、然而有用的虚荣：

1. 并非出自虚荣心理，而是出自豁达；

2. 显得得体,优雅。
四、虚荣的人:
1. 为智者鄙视;
2. 受愚人钦羡;
3. 是寄生者的偶像;
4. 也是他们自吹自擂的奴隶。

五十五　谈荣誉和名声

（1597年作　1612年删除　1625年重印）

赢得荣誉只不过是一个人才德与价值的原原本本的显露，因为有的人做事就一心追求荣誉和名声。这种人别人口头议论的多，但心里佩服的少。有的人则恰恰相反，他们竭力遮掩自己的才德，所以受到别人的轻视。

如果有人做的事前人没有尝试过，或者尝试过又半途而废，或者完成了却遭到周围的冷遇，有人却步别人的后尘完成了一件难度更大或功效更好的事业，那么，前者赢得的荣誉就应当更多。如果一个人能把自己的行动充分调和，以致用其中某个行动使方方面面的人都称心如意，那喇叭就会吹得更响。有的事办砸了臭名远扬，办成了风光有限，谁若办这种事，谁就不懂珍惜荣誉。战胜他人争得的荣誉就像切割成多面体的宝石，光彩最为夺目。所以要让一个人乐于压倒竞争对手去争荣誉，如有可能，偏要在名家的本行里战胜名家。谨言慎行的随从和仆人能帮助主人名声大噪，"一切名声出自家仆"。嫉妒是荣誉的溃疡，若要将它彻底根除，只有一个办法，那就是宣称自己的目的是建功而非出名，并把自己的成功归因于神助或幸运，而不是自己的才德和策略。

君王的荣誉真正排序如下：第一等是**"开国之君"**，如罗穆卢斯①、居鲁士、恺撒②、奥斯曼③、伊斯梅尔。第二等是**"立法之君"**，也可以称第二开国君王，或**"万世之君"**，因为他们作古后仍靠他们的法令治国。如利库尔戈斯④、梭伦、查士丁尼⑤、埃德加⑥，制定《七章法典》的英明的卡斯蒂利亚王阿方索⑦。第三等是**"解放之君"**，或称**"保国之君"**，那些解除了内战的长期苦难，或者把国家从异族或暴君的奴役下

---

① 传说中的罗马城的建立者，"王政时代"的第一个国王。
② 即居鲁士二世(约前599—约前530)，波斯阿契美尼德王朝的开国君主。
③ 即奥斯曼一世(1258—约1326)，土耳其奥斯曼帝国的创建者。
④ 利库尔戈斯，传说中古代斯巴达的法典制定者。
⑤ 查士丁尼一世(483—565)，拜占庭皇帝(527—565年在位)，主持编纂了《查士丁尼法典》。
⑥ 埃德加(? —975)，英国国王(959—975年在位)。
⑦ 卡斯蒂利亚王国是11—15世纪时伊比利亚半岛中部卡斯蒂利亚地区的封建王国，在阿方索十世(1221—1284)统治时期(1252—1284)在科学文化上有很大发展。在阿方索十世亲自领导下，编成了著名的《卡斯蒂利亚法典》，又称《七章法典》。

解救出来的国君，如奥古斯都·恺撒、韦斯巴芗、奥勒利安①、狄奥多里克②、英王亨利七世、法王亨利四世。第四等是**"扩国君"**或称**"卫国君"**，那些在光荣的战争中扩张领土，或抵御侵略者的君主。最末一等是**"国父"**，即那些治国有道，在自己有生之年造成太平盛世的君主。后两等不必举例，因为这种君主人数太多。

臣民的荣誉等级如下：首先是**"为主分忧之臣"**，也就是君王委以重任的人，我们称之为君主的**"右手"**；其次是**"战将"**，即伟大的统帅，辅佐君王立下赫赫战功的人；第三等是**"宠臣"**，只以能慰君而不害民为限；第四等是**"能臣"**，即在君王之下身居高位，处理政务成效卓著的人。

还有一种荣誉，可以跻身于最高荣誉之列，但是非常罕见，那就是为了国家的利益可以万死不辞的人，如雷古卢斯③和德西乌斯父子④。

---

① 奥勒利安(约215—275)，古罗马帝国皇帝(270—275年在位)。恢复罗马帝国的统一，征服巴尔米拉，赢得了"世界光复者"的称号。
② 狄奥多里克(455—526)，意大利东哥特王国的创建者(493—526在位)。
③ 雷古卢斯(？—前250)，古罗马将军和政治家，公元前267年和前256年两度任执政官。第一次布匿战争中被迦太基人生俘，后被假释遣返罗马议和，劝告元老院拒绝接受敌方条件，回迦太基后被折磨致死。
④ 德西乌斯，古罗马执政官。他于公元前341年在对萨莫奈人的战争中为国献身。其子和他同名，也是罗马执政官，在公元前295年对高卢人的战争中效法父亲为国捐躯。最后罗马人获胜。

培根随笔 | 285

解　析

一、真正的荣誉的赢得是追求荣誉与遮掩荣誉之间的一种折中。

二、赢得荣誉的原则：

　　1. 首先建立某种伟大的功业；

　　2. 努力使方方面面的人都称心如意；

　　3. 避免做办砸了会臭名远扬的事；

　　4. 努力在竞争中获得荣誉；

　　5. 利用谨言慎行的随从和仆人；

　　6. 宣称自己的目的是建功而非出名；

　　7. 把自己成功的荣誉归因于神助。

三、荣誉的等级：

　　A. 君王中间的：

　　　　1. 开国之君；

　　　　2. 立法之君；

　　　　3. 保国之君；

　　　　4. 扩国与卫国之君；

　　　　5. 贤明公正之君。

　　B. 臣民中间的：

1. 为主分忧之臣；
2. 大将；
3. 宠臣；
4. 能臣；
5. 但最大的荣誉是自我牺牲的荣誉。

五十六　谈司法

（1612年作）

法官应当记住，他们的职责是 jus dicere，而不是 jus dare，即解释法律，而不是制定法律或颁布法律。不然，其职责就会像罗马教会所声称拥有的那种权威。因为罗马教会以解释《圣经》为借口肆意添加篡改，宣布他们从中找不到东西，貌似博古，实则标新。法官应当学识渊博，不应当心眼活泛；应当德高望重，不应当哗众取宠；应当小心谨慎，不应当刚愎自用。至关重要的是，刚正不阿是他们的当行本色。律法说："挪移地界的，必受咒诅。"①挪移界石的固然不对，然而不公的法官把地产的界限划错了时，则是挪移界石的主犯。一次错判比多次犯案为害更大，因为后者只不过污了流，而前者却是秽了源，所以所罗门有言："义人在恶人面前退缩，好像趟浑之泉，弄浊之井。"②

法官的职责与诉讼双方、与辩护律师、与手下的司法官员、与上面的君主国家都有关系。

首先谈与诉讼的案件或诉讼双方的关系。《圣经》上说:"有的人使公平变为苦艾。"③确实也有人把公平变为酸醋,因为不公使审判变苦,拖延则使审判变酸。法官的主要责任是灭暴除诈,暴力在明火执仗时更为有害,而欺诈在秘密伪装时更为险恶。此外还要加上一些拌嘴抬杠的口舌官司,它们应当作为法庭的食积而吐掉。法官应当为公正的判决铺平道路,就像上帝通常填沟削山为自己铺平道路一样。④所以诉讼中若有一方采用高压手段,栽赃诬告,撒刁取势,串供惑众,权势大,律师强,在这种时候法官若能使不平化为公平,方能显示出他的才德,他能把审判根植在一片平地上。"扭鼻子必出血",⑤葡萄压榨机压得太狠,就会造出一种涩酒来,带一股葡萄核的味道。法官必须小心谨慎,不可作强词夺理的解释、牵强附会的推断,因为没有比

---

① 参见《圣经·旧约·申命记》第 27 章第 17 节:"挪移邻居地界的,必受咒诅。"
② 参见《圣经·旧约·箴言》第 25 章第 26 节。
③ 参见《圣经·旧约·阿摩司书》第 5 章第 7 节:"你们这使公平变为茵陈,将公义丢弃于地的。"
④ 参见《圣经·旧约·以赛亚书》第 40 章第 4 节:"一切山洼都要填满,大小山冈都要削平,高高低低的要改为平坦,崎崎岖岖的必成为平原。"
⑤ 原文为拉丁文,参见《圣经·旧约·箴言》第 30 章第 33 节。

对法律的曲解更坏的曲解了。尤其在刑法中法官们应当小心，千万不可把旨在警戒的东西变为严刑峻法。不能把《圣经》上说的那种"网罗之雨[①]"下到百姓头上。因为强施刑法就是把"网罗之雨"下到百姓头上。所以刑法如果长期没有施行，或者不合目前实情，明智的法官就应当限制施行：

> 法官的职责不仅是考虑事实，而且要考虑事实的环境，等等。

在人命关天的案件中，法官（在法律允许的范围内）公正执法时应当不忘慈悲，应以严厉的眼光看事，以慈悲的目光看人。

第二，关于法官与控辩双方的律师的关系。耐心、严肃地听取陈述是司法的一项基本条件，多嘴多舌的法官不是大响的钹[②]。法官把到时候可以在法庭上听到的事情先打听出来，或者过早地打断证词或律师的陈述，以显示自己敏察，或者用问题，哪怕是与案件相关的问题，阻挠控诉，都是不

[①] 参见《圣经·旧约·诗篇》第11篇第6节："他要向恶人密布网罗，有烈火、硫磺、热风作他们杯中的份。"
[②] 参见《圣经·旧约·诗篇》第150篇第5节："用大响的钹赞美他，用高声的钹赞美他。"

得体的表现。法官审案有四项职责：一，指示取证；二，节制冗长、重复或与案情无关的陈述；三，总结、选择、核对已经做过的陈述的要点；四，做出裁决或判决。如若超出了上述职责，就算越轨行为，要么是由于好出风头，喜欢多言，要么是因为没有耐心听取申诉，要么是因为健忘，要么是由于有时注意力不够集中。看到律师大胆放肆竟然能叫法官折服，这实属咄咄怪事。其实，法官应当效法上帝，因为他们坐的就是上帝的位置，而上帝恰恰是除暴安良的。然而更为奇怪的是，法官竟然有名闻遐迩的得宠律师，这就难免会哄抬律师酬金，还有招致邪门歪道之嫌。如果律师办案有方，辩护得体，法官对这样的律师给予表扬倒也合乎情理，尤其是表扬败诉一方的律师。因为这样能维持律师在他的委托人心目中的名望，而且打消委托人自以为是、稳操胜券的念头。而有的律师为人狡猾，对大事疏忽大意，对问题一知半解，辩护中或咄咄逼人，或强词夺理，对于这种律师当众给予适当的批评也是顺理成章的。不能让律师在法庭上跟法官展开舌战，也不能让他在法官做出判决后又随心所欲地重提此案。话又说回来，法官也不可对案件迁就，也不可给一方任何口实，说他的辩护人的意见或者证人证词法官没有听取。

第三，关于法官和书记员、办事员之间的关系。法院是一块神圣的地方，所以不仅法官的座席，就是放置法官座席的台子，办事员侍立的地方，法官席前面的空地，也应当一尘不染，没有丑闻腐败的容身之所，因为《圣经》上说："荆棘或蒺藜上是摘不出葡萄来的。"①在搜刮盘剥成性的书记员和办事员的荆棘丛中司法也肯定结不出甜美的果实。办事员中容易产生四种坏人：第一，有些人煽风点火，鼓动人们打官司，结果将法院撑坏，把国家耗干；第二种人把法院拖进权限之争中去，这种人其实不是法院的朋友，而是法院的蠹虫，因为他们为了自身的蝇头小利，把法院吹得神乎其神，超出了它的权限；第三种人可以看成法院的左手，这种人诡计多端，能把法院的正道变歪，把司法引入邪道迷宫；第四种人堵截勒索诉讼费，人们通常把法院比作灌木丛，羊跑进去躲避狂风暴雨，难免要损失一部分羊毛。看来这种比喻并非没有道理。从另一方面讲，一名老书记员由于精通惯例，办事谨慎，通晓法院事务，则是法院的一把好手，往往能给法官指点迷津。

第四，关于法官与君王、国家的关系。法官应当首先牢

---

① 参见《圣经·新约·马太福音》第7章第16节："荆棘上岂能摘葡萄？蒺藜里岂能摘无花果？"

记《罗马十二铜表法》的结论:"人民的安全才是最高的法律。"[①]而且应当知道,法律若不以此为目标,那就只不过是拿捏人的工具,是没有神灵启示的神谕。因此君王、政府常常与法官协商,法官与君王、政府协商,则是一国的幸事。前者在法律事务牵涉国家事务时进行,后者在国家事务牵涉法律事务时实施。因为在很多情况下,诉诸法律判决的事情虽是我的、你的之类的私事,而判决的前因和后果可能要涉及国事。我指的所谓的国事,不仅仅是君权的事务,而且是引起任何重大变革和危险先例的事情,或者明显地关系到一大部分人的事情。而且任何人不可轻率地认为公正的法律和切实的政策背道而驰,因为二者就像精神与筋肉,是相辅而行的。法官还要牢记,所罗门的宝座两边是由狮子抬着的。[②]法官应该当狮子,但必须是宝座下的狮子,小心谨慎,对君权不要构成丝毫的阻碍或对抗。法官也不可对自己的权利茫然无知,以致认为手里连明智地运用法律这一主要职责都没有。他们也许记得: 使徒对于一种比他们的法律

---

① 古罗马共和国时代制定的最早的成文法典。因传说刻在 12 块铜表上,于公元前 451—前 450 年通过,立于广场公之于众而得名。引文出自西塞罗的《论法律》第 3 章第 8 段。
② 参见《圣经·旧约·列王纪上》第 10 章第 19~20 节:"宝座有六层台阶,座的后背是圆的,两旁有扶手,靠近扶手有两个狮子站立。六层台阶有 12 个狮子站立,每层有两个,左边一个,右边一个。"

培根随笔 | 293

更大的法说过一句话："我们知道律法原是好的,只要人用得合宜。"①

解　析

一、法官的职责是:

　　1. 解释法律,不是制定法律。

　　2. 因此法官的品格应当是:

　　　　(a) 学识渊博;

　　　　(b) 德高望重;

　　　　(c) 小心谨慎;

　　　　(d) 刚正不阿。

二、法官的关系——

　　A　对于诉讼双方:

　　　1. 应当努力做到公正及时。

　　　2. 压制诉讼双方的——

　　　　(a) 暴力;

　　　　(b) 欺诈;

　　　　(c) 拌嘴抬杠。

　　　3. 应当避免"强词夺理的解释和牵强附会的

---

① 原文为拉丁文。见《圣经·新约·提摩太前书》第1章第8节。

推断"。

B. 对于控辩双方的律师：

1. 应当耐心、严肃，记住自己的职责是——

    (a) 指示取证；

    (b) 节制陈述；

    (c) 总结案情；

    (d) 做出"裁决或判决"。

2. 但不应当让律师牵着鼻子走。

3. 应当在适当的时候表扬律师，必要的时候批评律师。

C. 对于书记员和办事员：

1. 应当驱除丑闻、腐败。

2. 制止下列人员——

    (a) 煽风点火，鼓动人们打官司者；

    (b) 把法院拖进权限之争中去者；

    (c) 企图玩弄诡计把司法引入邪道者；

    (d) 堵截勒索诉讼费者。

3. 但应当尊重谨慎、博学的官员。

D. 对于君王和国家：

1. 应当为人民的利益经常与君王协商；

2. 记住私人事务常常造成社会后果；
3. 尽管法官应当是狮子，但他必须是**抬举王位的狮子**；
4. 他们应当努力合法地运用法律。

五十七　谈愤怒

（1625年作）

力争消灭愤怒，这只不过是斯多葛派的豪言壮语。我们则有更高明的神示："生气归生气，但不要犯罪，不可含怒到日落。"[1]愤怒必须在程度和时间两方面加以限制。我们首先谈谈发怒的性情和习惯怎样才可以得到缓和；其次谈谈怒火中烧时，怎样平息，或者至少不要因发怒而造成恶果；第三，怎样使别人发怒或息怒。

关于第一点，除了仔细考虑发怒的后果，它怎样给生活造成麻烦，别无他法。这样做的最好时机就是当怒气全消以后，回想一下发怒的情况。塞内加说得好："怒气如倾圮的房屋，它在倒下的地方摔碎。"[2]《圣经》规劝我们："你们常存忍耐，就必保全灵魂。"[3]谁失去忍耐，谁就失去了灵魂。人切不可变成蜜蜂，

——把他们的生命留在伤口上[4]。

愤怒是一种低劣表现,出现在它所主宰的臣民、妇、孺、老、病者的弱点中。人必须当心的一点是,怒气攻心时要表示轻蔑而不可恐惧,这样他就不至于受到严重伤害。做到这一点并不难,只要他掌握住自己就行。

关于第二点,发怒的原因与动机主要有三个。首先,对伤害过于敏感,因为一个感觉不到自己受到伤害的人是不会发怒的。因此脆弱敏感的人常常发怒,他们总是烦心事儿不断,而这些事情,性格坚强一点的人是不大感觉到的。其次,觉察和认识到在这种情况下受到的伤害中充满了轻蔑,轻蔑等于在怒火上浇油,影响跟伤害相当,甚至更胜一筹。因此,人如果敏于发现轻蔑的因素,就常常燃起怒火。最后,认为别人在揭自己人格之短最容易叫人怒火攻心。根治的方法是,按贡萨尔沃[5]常说的那样,一个人应当有"一个更厚实的荣誉防护层"。然而压制愤怒的方法多种多

---

① 参见《圣经·新约·以弗所书》第 4 章第 26 节。
② 引自塞内加《论愤怒》第 1 章第 1 节。
③ 见《圣经·新约·路加福音》第 21 章第 19 节。
④ 原文为拉丁文。引自维吉尔《农事诗》第 4 节第 238 行。
⑤ 贡萨尔沃(1453—1515),西班牙军人,外号"大将军",在国王费迪南和伊莎贝拉对摩尔人的战争中屡建战功,攻克了格拉纳达。

样，最好的还是赢得时间，使自己相信，报复的时机尚未成熟，君子报仇十年不晚，目前只能平心静气，等待秋后算账。

一个人虽然怒火中烧，但为了不惹祸，必须特别注意两点，一是不可恶语伤人，尤其不可用尖酸刻薄、切中要害的言辞（谩骂倒不要紧）；还有，一个人发怒时切不可揭人的老底；因为这样会使他与社会格格不入。另外，切不可一气之下就撂挑子。不管你怎么表示愤懑，千万不要干出无法挽回的事情来。

至于使别人发怒或息怒，主要还在于选择时机。趁别人在最急躁或情绪最坏的时候，激怒他们。再就是搜集（如前所说）一切能找到的材料来增强轻蔑。息怒的两种办法则刚好相反。首先是跟别人谈及一件惹人生气的事情时，选择好时机，因为第一印象十分重要；另外就是尽量说明虽然造成了伤害，但决无轻蔑之意，把它归咎于误会、恐惧、冲动或随便什么原因。

解　析

一、愤怒可以控制，但消灭不了。
二、怎样把它埋在自己心里，只要考虑：

1. 它灾难性的后果；
2. 它的卑劣性质。

三、怎样把它压在自己的心头：

1. 考虑它的原因：

    (a) 过于敏感；

    (b) 怀疑被人有意侮辱；

    (c) 感到别人揭自己**人格**之短。

2. 考虑争取赢得从长计议的时间。

四、怎样防止因愤怒惹祸：

1. 切忌恶语伤人；
2. 发怒时，不可揭他人的老底。

五、怎样使别人发怒或息怒：

1. 惹人发怒的办法：

    (a) 趁别人特别容易发怒的时候招惹他；

    (b) 使他相信受了侮辱。

2. 小心避免这些便可息怒。

五十八　谈事变

（1625年作）

所罗门说："世上无新事。"[①]所以柏拉图有一种见解："一切知识只不过是回忆。"[②]所罗门的说法是，"一切新事全是遗忘"。[③]由此可见，忘川[④]不仅在地下流，也在地上淌。有一位玄妙的占星学家说过这样的话："如果不是两件事是恒定的（一件是恒星彼此永远保持固定的距离，永不靠近，也永不远离；另一件是这种周日运动[⑤]是永远守时的），万事万物皆电光石火，不能有片刻的存续。"毫无疑问，物质不断运动，永无止息。把一切埋进遗忘之中的大裹尸布有两种：洪水和地震。至于大火与大旱，它们不能灭绝人口，只能造成破坏。法厄同的车子仅仅跑了一天[⑥]，以利亚时代三年的大旱也只限于一地，[⑦]人还是活了下来。雷电引起的大火，尽管在西印度屡屡发生，但地区毕竟有限。然而在别

培根随笔　｜　301

的两种毁灭，即洪水和地震造成的毁灭中，需要特别注意的是：幸存下来的人一般都是无知的山民，他们提供不了往昔的情况，所以一切都被遗忘，仿佛没有留下一个人似的。要是你对西印度的人民深入考究一番，他们很有可能是一批比旧世界的人更新或者更年轻的民族，更有可能的是，那里遭到的毁灭不是地震造成的，（埃及僧侣对梭伦讲，大西岛是被一场地震吞没的[⑧]）而是被地区性的洪水淹没的，因为那一带地震很少。可是那里却有一泻千里的大河，相形之下，亚非欧三洲的河川只不过是涓涓细流。他们的安第斯山之类的山脉也比我们的山脉高峻得多。由此可见，西印度人是洪水后幸存下来的人的后代。

---

① 参见《圣经·旧约·传道书》第1章第9～10节："已有的事，后必再有；已行的事，后必再行。日光之下，并无新事。岂有一件事能指着说这是新的？哪知在我们以前的世代早已有了。"
② 柏拉图认为人在出生前已经具有知识，只是在出生以后忘记了，通过某种具体事物就可以回忆起来，这就是他的"回忆说"。
③ 参见《圣经·旧约·传道书》第1章第11节："已过的时代，无人纪念；将来的时代，后来的人也不纪念。"
④ 希腊神话中冥府的一条河流名，饮其水即忘却过去的一切。
⑤ 天体在天球上每一恒星日内，绕667天轴由东向西旋转一周的运动。实际上，这是地球由西向东绕轴自转的反映。
⑥ 法厄同是太阳神之子，他驾其父的太阳车狂奔，险些使全世界着火焚烧，宙斯见状，用雷将其击毙，使世界免遭此难。
⑦ 参见《圣经·旧约·列王纪上》第17章第1节："基列寄居的提斯比人以利亚对亚哈说：'我指着所侍奉永生耶和华以色列的神起誓，这几年我若不祷告，必不降露，不下雨。'"
⑧ 大西岛为传说中的岛屿。柏拉图在《蒂迈欧》篇中提到，最先是一个埃及僧人向梭伦讲这件事的。

马基雅弗利则说，宗派的嫉妒对泯灭事物的记忆起了很大作用（诽谤大格列高利①，说他竭尽全力消灭异教徒的一切古代文物）。我倒没有发现这种狂热起了多大作用，维持了多长时间。因为萨比尼安②一继位，又把原来的古迹文物恢复了。

本文不宜讨论天体的变化。如果世界能延续那么久，柏拉图的"大年③"也许会生效，不过不是个人的新生（因为这是那些认为天体对下界具有比实际上更为准确的影响的人的痴心妄想），而是整个天体的彻底变革。毫无疑问，彗星对事物的总体是有作用、有影响的，然而人们也只是仰望、观察它们的行程，尚不能明察它们的影响，尤其是各个方面的具体影响，也就是说，什么样的彗星，大小如何，颜色怎样，光芒有什么特点，在天空中处于什么位置，持续时间多长，产生了什么样的影响。

我听到过一种无关紧要的说法，我不想叫人轻易放过，而想叫大家略加注意。据说低地国家（我不知道具体的地方）

---

① 即格列高利一世（约540—604），罗马教皇。据说他为了消除异教迷信，曾焚烧了许多古代异教作家的著作，但证据不足。
② 萨比尼安（？—606），格列高利一世死后当选为罗马教皇。
③ 据认为在世界开初后的12954年（有人推算为25920年），所有的星球运行到它开始的位置上，一个新时代即将开始。这种观点是在柏拉图的《蒂迈欧》篇中提出的。

有这样一种说法，每隔三十五年，同一套年景、天气又来一轮，如严寒、淫雨、大旱、暖冬、凉夏等。人们把这种现象叫"本初"。这倒是一件我愿意提到的事情，因为向后推算一下，我发现情况的确有符合之处。

不过还是撇开天象来谈人事吧。人事的最大变革，还是宗教派别的变革。因为这些运转主宰着人的思想。真正的宗教是建立在磐石上的，其余的则在时间的浪头上沉浮。因此，下面谈一谈新宗派的起因，提一点有关的建议，以尽人类判断之绵薄来阻止如此伟大的变革。

人们原来信仰的宗教因内讧而分崩离析之际，神圣的教士道德败坏、丑闻层出之时，世风又是愚昧野蛮的情况下，如果再有一个放肆诡异之人起来倡导，你就可以预料一个新宗派要崛起了。穆罕默德公布他的教义时，这一切条件都已具备。如果一个新教派没有两种特性，那就不要怕它，因为它是传播不开的：一是根除或反对现有的权威——因为没有比这更得民心的了；二是允许人们寻欢作乐，过骄奢淫逸的生活。因为异端邪说（如古代的阿里乌[①]派和现代的阿明尼

[①] 阿里乌（约250—336），古代基督教神学家。311年升为神甫，323年反对三位一体教义，认为圣子也是上帝，与圣父不同性、同体，是从属于圣父的，是受造之物，并认为圣灵比圣子更低一级。他的说法曾赢得不少教徒和教士的拥护，引起基督教内部的严重分歧。

乌①派)虽然对人的思想造成了很大的影响,但是并不能引起国家的重大变革,除非是靠了政治事件的帮助。

培植新宗派有三种方式,一靠异兆和奇迹的力量;二靠雄辩的演讲、高明的规劝;三靠刀剑。至于殉道,我把它归入奇迹之列,因为它似乎超越了人性的力量。我把高超绝伦、令人赞叹的圣洁生活也这样对待。

要阻止新教派的兴起,最好的办法就是:改良弊端,化解小的分歧;采取怀柔政策,不可血腥镇压;招安擢升头目,使他们群龙无首,而不能用暴烈毒辣的手段激怒他们。

战争中的形势更是变化多端,然而主要表现在三个方面:一是战争的地点或舞台,二是武器,三是战略战术。古代的战争似乎大多是由东向西打,因为波斯人、亚述人、阿拉伯人、鞑靼人(他们都是侵略者)都是东方民族。诚然,高卢人是西方民族;然而我们从史书上读到的他们的侵犯只有两次,一次是侵犯加拉太②,一次是进犯罗马。不过东方和

---

① 阿明尼乌(1560—1609),荷兰基督教神学家和荷兰归正会牧师,1603年任莱顿大学神学教授。他认为加尔文关于"人为善作恶及灵魂终将得到救赎与否均由上帝预定"的观点是不合理的,并对预定论做出新的解释,认为上帝本意是要人人都悔改得救,但在永恒中早已预见到谁终将改恶从善,谁将会永不悔改;就此意义而言,才能说上帝已在永恒中预定了所有人的结局。他的学说对17世纪以后英国清教徒运动中的一些宗派内部的分化产生了一定影响。

② 罗马帝国的一个省。是古代安纳托利亚(现在的土耳其)中部高地的一个地区,位于小亚细亚的中部。

西方并没有明确的分界线,所以战争的方向也不好确定是从东到西,还是从西到东。然而南北却是固定的,很少甚至从来没有见到过南方的民族侵略北方民族的事,相反的情况却屡见不鲜。由此可见,世界的北方地区是天然的尚武地区。这也许与北半球的星座或者北方都是大陆有关。而南方,据我所知,几乎是一片汪洋。要不,显而易见的是与北方的寒冷气候有关,这种气候,即便不加训练,也能使人体格坚强,血气刚烈。

一个强大的国家或帝国到了分崩离析、风雨飘摇之际,就是战争爆发之日。因为庞大的帝国鼎盛之时,总是把它所征服的本地人的武装削弱或消灭,让他们完全依赖帝国兵力的保护。但帝国一败落,一切都土崩瓦解,自己也成了鱼肉,任人宰割。罗马帝国覆灭时正是这种局面,查理大帝①之后的日耳曼帝国同样如此,群雄竞起,各自为政。西班牙如果分裂,也免不了同样的下场。国家的大扩张、大合并也会引发战争。因为一个国家势力过大时,它就像洪水,泛滥便在所难免。罗马、土耳其、西班牙等国的情况是有目共睹的。注意,如果世上野蛮民族几乎绝迹,那么人们除非掌握

---

① 也称查理曼(约742—814),法兰克国王,800年称帝,通过征服最后建立了控制西欧大部分地区的大帝国。他死后不久,帝国即告分裂。

谋生之道，否则就不肯结婚生育（目前几乎世界各地都是这样，只有鞑靼地方除外），那就没有人口泛滥的危险。然而如果已经人满为患，还在一个劲地繁衍，而且不去预谋求生之道，那么这个民族不出两代就必然会把一部分移入他国。古代北方民族通常用抓阄的办法来处理，看哪一部分人应居留故土，哪一部分人该外出闯荡。一个好战的国家变得柔弱之时，战争就在所难免。因为，这一类国家到了衰颓的阶段往往变得非常富有，于是这块肥肉在招引一场战争，而他们斗志的低落也在鼓励别人打一场战争。

至于武器，几乎可以说无章可循，然而我们还是可以看出它们也是有变革的，因为有一点是肯定的：当大炮在印度的奥克西德拉克斯城使用的时候，马其顿人[①]管它叫雷电和魔法。而大炮已经在中国使用了两千多年，这也是人所共知的。武器的特性和改进应注意以下几点：一、射程远，只有这样才能避开危险，大炮和火枪的情况就是这样；二、火力大，在这一方面大炮的确超过了所有的攻城槌和古代发明；三、使用方便，各种气候都照用不误，携带方便，操作简单等。

至于战略战术，起初人们完全依赖人数，他们同样使战

---

① 这里指马其顿王朝的亚历山大大帝（870—913）。

争主要取决于力量和勇敢，定好时间，选好战场，在平等条件下决一雌雄，不大懂排兵布阵。后来人们明白兵不在多而在精，便开始占据有利地形、用计诱敌、声东击西，等等，排兵布阵也比较得法了。

国家在青年时代，武功昌盛，一到中年，学术兴旺；然后文武共荣一个时期；到了没落的年龄，发达的则是工艺和商业了。学术开始时仅仅是它的婴儿期，几乎显得幼稚，到了青年时代便朝气蓬勃，一进壮年则厚积薄发，最后步入暮年便逐渐枯竭。然而变迁的转轮不宜看得太久，它会使我们头晕眼花。至于变迁的历史，那只不过是故事轮回，本文不宜探讨。

解　析

一、一切知识只不过是回忆；所以逆命题也成立。所有显见的毁灭只不过是变化和遗忘。

二、造成遗忘的——

　　（a）大多是：

　　　　（1）洪水（美洲）；

　　　　（2）地震。

　　（b）少数是：

(1) 大火；

(2) 大旱。

(c) 很少是：

宗派斗争(大格列高利和萨比尼安)。

三、天体变革：

1. 整个天体的彻底变革或许可以造成一次过去事件的重现；

2. 彗星的影响应当仔细观察；

3. 据认为每隔三十五年同一种天气的重复应当注意。

四、人事变革：

A. 宗教中——

1. 派别的起因：

(a) 宗教内讧；

(b) 神圣的教士道德败坏，丑闻层出；

(c) 世风愚昧、野蛮。

2. 宗派强化的原因：

(a) 希望取代或反对现存权威；

(b) 允许人们过骄奢淫逸的生活。

3. 培植宗派的力量：

(a) 异兆和奇迹；

(b) 雄辩和明智；

(c) 刀剑。

4. 阻止宗派的方法：

(a) 改良弊端；

(b) 化解较小分歧；

(c) 怀柔政策；

(d) 招安擢升头目。

B. 战争中：

1. 战争的地点。

(a) 一般由东向西移动（例外——高卢人侵犯加拉太和罗马）；

(b) 很少从南向北移动；

(c) 在下列情况发生后出现：

(1) 国家分崩离析；

(2) 人口急剧增加；

(3) 国家衰颓。

2. 武器：

(a) 大炮远远胜过攻城槌。

(b) 它的优势在于：

(1) 射程远；

(2) 火力大；

(3) 搬运方便。

3. 战略战术：

(a) 起初人们依赖人数众多；

(b) 现在依赖精兵和精当的战略；

(c) 国家在青年时代武功昌盛，一到中年学术兴旺，没落阶段工艺和商业发达。

新工具论(节译)

〔论假象〕

五　十

然而，人类理解力的最大障碍和歪曲还是由于感官的麻木迟钝、机能不全和错觉引起的；这是因为触动感官的事物压倒了不直接触动感官的事物，尽管后者更加重要。因此就出现了眼不见者心不念的局面，甚至于对看不见的事物很少观察或者根本不去观察。所以说，封闭在有形的躯体里的一切精神的作用就始终隐藏着，人们不予理会。因此，粗陋的物质中的一切细微的形态变化（一般称之为改动，其实是在极小的空间里的位置的移动）同样没有人注意到。然而，如果不把上述的两种事物探查出来，予以曝光，就功效而言，是不会取得实质性的伟大成就的。而且，普通空气的基本性质，以及比空气更为稀薄的一切物体（为数很多）的基本性质几乎无人了解。因为感官本身就是一种不牢靠、易出错的东西；况且把感官放大或使之敏锐的工具也帮不了多大忙；然而，对自然的比较真实的解释，借助于贴切的事例和实验是可以做到的。因为在这种情况下，感官只决定触及实验，而实验则决定涉及那本质的要点和事物本身。

五十一

人类的理解力按其本性倾向于抽象，而且容易给转瞬即逝的事物赋予一种实质。然而把自然化解为抽象比把它切割为部分更远离我们的目的。德谟克利特①学派曾经就是这么做的，因为它比别的学派对自然的探讨更为深入。我们关注的对象应当是质料，而不是形式，也就是质料的结构和结构的变化、单纯的活动、活动或运动的规律；因为形式只是人类思想的虚构，除非你硬要把那些活动规律叫作形式。

五十二

上述情况都是假象，我称之为"部落假象"；它们产生

---

① 德谟克利特（约前460—约前370），古希腊哲学家，在宇宙原子论的发展方面占重要地位。

的原因或者是因为人类精神这种实体千篇一律，或者是因为它具有先入为主的看法，或者是因为它的狭隘，或者是因为它无休止的运动，或者是因为掺杂了感情色彩，或者是因为感官机能不全，或者是与印象方式有关。

五十三

"洞穴假象"的起因则是各人身心的特殊结构造成的；还有教育、习惯、偶然因素等方面的原因。这一类假象数量很大，种类繁多，我只举这样一些例子：一是若要指出它们必须格外小心的，二是对扰乱理解力影响最大的。

五十四

人们之所以热衷于一知半解和苦思冥想，要么是因为他们认为自己就是这些知识和思想的创造者，要么是因为他们在这些方面呕心沥血已经入迷上瘾了。这种人如果致力于哲学和一种总体性的研究，他们一定会为了服从自己原有的幻想而把它们扭曲和上色。这种现象在亚里士多德身上尤其显著，因为他把他的自然哲学变成了他的逻辑学的奴仆，结果把它搞得富有争议，几乎成了一无所用的东西。而那种炼丹术士又从几次炼丹炉的实验中创建了一种荒诞的哲学，只涉及寥寥几件事物；还有吉伯①煞费苦心地研究过磁石以后，就立即着手建立一整套符合他心爱的课题的体系。

五十五

人心不同，所以在涉及哲学和科学时就有一种主要的甚或是根本的分歧，也就是说，有的人善于发现事物的差异，有的人则长于发现事物的相似。思想沉着敏锐的人能执着于他的研究，并能潜心于最细微的差异。思想高尚、长于思辨的人则能认出最精微、最一般的相似来，并把它们组合到一起。然而这两种人都容易走极端，犯错误。一种是抓变化，另一种是捕幻影。

五十六

人们发现，有的人崇古如神，有的人则嗜新成癖；然而很少有人能严守中庸之道：既不吹求古人的贡献，也不鄙薄今人的倡导。所以，这种风气大大危害了科学和哲学，因为这种崇古爱新之情纯属党派意气，决不是冷静的判断；而且追求真理不能托哪一个时代的福，因为这是不牢靠的，而是

---

① 吉伯(1544—1603)，英国物理学家，研究电学与磁学的先驱，1600年提出了地球是一个有南北磁极的大磁体的理论。他第一个把物质分成带电与不带电的两种。培根对他的评论显然是不公正的。

要借自然和经验的光,这才是万世永存的。因此必须消除派性,而且要小心谨慎,严防理智在派性催逼下贸然点头赞同。

五十七

考究自然和物体的简单形式会破坏、分散理解力,而研究它们的组合结构则会压垮、化解理解力。如果把留基伯①和德谟克利特的学派和其他哲学加以比较,这一分歧就一目了然了。因为这一学派只埋头研究微粒子,而无暇顾及结构;而其他学派则在结构中流连忘返,却摸不透简单的自然。因此这两种研究应当交替使用,以便使理解力变得既透彻又全面,使上面提及的弊端以及由此而来的假象可以避免。

五十八

所以我们应当做好思想准备,在研究上谨慎从事,避免、排除"洞穴假象",因为它主要是由以下情况引起的:要么对一门喜爱的学科看得过重,要么过于倾向于比较或区

---

① 留基伯(约前500—约前440),古希腊哲学家,原子论的创始人。他的贡献和他的著名学生德谟克利特的贡献往往难以区别。哲学史中往往把他们两人并提。

分，要么偏爱某些时代，要么对研究的对象贪大求精。一般来讲，研究自然的人都应把这一点看成一条准则——对你以特别满意的心情掌握并专注的东西都应表示怀疑，在处理那样一些问题时要更加小心，以保持理解力的平稳和清晰。

五十九

然而"市场假象"是所有假象中最麻烦的一种。它通过词和名称的结盟潜入理解力之中。人们相信自己的理性掌握着词；然而词对理解有反作用，这也是事实；而正是这一点使哲学和科学变得强词夺理，死气沉沉。词通常是根据大众的能力来构想和运用的，因此总是沿着大众的理解力觉得最明显的分界线走。而每当一种更加敏锐的理解力或一种更加细致的观察力想改变这些界线以符合真正的自然分野时，词便成了拦路虎，抗拒这种改变。因此，学者高深而正式的讨论到头来往往陷入词和名称之争；按照数学家的习惯和才智，从词和名称之争开始倒更加慎重，这样可以借助定义把讨论进行得井然有序。然而在处理自然和物质的问题时，即便定义也根治不了这种弊端；既然定义本身就包含词，于是这些词又生出别的词。这样一来，就有必要回到个别事例上来，而且是那些连贯有序的事例。这一点我过会儿论及概念和原理的构成方法和方案时就要讲的。

六　十

词强加于理解力的假象有两种。它们不是不存在的事物的名称（由于观察不够，有些事物尚未命名，同样也有的名称来自荒诞的假设，只有其名，而无其实），就是存在的事物的名称，都显得矛盾百出、界定含糊，而且都是顺手从实在中乱抓来的。属于前一种的有"幸运"、"原动者"、"行星轨道"、"火元素"，①以及起源于一些虚假空论的类似的虚构名称。这一类假象倒不难驱除，因为要排除它们只消把这些理论作为淘汰的东西统统断然摒弃就是了。

然而，另一种假象则是错综复杂，根深蒂固，因为它是从一种错误而拙劣的抽象中冒出来的。我们不妨以"潮湿的"这个词为例，看看这个词用来表示的各种事物到底彼此一致到什么程度，于是我们就会发现，"潮湿的"这个词充其量只不过是一个符号，被人们胡乱用来指一种无法限制到任何一成不变的意义上的活动。因为它既指容易扩散到其他

---

① "原动者"指宇宙之外的一个可穿透的星球，据认为它推动了别的一切星球。"火元素"指一个纯粹的看不见的火区，据认为在大气之上存在。这两种概念显然没有观察依据。不过"行星轨道"倒是有的。培根也许指的是一种旧概念，存在一些行星都被安置其内的晶状圈。

任何物体周围的东西,也指本身不确定而且不能变硬的东西,还指容易向各个方向顺从的东西、容易自行分散的东西、容易自行结合的东西、容易流动而且容易被驱动的东西、容易附着到其他物体上并将其浸湿的东西、容易化解成液体或者本身是固体但容易溶解的东西。因此,当你使用这个词的时候——如果你只用它的一种意义,那么火焰也是潮湿的;如果用它的另一种意义,那么空气也成不了潮湿的;如果再用一种意义,那么尘埃是潮湿的;如果再换一种意义,那么玻璃也是潮湿的。所以,显而易见的是,那种概念只不过是从水和一般液体通过抽象而未经适当证明得到的。

然而词里面还有某种程度的歪曲和错误。错误最少的一种是物质名称,尤其是最低级的种类和演绎得当的名称(如"白垩"和"泥"的概念就好,"土"的概念就差);错误较多的一种是动词,如"产生"、"毁坏"、"改变"等;错误最多的是表示属性(只有表示感官的直接对象的属性除外)的词,如"重"、"轻"、"稀"、"浓"之类。然而在这些例子中,有一些概念的必要性比另一些稍好一点,而且这种好与坏与进入人类感官范畴的事物种类的多与少成比例。

六十一

然而,"剧场假象"不是固有的,也不是悄悄潜入理解力中去的,而是从哲学体系的剧本和示范表演的颠三倒四的规律中明明白白地压印、接受到脑海里去的。企图在这种事情上进行辩驳,那将与我已经说过的话完全矛盾。我说过,既然我们在原则上和论证上没有共同的观点,那就没有辩论的余地。只要它不会触动古人的荣誉,这样做倒皆大欢喜。古人并未遭受诋毁——因为他们和我之间的问题只不过是途径不同而已。常言说,在正路上走的跛子也会超过在错路上跑的飞毛腿。不仅如此,一个人要是跑错了路,越是劲头足、速度快,就离目的地越远,这是不言自明的道理。

然而,我为科学发现提出的道路却不大注重才思的敏锐和力度,而是把所有的才思和理解力几乎都放到一个水平上。无论画一条直线还是一个正圆,如果只凭手画,那就在很大程度上取决于手的平稳和熟练度,如果借助于直尺和圆规,那么手的作用就微乎其微了。我的计划与此如出一辙。尽管具体的批驳于事无补,但是涉及那种体系的派别和总体分类,我还得谈点看法,还要谈及显示这些体系不健全的表面迹象,最后还要谈及那种严重失误和谬种流传的原因。这样就会使接近真理减少艰难，而且人类的理解力也会更加心甘情愿地净化自己、驱除假象。

六十二

"剧场假象"或者体系假象有很多很多，而且还有增多的势头。千百年来，人们潜心于宗教和神学，国家政府、尤其是君主国家一向嫌弃那种标新立异的东西，甚至对思辨问题上的标新立异也表示反感，结果搞得在这些方面辛苦耕耘的人命蹇时乖——不仅得不到报偿，还时时遭受白眼；如果没有这种情况，无疑会有许多别的哲学学派脱颖而出，形成希腊人曾经有过的百家争鸣的局面。有天体现象方面，可以构思出许许多多的假说，在哲学现象方面，同样（甚至更加）可以建立多种多样的教条。在这个哲学剧场的戏剧中，你可以看到在诗人剧场里能看到的同样的情况。为舞台创作的故事要比取自历史的真实故事更紧凑，更风雅，更合人意。

一般来说，在哲学取材上，不是从很少的事物中取得很多，就是从很多的事物中取得很少，所以无论从哪个方面讲，哲学都是建立在一个实验和博物学的过于狭小的基础之上的，而且根据为数寥寥的几个事例的权威来做决断。唯理派哲学家只从经验中抓取种种既未经认真核实、又没有仔细考察掂量的普通事例，然后就把其余的一切交给头脑去沉思、翻腾了。

还有一派哲学家，由于在几种实验上呕心沥血，便贸然从中推导建立起体系；硬是要把别的一切事实扭成奇形怪状来迎合那些体系。

还有第三种，他们出于信仰和崇敬之心，在自己的哲学中掺杂神学和传说；其中有些人虚妄透顶，竟然要在神灵中寻找科学的起源。综上所述，这种谬误的老祖宗——这种假哲学——可以分为三类：诡辩哲学、经验哲学和迷信哲学。

六十八

关于形形色色的假象及其附庸就谈这些。凡此种种，必须以坚定不移的决心予以摒弃，而理解力必须得到彻底的解放和净化；建立在科学之上的人类王国的大门跟天国的大门没有多大区别，除非像小孩一样，否则谁也无法进去。[1]

---

[1] 参见《圣经·新约·马太福音》第18章第3节："我实在告诉你们：你们若不回转，变成小孩子的样式，断不得进天国。"

新大西岛(节译)

〔所罗门宫〕

我们按约定的时间来了，同伴们选我前去觐见。我们在一间漂亮的屋子里见到了他。那屋子墙上悬挂着富丽的装饰品，地上铺着地毯，宝座前没有台阶。他坐在一个装饰得非常讲究的低低的宝座上，头顶上是一顶蓝缎绣花的富丽的华盖。在座的只有他一个人，只是一边各站着一个白衣侍从。他的衬衣跟我们看见他坐在车上时穿的一样，可是不穿长袍，身上紧紧裹着一件配有同样精致的黑色斗篷的披风。我们一走进去，就按人家叮咛的那样，先深深地鞠躬行礼，等我们走近他的坐椅时，他站起来，伸出一只不戴手套的手，做了个祝福的手势；我们大家都躬下身来吻了吻他披风的垂边。礼毕之后，其余的人离开，我留在室内。然后他示意两个侍从退出室外，让我坐到他的身边，然后用西班牙语对我讲了下面一席话：

"上帝保佑你，我的孩子；我愿意把我拥有的最大的珠宝赐给你。为了上帝和人类的爱，我要给你讲一讲所罗门宫的真实情况。孩子，为了让你对所罗门宫的真实情况有所了解，我要按顺序一一道来：一、我要表明我们这个机构的宗旨；二、我们工作的筹划和设施；三、我们的工作人员的职能；四、我们遵守的典章仪式。

"我们这个机构的宗旨是了解事物的起因和运行秘密；扩大人类的势力范围，以便使一切理想可能实现。

"筹划和设施是这样的：我们有深度不等的又大又深的洞穴，最深的有六百㖊①；其中有一些是在山下挖掘的；所以你如果把山的纵深和洞的深度加在一起，有的就会超过三英里深。我们发现山的纵深和从平地算起的洞的深度是一回事，因为都一样远离太阳和天光，远离露天。这些洞穴我们称之为下层地区，我们利用它们来凝固、硬化、冷冻、保存物体。我们也利用它们仿造天然矿物，并用我们使用的并且在那里埋藏了多年的混合物和材料生产新的人造金属。有时候我们还利用这些洞穴来治疗疾病，益寿延年，因为有些隐士喜欢生活在那里，由于一切生活必需品供应充足，住在那里的确能够长命百岁。我们还可以通过他们学

---

① 一㖊合六英尺。

到很多东西。

"我们有各式各样的土葬,在坟墓里我们放各种各样的陶器,就跟中国人搁瓷器一样。不过我们的种类更多,其中有一些也更精致。我们也使用各种各样的肥料和土壤,为的是使土地更加肥沃。

"我们有高楼,最高的高达半英里,其中有一些还竖立在高山上,这样一来,山高加上楼高,最高的起码也有三英里。这些地方我们称之为上层地区,高地和低地之间的地带就算中层地区。这些高楼由于高度不同,位置各异,我们分别利用,或者用来晒太阳,或者用来冷冻,或者用来贮存,还可以用来观测气象——如风、雨、雪、雹,以及有些猛烈的天象。有的楼上有隐士的住房,我们有时候去拜访他们,告诉他们应当观测什么现象。

"我们有大湖,咸水湖、淡水湖一应俱全,我们利用它们养鱼、养鸟。我们也利用它们进行水葬,因为我们发现把东西埋在土里,或地下的空间里,跟埋在水里是不一样的。我们也有池塘,有人从盐池中提取淡水,也有人用技术把淡水变成咸水。我们也有海中的礁石,也有岸边的海湾,因为有些工程需要利用海上的空气和雾气。我们还有湍急的河流和倾泻的瀑布,它们能给我们提供动力;也有许多手段来增强风力，以驱动各种机械。

"我们还有许多人工井和人造泉，是仿照天然水源和浴场建造的，水中有矾、硫磺、铜、铅、硝石等矿物质；而且还有一些小井，用来浸泡许多东西，因为那里的水比器皿、水盆里的水见效快，效果好。其中有一眼水井，我们称之为'天堂水'，因为经过处理，它有强身健体、益寿延年的奇效。

"我们还有宏大宽敞的房子，在里面模仿演示各种气象——如雪、雹、雨、某些人造雨而不是水雨，以及雷、电，还有生物在空气中的生殖——如青蛙、苍蝇，等等。

"我们还有一些专用房间，我们称之为健身房，那里的空气我们可以调节，以便适合治疗各种疾病，保持身体健康。

"我们还有漂亮宽大的浴池，掺杂各种物质，能治疗疾病，恢复体力，使它不致衰竭；或者强健筋骨器官，保养体液体质。

"我们还有种类繁多的大果园、大花园，我们不大注重景色的优美，却非常看重土壤的多样，以适应不同的树木花草的需要，除了葡萄园外，有些园圃非常宽阔，里面种植树木浆果，可以酿造各种饮料。在这些园圃内，我们对野树和果树嫁接、芽接的各种理论进行实践，取得了丰硕的成果。我们运用技术使同一园子里的花木提前或推迟开花结果，而且比它们自然开花、结果期要短。我们还利用技术使它们的花比自然生长的大，果实更大更甜，色、香、味、形状都与天然的有所不同。其中许多我们加以改造，使之具有医疗的功能。

"我们还有办法使各种植物靠混合土壤生长，而不要种子；可以培育许多异乎寻常的新植物；还可以让一种树木或植物变种。

"我们还有各种各样的动物园；我们不仅利用它们来观赏珍禽异兽，而且用它们做解剖和实验，这样我们就可以明白什么可以在人体上应用。在这一方面，我们发现了许多奇异的效果，例如在有些动物身上，有些你认为是要害性的器官坏死或拿掉以后，生命却还在继续；有的看样子好像死了，最后居然还能复活，诸如此类，不一而足。我们在这些动物身上试验各种毒剂和其他药品，有外用的，也有内服的。通过技术，我们能把一些动物改造得比原来高大，反之也能使它们变得矮小，停止生长。我们使它们增强繁殖能力，反之，也可以使它们丧失生育能力。我们也能使它们在颜色、形状、活动和许多方面一反常态。我们想办法让不同的种类进行杂交，已经培育出许多新种类，而且并不像一般认为的那样会使它们失去生育能力。我们利用腐烂物质培育了很多种类的蛇、虫、鱼、蝇，其中有一些确实进化成为鸟兽类中的高级动物，有性别，能繁殖。我们这样做并不是瞎碰乱来，而是事先就知道什么东西怎么配合就能生出哪一种动物。

"我们还有专门的池塘进行鱼类实验，就像前面讲的鸟兽实验一样。

"我们还有一些地方，专门培育有特殊用途的虫子和飞蝇，就像你们养蚕养蜂那样。

"我不想占用你很长时间讲我们的酿造房、烘烤房和厨房。我们在那里制造出各种各样的饮料、面包和肉类，都十分罕见，有特殊功效。酒我们是用葡萄做的，饮料是用别的果汁做的、粮食做的、草木根做的，还有跟蜂蜜、糖、木蜜、煮化的干果混合在一起做的，更有用树液做的、甘蔗汁做的。这些饮料保存的年代不一，有的已经保存了四十年。我们还有的饮料是用各种香草、草木根和香料酿造的；有的是用肌肉和胸肉制作的，所以有些饮料其实是酒肉结合。这样一来，各色人等，尤其是老年人喜欢这种饮食，而不大喜欢或者根本不喜欢吃肉、吃面包。至关紧要的是，我们尽量把饮料酿制得极其清淡，可以不知不觉进入体内，一点也不浓烈刺激，叫人难受；甚至有的可以滴到手背上，过一阵子就会渗到手心里，然而喝到嘴里却非常醇和。我们还有各种饮用水，也是按那种方式加工制成的，营养丰富，其实就是高级饮料，所以很多人干脆就不喝别的。面包我们是用各种粮食、根茎、果仁制成的，有的还是用肉干、鱼干做的，加了各种各样的酵面和佐料，极其开胃；有些还营养极其丰富，所以有不少人吃这种面包，不吃肉，可以益寿延年。至于肉类，有一些我们捣成肉酱，做得又嫩又软，一点也不变质，胃寒的人也会把它转化成乳糜，而胃热的人吃肉则要另行调制。我们还有一些肉类、面包、饮料，人食用了很耐饥；有一些人食用了可以使肌肉明显结实起来，力气也比没有食用这些饮食时大得多。

"我们有诊所或药铺，你不难想象，既然我们的动植物种类比你们欧洲多（因为我们知道你们有些什么），那么我们的草药、药物和药剂的种类就更加繁多了。我们的药品新陈不等，而且经过长期泡制。泡制这些药品时，我们不仅精心提纯和分解的手段应有尽有，尤其注意采用文火焙烤，以及用各种过滤装置和材料的滤煮处理，而且要采用严格的合成形式，使加工合成的药剂跟天然草药几乎完全一样。

"我们还有各式各样的机器加工技术，这是你们没有的。用这些技术制造出来的东西如纸张、布料、丝绸、绢纱，以及小巧精致、光彩夺目的羽毛制品、高级染料，等等。有些作坊生产大众用品，有些却不生产这类东西。你要知道，前面提到的这些东西很多已经在全国通用，不过，如果有了发明创造，我们还要作为样品试用。

"我们还有各种各样的暖气炉，保持不同类型的热度：有暴烈型的，有持久型的，也有温和型的；有风动型的，也有静止型的；有干燥型的，也有湿润型的，如此等等，不一而足。然而，至关重要的是，我们仿造太阳热和各种天体热，这些热通过各种差异、各种活动范围（在某种程度上）、各种进程和回路，从而产生出令人惊叹的效果。除此之外，我们还有粪便的热、生物肠胃的热、生物血液和身体的热、垛起来发潮的干草和药草的热、水浇石灰产生的热，等等。还有只靠运动生热的装置。更有甚者，还有日射能量极强的地方；还有靠天然和人工发热的地下场所。我们把这些不同的热用作我们要进行的活动所需要的动力。

"我们还有光学馆，我们在那里演示各种光和辐射，演示各种颜色。我们能从无色透明的东西中给你展示各种颜色，不是宝石和棱镜所显示的彩虹，而是单一的颜色。我们还能随意增强光度，把它照射到很远的地方，使它雪亮刺目，把最细微的点线也暴露无遗。还可以展示光的各种颜色；演示视觉对于形状、大小、动作、颜色的种种错觉；演示阴影的深浅。我们还发现了你们不知道的方法，使各种物体自己发光。我们还找到了办法，能看到天上和遥远的东西；我们可以使近处的东西显得很远，远处的东西又显得很近，创造一种虚假的距离。我们还能帮助视力，做到远比当今使用的眼镜高明。我们还有眼镜和别的手段能做到明察秋毫。如小小的蝇子和虫子的形状和颜色、宝石上的微粒和瑕疵，这些都是用别的办法看不到的，还有用别的办法看不到的尿和血中的现象。我们用人工制造彩虹、日晕月晕和光环。我们还可以显示物体可见光线的反射、折射和增强。

"我们还有各种各样的宝石，很多都是精美绝伦的，你们闻所未闻；也有水晶和形形色色的玻璃；除了那些你们用来制造玻璃的材料外，还有一些变成玻璃的金属和其他材料。还有许多化石和不完全的矿石，都是你们没有的。还有磁性极强的天然磁石和其他稀有的宝石，有天然的，也有人造的。

"我们还有声学馆，我们在那里实验、演示各种声音及其形成的情况。我们有你们所没有的四分音和次滑音组成的和声。我们还有你们从未见过的各式各样的乐器,有一些乐器的声音比你们的嗓音要甜美;还有精美动听的钟铃。我们能把微小的声音表现成洪大而低沉;同样也能把洪大的声音变得又尖又细;我们能把本来的单音变出多种颤音。我们能表现、模仿各种发音和语言,还有鸟兽的鸣叫声。我们有一些助听器,安装在耳朵上能大大改善听力。我们还有各种各样稀奇的人造回声,能把声音多次返回,仿佛把声音颠来簸去一样;有的声音比原声洪亮,有的比原声尖锐,有的比原声深沉;有的对原声进行改造后,使语言或发音跟原来的迥然不同。我们还有办法用管道传声,在奇异的线路和距离中传声。

"我们还有芳香馆,在那里我们一起做味觉实验。我们增加了气味,这些香味似乎很新鲜。我们模仿各种气味、制造种种气味,使它们发出原来所没有的混合气味。我们能模仿各种味道,达到以假乱真、使人们的味觉无法辨别的程度。在本馆里面,我们还有一个糖果室,我们制造各种糖果,有干的,也有湿的;还制造各种可口的酒、奶、肉汤和色拉,品种比你们的要多得多。

"我们还有机械馆,人们在那里制造机械和各种运动工具。在那里,我们模仿并实际制造出比你们造的更快的运动装置，其速度无论你们的火枪子弹还是任何机械，都是望尘莫及的。借助机械和其他手段，不费吹灰之力就加快它们的运转速度，比你们的东西力气更大更猛，超过了你们最大的大炮和火炮。我们还制造各种军械武器，配制新式火药和遇水不灭的燃烧弹。还有各式各样的烟花爆竹，既可娱乐，又能使用。我们还模仿鸟的飞翔；我们已掌握了某种程度的空中飞行技能。我们还有潜水艇和航海船，还有游泳带和救生圈。我们有各式各样稀奇古怪的钟表、回收器和永动机，我们还有机器人、机器兽、机器鸟、机器鱼、机器蛇，模仿动物的活动；我们还有许许多多别的五花八门的运动机械，匀称、精致、灵敏得神妙出奇。

"我们还有一个数学宫，那里陈列着各种工艺精美的几何仪器和天文仪器。

"我们还有各种幻象宫，在那里我们演示各种各样的戏法、幻影、玄虚和错觉，并展现它们的谬误之所在。你肯定不难相信，我们既然有这么多令人惊叹的真实自然的东西，如果我们想把它们伪装起来，处心积虑地把它们搞得神乎其神，那么，我们就能够在各个方面掩人耳目。然而我们最恨欺骗和谎言，因此我们严禁我们的工作人员撒谎骗人，如果做了这种事，那就是奇耻大辱，是要受到惩罚的。所以人们不会把任何自然的东西加以粉饰或吹嘘，只是听其自然，决不故弄玄虚。

"我的孩子，这些就是所罗门宫的财富。

"现在谈谈我们的工作人员的职能。我们有十二个人借用其他国家的名义（我们自己的国家是保密的）乘船去外国访问，给我们搜集世界各国有关实验的书籍、摘要和模型。这种人我们称之为'光明商人'。

"我们有三个人专门收集所有书籍中的实验。这种人我们称之为'劫掠者'。

"我们有三个人专门收集技术实验，还有文科实验成果，还有尚未引入技术的具体做法。这种人我们称之为'匠人'。

"我们有三个人专门做自己认为可行的新实验。这种人我们称之为'先锋'或'矿工'。

"我们有三个人把上述四种人的实验定题制表，从中得出理论和定理，从而提供更高明的知识。这种人我们称之为'编纂者'。

"我们有三个人全力以赴研究同事的实验，设法从中提取对人类生活和知识有实用价值的东西，有助于明白论证事物的起因、手段，并且能容易、清楚地发现物体的性质和构造。这种人我们称之为'天才'或'恩人'。

"我们全体成员经过多次会议和协商，对以前的工作和收集的资料考虑过后，我们有三个人利用这些成果指导人们进行具有更高知识的、对自然界做更深入探讨的新实验。这种人我们称之为'明灯'。

"我们另外有三个人在这样指导下专门进行实验，并提出实验报告。这种人我们称之为'接种人'。

"最后，我们有三个人把以前实验得到的发现提升为更重大的理论、定理和箴言。这种人我们称之为'自然解说者'。

"你一定会想到，我们还有新手和学徒，使各种事业不致后继无人；此外，还有许许多多的男女仆从。我们还要磋商，我们已有的发明和经验哪些应当发表，哪些不应当发表。对于我们认为应当保密的东西要发誓加以保密。不过，其中有些东西我们有的向国家透露，有的并不透露。

"至于我们的典章仪式，我们有两个漂亮的长廊，其中一个陈列着各种各样稀有的、优秀的创造发明的模型和样品；另一个陈列着所有伟大发明家的雕像。我们有你们的哥伦布的雕像，因为他发现了西印度群岛；也有轮船的发明者；还有你们那位发明了火炮和火药的僧人①。还有音乐的

---

① 欧洲人传说火药是由英国方济各会修士罗吉尔·培根（约 1220—1292）发明的，培根有意不提他的名字。

发明者、文字的发明者、印刷术的发明者、天文观测的发明者、金属加工的发明者、玻璃的发明者、蚕丝的发明者、酒的发明者、谷物和面包的发明者、糖的发明者，我们关于这些人的传说比你们的更加可靠。我们自己还有很多发明家，他们的优秀发明，由于你没有看见，如果要加以描述，费时太久；况且要把这些描述让你真正理解错误在所难免。对于每一项有价值的发明的发明家，我们都要竖立一座雕像，而且给予他一份优厚光荣的奖赏。这些雕像有铜的，有大理石和玄武岩的，有柏木和其他特质木料经过镀金装饰的，有铁的，有银的，有金的。

"我们有赞美诗和礼拜乐曲，每天高声歌颂感谢上帝的神恩。还有各种祈祷，求他保佑并启示我们的劳动，使它化为神圣有益的事业。

"最后，我们巡察全国的主要城市，往往把我们认为有益的新发明公之于众。我们还公布疾病、瘟疫、害虫、饥荒、暴风雨、地震、洪水、彗星、一年的气温和其他许多事件的预报，并且建议人民应当怎样防治。"

说到这里他便站起身来；我按事先人们教导的那样跪在地上；他把右手按在我的头上说："上帝保佑你，我的孩子，上帝赐福给我的这一番话。为了别国的利益，我允许你把它发表；因为我们是在上帝的怀抱里，那是一片未知的土地。"说完他就离开了我，给了我价值约两千达克特①的重金，作为给我和我的同伴的赏赐。因为他们在各种场合都是慷慨地给人赏赐的。

（其余部分没有完成）

---

① 旧时在欧洲许多国家通用的金币。

Francis Bacon
ESSAYS

图书在版编目(CIP)数据

培根随笔/(英)弗朗西斯·培根(Francis Bacon)著;蒲隆译. —上海:上海译文出版社,2021.12
(译文经典)
书名原文:Essays
ISBN 978-7-5327-8854-5

Ⅰ.①培… Ⅱ.①弗… ②蒲… Ⅲ.①随笔-作品集-英国-中世纪 Ⅳ.①I561.63

中国版本图书馆CIP数据核字(2021)第249807号

培根随笔
〔英〕弗朗西斯·培根 著 蒲 隆 译
责任编辑/顾 真 装帧设计/张志全工作室

上海译文出版社有限公司出版、发行
网址:www.yiwen.com.cn
201101 上海市闵行区号景路159弄B座
上海雅昌艺术印刷有限公司印刷

开本787×1092 1/32 印张11.75 插页5 字数139,000
2022年2月第1版 2022年2月第1次印刷
印数:0,001—6,000册

ISBN 978-7-5327-8854-5/I·5472
定价:58.00元

本书中文简体字专有出版权归本社独家所有,非经本社同意不得转载、摘编或复制
如有质量问题,请与承印厂质量科联系。T:021-68798999

"译文经典"(精装系列)

瓦尔登湖	[美] 梭罗 著 潘庆舲 译
老人与海	[美] 海明威 著 吴劳 译
情人	[法] 玛格丽特·杜拉斯 著 王道乾 译
香水	[德] 聚斯金德 著 李清华 译
死于威尼斯	[德] 托马斯·曼 著 钱鸿嘉 译
爱的教育	[意] 亚米契斯 著 储蕾 译
金蔷薇	[俄] 帕乌斯托夫斯基 著 戴骢 译
动物农场	[英] 乔治·奥威尔 著 荣如德 译
一九八四	[英] 乔治·奥威尔 著 董乐山 译
快乐王子	[英] 王尔德 著 巴金 译
都柏林人	[爱] 乔伊斯 著 王逢振 译
月亮和六便士	[英] 毛姆 著 傅惟慈 译
蝇王	[英] 戈尔丁 著 龚志成 译
了不起的盖茨比	[美] 菲茨杰拉德 著 巫宁坤 等译
罗生门	[日] 芥川龙之介 著 林少华 译
厨房	[日] 吉本芭娜娜 著 李萍 译
看得见风景的房间	[英] E·M·福斯特 著 巫漪云 译
爱的艺术	[美] 弗洛姆 著 李健鸣 译
荒原狼	[德] 赫尔曼·黑塞 著 赵登荣 倪诚恩 译
茵梦湖	[德] 施托姆 著 施种 等译
局外人	[法] 加缪 著 柳鸣九 译
磨坊文札	[法] 都德 著 柳鸣九 译
遗产	[美] 菲利普·罗斯 著 彭伦 译
苏格拉底之死	[古希腊] 柏拉图 著 谢善元 译
自我与本我	[奥] 弗洛伊德 著 林尘 等译
"水仙号"的黑水手	[英] 约瑟夫·康拉德 著 袁家骅 译
变形的陶醉	[奥] 斯台芬·茨威格 著 赵蓉恒 译
马尔特手记	[奥] 里尔克 著 曹元勇 译
棉被	[日] 田山花袋 著 周阅 译
69	[日] 村上龙 著 董方 译
田园交响曲	[法] 纪德 著 李玉民 译
彩画集	[法] 兰波 著 王道乾 译
爱情故事	[美] 埃里奇·西格尔 著 舒心 鄂以迪 译
奥利弗的故事	[美] 埃里奇·西格尔 著 舒心 译
哲学的慰藉	[英] 阿兰·德波顿 著 资中筠 译
捕鼠器	[英] 阿加莎·克里斯蒂 著 黄昱宁 译
权力与荣耀	[英] 格雷厄姆·格林 著 傅惟慈 译
十一种孤独	[美] 理查德·耶茨 著 陈新宇 译

浪子回家集	[法] 纪德 著　卞之琳 译
爱欲与文明	[美] 赫伯特·马尔库塞 著　黄勇　薛民 译
存在主义是一种人道主义	[法] 让-保罗·萨特 著　周煦良　汤永宽 译
海浪	[英] 弗吉尼亚·伍尔夫 著　曹元勇 译
尼克·亚当斯故事集	[美] 海明威 著　陈良廷 等译
垮掉的一代	[美] 杰克·凯鲁亚克 著　金绍禹 译
情人的礼物	[印度] 泰戈尔 著　吴岩 译
旅行的艺术	[英] 阿兰·德波顿 著　南治国　彭俊豪　何世原 译
格拉斯医生	[瑞典] 雅尔玛尔·瑟德尔贝里 著　王晔 译
非理性的人	[美] 威廉·巴雷特 著　段德智 译
论摄影	[美] 苏珊·桑塔格 著　黄灿然 译
白夜	[俄] 陀思妥耶夫斯基 著　荣如德 译
生存哲学	[德] 卡尔·雅斯贝斯 著　王玖兴 译
时代的精神状况	[德] 卡尔·雅斯贝斯 著　王德峰 译
伊甸园	[美] 海明威 著　吴劳 译
人论	[德] 恩斯特·卡西尔 著　甘阳 译
空间的诗学	[法] 加斯东·巴什拉 著　张逸婧 译
爵士时代的故事	[美] F·S·菲茨杰拉德 著　裘因　萧甘 等译
瘟疫年纪事	[英] 丹尼尔·笛福 著　许志强 译
想象	[法] 让-保罗·萨特 著　杜小真 译
论自愿为奴	[法] 艾蒂安·德·拉·波埃西 著　潘培兴 译
人间失格·斜阳	[日] 太宰治 著　丝家荣 译
在西方目光下	[英] 约瑟夫·康拉德 著　赵挺 译
辛德勒名单	[澳] 基尼利 著　冯涛 译
论精神	[法] 雅克·德里达 著　朱刚 译
宽容	[美] 房龙 著　朱振武　付远山　黄珊 译
爱情笔记	[英] 阿兰·德波顿 著　孟丽 译
德国黑啤与百慕大洋葱	[美] 约翰·契弗 著　郭国良　陈睿文 译
常识	[美] 托马斯·潘恩 著　蒋漫 译
欲望号街车	[美] 田纳西·威廉斯 著　冯涛 译
佛罗伦萨之夜	[德] 海涅 著　赵蓉恒 译
时情化忆	[法] 米歇尔·布托 著　冯寿农 译
理想国	[古希腊] 柏拉图 著　谢善元 译
逆流	[法] 于斯曼 著　余中先 译
权力意志与永恒轮回	[德] 尼采 著 [德] 沃尔法 特编　虞龙发 译
人各有异	[美] E·B·怀特 著　贾辉丰 译
三十七度二	[法] 菲利普·迪昂 著　胥弋 译
精神疾病与心理学	[法] 米歇尔·福柯　王杨 译
纯真年代	[美] 伊迪丝·华顿 著　吴其尧 译

我们	[俄] 叶甫盖尼·扎米亚京 著	陈超 译
亚当夏娃日记	[美] 马克·吐温 著	周小进 译
为奴十二年	[美] 所罗门·诺萨普 著	蒋漫 译
美丽新世界	[英] 马克·奥尔德斯·赫胥黎 著	陈超 译
斯万的一次爱情	[法] 普鲁斯特 著	沈志明 译
怪谈·奇谭	[日] 小泉八云 著	匡匡 译
名人传	[法] 罗曼·罗兰 著	傅雷 译
西西弗神话	[法] 阿尔贝·加缪 著	沈志明 译
大师和玛格丽特	[俄] 米·布尔加科夫 著	高惠群 译
人的权利	[美] 托马斯·潘恩 著	乐国斌 译
螺丝在拧紧	[美] 亨利·詹姆斯 著	黄昱宁 译
古代哲学的智慧	[法] 皮埃尔·阿多 著	张宪 译
柏林，亚历山大广场	[德] 阿尔弗雷德·德布林 著	罗炜 译
心灵、自我与社会	[美] 乔治·H.米德 著	赵月瑟 译
生活的意义与价值	[德] 鲁道夫·奥伊肯 著	赵月瑟 译
身份的焦虑	[英] 阿兰·德波顿 著	陈广兴 南治国 译
反抗者	[法] 加缪 著	沈志明 译
沉思录	[古罗马] 马可·奥勒留 著	唐江 译
新教伦理与资本主义精神	[德] 马克斯·韦伯 著	袁志英 译
天才雷普利	[美] 帕特里夏·海史密斯 著	赵挺 译
小说面面观	[英] E·M·福斯特 著	冯涛 译
伤心咖啡馆之歌	[美] 卡森·麦卡勒斯 著	卢肖慧 译
走出非洲	[丹麦] 伊萨克·迪内森 著	刘国枝 译
骑兵军	[苏联] 伊萨克·巴别尔 著	张 冰 译
有闲阶级论	[美] 索尔斯坦·凡勃伦 著	凌复华 彭婧珞 译
乌合之众	[法] 古斯塔夫·勒 庞 著	陆泉枝 译
陌路人	[法] 加缪 著	沈志明 译
萨宁	[俄] 阿尔志跋绥夫 著	刘文飞 译
莎乐美	[英] 奥斯卡·王尔德 著 吴刚 中译 阿尔弗雷德·道格拉斯勋爵 英译
漫长的告别	[美] 雷蒙德·钱德勒 著	宋佥 译
宫廷社会	[德] 诺贝特·埃利亚斯 著	林荣远 译
米佳的爱情	[俄] 蒲宁 著 冯玉律 冯春 译	
当代英雄	[俄] 莱蒙托夫 著	冯春 译
达芬奇与白日梦	[美] 西格蒙德·弗洛伊德 著	张唤民 陈伟奇 译
人文主义地理学	[美] 段义孚 著 宋秀葵 陈金凤 张盼盼 译	

哈姆雷特	[英]莎士比亚 著	方平 译
罗密欧与朱丽叶	[英]莎士比亚 著	方平 译
太阳照常升起	[美]海明威 著	赵静男 译
土星照命	[美]苏珊·桑塔格 著	姚君伟 译
长日将尽	[英]石黑一雄 著	冯涛 译
包法利夫人	[法]福楼拜 著	李健吾 译
流动的盛宴	[美]海明威 著	汤永宽 译
疾病的隐喻	[美]苏珊·桑塔格 著	程巍 译
阴界与阳界	[法]加缪 著	沈志明 译
玉米人	[危]阿斯图里亚斯 著	刘习良 笋季英 译
乞力马扎罗的雪	[美]海明威 著	汤永宽 鹿金 等译
不祥的蛋·狗心	[苏联]布尔加科夫 著	白桦熊 译
公共哲学	[美]沃尔特·李普曼 著	任晓 译
弗兰肯斯坦	[英]玛丽·雪莱 著	刘新民 译
野性的呼唤	[美]杰克·伦敦 著	刘荣跃 译
耶利哥的玫瑰	[俄]蒲宁 著	冯玉律 译
王子出游记	[英]塞缪尔·约翰生 著	水天同 译
鼠疫	[法]加缪 著	沈志明 译
在轮下	[德]赫尔曼·黑塞 著	张佑中 译
剧院魅影	[法]加斯通·勒鲁 著	符锦勇 译
反对阐释	[美]苏珊·桑塔格 著	程巍 译
好兵帅克	[捷克]雅·哈谢克 著	萧乾 译
为什么相信达尔文	[美]杰里·A.因科 著	叶盛 译
查拉图斯特拉如是说	[德]弗里德里希·尼采 著	黄明嘉 译
人的问题	[美]托马斯·内格尔 著	万以 译
人性的弱点	[美]戴尔·卡耐基 著	陆泉枝 译
培根随笔	[英]弗朗西斯·培根 著	蒲隆 译